# 《国学经典藏书》丛书编委会

**顾　问**
　　许嘉璐

**主　编**
　　陈　虎

**编委会成员**

| | | | | | |
|---|---|---|---|---|---|
|陆天华|李先耕|骈宇骞|曹书杰|郝润华|潘守皎|
|刘冬颖|李忠良|许　琰|赵晨昕|杜　羽|李勤合|
|金久红|原　昊|宋　娟|郑红翠|赵　薇|杨　栋|
|李如冰|王兴芬|李春燕|王红娟|王守青|房　伟|
|孙永娟|米晓燕|张　弓|赵玉敏|高　方|陈树千|
|邱　锋|周晶晶|何　洋|李振峰|薛冬梅|黄　益|
|何　昆|李　宝|付振华|刘　娜|张　婷|王东峰|
|余　康|安　静|刘晓萱|邵颖涛|张　安|朱　添|
|杨　刚|卜音安子| | | | |

国学经典藏书

# 文心雕龙

陈树千　译注

图书在版编目（CIP）数据

文心雕龙 / 陈树千译注. —— 北京：研究出版社，2024.1

（国学经典藏书）

ISBN 978-7-5199-1491-2

Ⅰ.①文… Ⅱ.①陈… Ⅲ.①《文心雕龙》—译文②《文心雕龙》—注释 Ⅳ.①I206.2

中国国家版本馆 CIP 数据核字（2023）第 088783 号

出 品 人：赵卜慧
出版统筹：丁　波
责任编辑：谭晓龙

国学经典藏书：文心雕龙
GUOXUE JINGDIAN CANGSHU：WENXIN DIAOLONG
陈树千　译注
研究出版社 出版发行
（100006　北京市东城区灯市口大街100号华腾商务楼）
河北松源印刷有限公司　新华书店经销
2024年1月第1版　2024年1月第1次印刷
开本：880毫米×1230毫米　1/32　印张：8.5
字数：176千字
ISBN 978-7-5199-1491-2　定价：32.00元
电话：（010）64217619　64217652（发行部）

版权所有·侵权必究
凡购买本社图书，如有印制质量问题，我社负责调换。

# 编者的话

经典是人类知识体系的根基,是人类的精神家园,是我们走向未来的起点。莎士比亚说过:"生活里没有书籍,就好像没有阳光;智慧里没有书籍,就好像鸟儿没有翅膀。"21世纪中国国民的阅读生活中最迫切的事情是什么?我们的回答是阅读经典!

中国有数千年一脉相传、光辉灿烂的文化,并长期处于世界文化发展的前列,尤其是在近代以前,曾长期引领亚洲乃至世界文化的发展方向。长期超稳定的社会发展形态和以小农生产为基础的、悠闲的宗法农业社会,塑造了中华民族注重实际、偏重经验、重视历史的文化心理特征。从殷商时代的"古训是式"(《诗经·大雅·烝民》),到孔子的"述而不作,信而好古"(《论语·述而》),可以清楚地看出这种文化心理不断强化的轨迹。于是,历史就被赋予了神圣的光环,它既是人们获得知识的源泉,也是人们价值标准的出处。它不再是僵死的、过去的东西,而是生动活泼、富有生命力,并对现世仍有巨大指导作用的事实。因而就形成了这样一种固定的文化思维方式,也就是"以铜为鉴,可正衣冠;以古为鉴,可知兴替;以人为鉴,可明得失"(《新唐书·魏徵传》)。中国的文化人世代相承,均从历史中寻求真理,寻求"修身、齐家、治国、平天下"的崇高理想模式。这种对于历史所怀有的深沉强烈的认同感,正是历史典籍赖以发展、繁荣的文化心理基础。历史上最初给历史典籍的研究和整理工作涂上政治、道德和伦理色彩的是春秋时期的孔子。当时的孔子因感"周室微而礼乐废,《诗》《书》缺",于是删订了《诗》《书》《礼》《乐》《易》《春秋》等"六经"(见《史记·孔子世家》),寄托了自己在政治上"复礼"和道德上"归仁"的最高理想。孔子以后,历史典籍的编撰无不遵循着这一最高原则。所以《隋书·经籍志》总序中就说:"夫经籍也者,机神之妙旨,圣哲之能事。所以经天地,纬阴阳,正纲纪,弘道德,显仁足以利物,藏用足以独善……其王者之所以树风声,流显号,美教化,移风俗,何莫由乎斯道?……其教有适,其用无穷,实仁义之陶钧,诚道德之橐籥也。……夫仁义礼智,所以治国也;方技数术,所以治身也。诸子为经籍之鼓吹,文章乃政化之黼黻,皆为治国之具也。"(《隋书·经籍志一》)由此可见,历史典籍的编撰整理工作,已不仅仅是文化技术问题,更重要的是它还负有"正纲纪,弘道德"的政治和道德使命。于是,在两千多年的历史发展过程中,先人们为我们留下了汗牛充栋的文化典籍。这些宝贵的精神财富,不仅是我们中华民族的骄傲,也是全人类的骄傲,并已成为世界文化宝藏的重要组成部分。

中国的先哲们一向对古代典籍充满崇敬之情,他们认为,先王之道、历史经验、人伦道德以及治国安邦之术、读书治学之法等等,都蕴藏于典籍之中。文献典籍是先王之道、历史经验、人伦道德等赖以传递后世的重要手段。离开书籍,后人将无法从前朝吸取历史经验,无法传承先王之道。在日新月异的当代,如何对待这份优秀的文化遗产?毛泽东同志早就指出:"中国的长期封建社会中,创造了灿烂的古代文化。清理古代文化的发展过程,剔除其封建性的糟粕,吸取其民主性的精华,是发展民族新文化、提高民族自信心的必要条件。……中国现时的新文化也是从古代的旧文化发展而来,因此,我们必须尊重自己的历史,决不能割断历史。但是,这种尊重是给历史以一定的科学地位,是尊重历史的辩证法的发展,而不是颂古非今。"(毛泽东《新民主主义论》)古代典籍,不仅对中华民族的形成与发展历史地发挥了巨大的凝聚力作用,而且在当今中华民族伟大复兴中,依然会发挥无可替代的重要作用。

在科学技术迅猛发展的当代社会,人们的生活、观念正在发生着巨大而深刻的变革,面对蓬勃发展的现代科技和汹涌而至的各种思潮,人们依然能深切地感受到中华传统文化无所不在的巨大力量。人们渴望了解这种无形的力量源泉,于是绚丽多姿的中华典籍就成了人们首要的选择。它能够使我们在精神上成为坚强、忠诚和有理智的人,成为能够真正爱人类、尊重人类劳动、衷心地欣赏人类的伟大劳动所产生的美好果实的人。所以,在今天,我们要阅读经典;当数字化、网络化带来的"信息爆炸"占领人们的头脑、占用人们的时间时,我们要阅读经典;当中华民族迈向和平崛起和民族复兴的伟大征程时,我们更要阅读经典。因此,读经典,这个我们习以为常的平凡过程,实际上就成了人的心灵和上下古今一切民族的伟大智慧相结合的过程。但由于时代的变迁,这些经典对现代人来说已仿佛谜一样的存在。为继承这份优秀的文化遗产,帮助人们更好地利用这些经典,在全国学术界诸多专家学者的支持下,我们策划了这套"国学经典藏书"丛书。

丛书以弘扬传统、推陈出新、汇聚英华为宗旨,以具有中等以上文化程度的广大读者为对象,从我国古代经、史、子、集四个部类的典籍中精选50种,以全注全译或节选的形式结集出版。在书目的选择上,重点选取我国古代哲学、历史、地理、文学、科技、教育、生活等领域历经岁月洗礼、汇聚人类最重要的精神创造和知识积累的不朽之作。既注重选取历史上脍炙人口、深入人心的经典名著,又注重其适应现代社会的人文价值趋向。丛书不仅精校原文,而且从前言、题解,到注释、译文,均在吸收历代学者研究成果的基础上精心编撰。在注重学术性标准的基础上,尽量做到通俗易懂。我们相信,本丛书的出版,对提高人们的古代典籍认知水平,阅读和利用中华传统经典,传播中华优秀文化,提高人们的民族自信心和文化自豪感,进而为中华民族伟大复兴作贡献,均将起到应有的作用。高尔基说:"书籍是人类进步的阶梯。""要热爱读书,它会使你的生活轻松,它会友爱地帮助你了解纷繁复杂的思想、感情和事件;它会教导你尊重别人和你自己;它以热爱世界、热爱人类的情感,来鼓舞智慧和心灵。""当书本给我讲到闻所未闻、见所未见的人物、感情、思想和态度时,似乎是每一本书都在我面前打开一扇窗户,并让我看到一个不可思议的新世界。"(《高尔基论青年》,中国青年出版社,1956年版)。流传千年的文化经典,让我们受益匪浅,使我们懂得更多。正如德国著名作家歌德所说:"读一本好书,就是和一位品德高尚的人谈话。"的确,读一本好书,就像是结交了一位良师益友。我们真诚希望,这套经典丛书能够真正进入您的生活,成为人人应读、必读和常读的名著。

陈　虎
庚子岁孟秋

# 前　言

　　《文心雕龙》成书于南朝齐梁之际，是中国古代文学理论的经典之作，文学批评史上的一座高峰。它体系完备、论旨精深、"笼罩群言"。同代文士沈约"谓为深得文理，常陈诸几案"；明代文士张之象奉它为"作者之章程，艺林之准的"；现代文人鲁迅将其与亚里士多德的《诗学》比肩；英国汉学家伟烈亚力赞誉它是中国文学理论的开山之作；美国汉学家宇文所安称它为中国文学思想史上的特例。《文心雕龙》出现在文学的自觉时代，全书三万七千余言，阐发了作者对为文的关键、文体的源流、创作的原理、影响文学的外部因素等诸问题的见解。同时，作者将自我倾注于书中，字里行间能够体味到他的品格与归趣，感受他"树德建言""含道必授"的思想追求。

　　作者刘勰，字彦和，东莞莒人（治所位于今山东莒县）。创作《文心雕龙》时，已过而立之年。他曾表示，是因为圣人垂梦，自己向往圣人之德，感喟现实去圣久远、文风讹滥，于是"搦笔和墨"撰写了《文心雕龙》。刘勰的梦或许真实存在，或许只是一个意象，用来表达他对孔子的敬慕和对儒学的追随。无论梦境存在与否，宗法儒经、纠正文风是刘勰创作《文心雕龙》的初衷。

晋代，统治者引道教参政，文坛玄风独振，名士援道入儒。到南朝宋齐时期，皇权阶层一方面崇奉佛教，一方面利用儒学纲常名教思想维护士族统治，如此环境下，儒学渐趋复兴，与文学、史学、玄学并称"四学"。刘勰崇尚儒学，他称颂孔子的思想"独秀前哲"，孔子"研神理"教化天下乃有儒家；尊崇儒家道德标准，并以仁、孝、忠、恕等儒学核心观念衡量作家及其作品；推崇儒家典籍的典范作用，认为各类文体都源于五经，文学作品如果能做到宗法儒经，就会"情深而不诡""风清而不杂""事信而不诞""义贞而不回""体约而不芜""文丽而不淫"。

文学经历了自唐尧至萧齐十余代的发展，取得了丰硕的成果。然而，宋齐时期文学作品体制松散，创作者爱好新奇，言辞上崇尚浮华奇异，距离"典雅之懿"的儒经范式越来越远，刘勰不免为时人讹滥的文风而扼腕。当时文学已获得了独立的地位，文学理论批评空前繁荣，然而大多论著仍难完备，它们或专论篇章，缺乏系统性，或浮于表面，泛泛而谈，或文辞粗疏简略，或论述琐碎杂乱，既"不述先哲之诰"，又"无益后生之虑"。所以，刘勰自觉地担当起文学批评的重任，创作《文心雕龙》来阐明"为文之用心"，"究文体之源流而评其工拙"，还宗经诰，执正驭奇，矫正时弊。

《文心雕龙》全书五十篇。《原道》《征圣》《宗经》《正纬》《辨骚》五篇，刘勰称之为"文之枢纽"。所谓"文之枢纽"指的是文学作品的关键，是文学创作与评论的首要问题。刘勰通过"文之枢纽"说明自然之道、圣人、儒经三者间"道沿圣以垂文，圣因文而明道"的关系,提出文章以道为本原、宗法儒经的观点,建立起文学创作与批评"本乎道,师乎圣,体乎经,酌乎纬,变乎骚"的最高标准。《辨骚》既高度评价了楚辞对《诗经》的变革与创新,又论述了骚体文的特点,为"文之枢纽"与后续的文体论搭建逻辑链条。《明诗》以下至《书记》二十篇属于文体论,讲有韵之文十篇、无韵之笔十篇,共论述了诗、赋、乐府等三十三种文体。文体论写作基本遵循了"原始以表末,释名以章义,选文以定篇,敷理以举统"的体例,探究各文体的起源,表明其流变;解释各文体的名源,章明其含义;选取典型例文,明确篇目;阐明各文体的创作原理,总结其写作准则。《神思》以下至《总术》十九篇属于创作论。创作论是对文体论各篇"敷理以举统"的系统论述和具体展开,内容繁富,阐述了文学创作过程中的神与物、言与意的关系,文章风格与作者个性的关系,文章情志与文采的关系等,阐明了作家创作的心理准备、理想作品的精神气韵与骨力、文学创作的变化与革新、镕意与裁辞的必要性等。至于《声律》《章句》《丽辞》《比兴》《夸饰》《附会》诸篇,对布局谋篇、遣词造句、运用修辞、创造意境等文术进行了翔实的论述。创作论每篇之下,刘勰都以前人的创作经验为基础,总结出文学创作的原则和技巧。最后由《总术》篇强调执术驭篇的重要性,对创作论进行总结。《时序》《物色》《才略》《知音》《程器》五篇属于批评论。批评论主要分析制约文学作品的外在因素。《时序》篇谈时政、学术风尚对文学发展的影响;《物色》篇谈自然景物与作家心志、作品言辞的互动;《才略》篇纵论历代作家的才情、学识和创作特点；《知音》篇谈读者鉴赏、批评文学作品的态度、原则和方法；《程器》篇谈文学家的道德品行、政治识见和社会责任。全书以总序《序志》篇收束。篇章的安排与《周易》大衍之数相合，形成严密的体系，"体大而虑周"；各篇议论精凿，"解析神质，包举洪纤，开源发流，为世楷式"。

《文心雕龙》文笔与思想性并胜。通览全书，刘勰践行着他的文学作品"衔华佩实"的主张。南朝各代，骈俪文盛行，以骈体论事析理的作品不计其数。《文心雕龙》亦采用骈体。书中句法对仗、对句灵活，"四字密而不促，六字格而非缓"，形式工整，读起来朗朗上口。布局谋篇上，《文心雕龙》杂而不越，科条分明。各篇行文条理性强，篇章间逻辑链条明晰，这与刘勰年少时便入寺整理、编订佛经的经历不无关系。情融理畅、辞采兼备，也是《文心雕龙》成就经典地位的重要因素。《文心雕龙》行文雕琢辞采、用典使事、善用修辞，达到了文辞清丽、声韵相协、典雅含蓄、诗意盎然的艺术效果。刘勰生活在宋、齐、梁三代，在多元融合的文化背景影响下，他博通经论，深谙儒学、佛学和玄学。《文心雕龙》不仅兼容并包儒、释、道三家的论文之道，而且化用征引丰富、言简义丰，呈现出恢宏的气度。

刘勰创作的《文心雕龙》距今已逾千年，有唐写本、宋刻本、元刻本存世，明清时期的刻本、注疏点校本也颇多。近代以来，学者们对《文心雕龙》的译注与研究可谓蔚为大观。本书以范文澜《文心雕龙注》为底本，参考陆侃如、牟世金《文心雕龙译注》、杨明照《文心雕龙校注拾遗》、詹瑛《文心雕龙义证》、周振甫《文心雕龙辞典》、张灯《文心雕龙译注疏辨》、周兴陆《〈文心雕龙〉精读》等书,辗转互证,择善而从,并吸收其他见解深微的龙学研究成果,对《文心雕龙》重新整理、注释,力求深入浅出,旨在满足古典文学爱好者研读的需要:

一、立足古为今用,"文之枢纽"择选《原道》《征圣》《宗经》《辨骚》四篇,《正纬》未译;文体论择选大众较为关注的《明诗》《乐府》《诠赋》三篇;创作论择选《神思》《体性》《风骨》《通变》《定势》《情采》《镕裁》《比兴》《夸饰》《附会》十篇,以期指导当代读者的写作实践;批评论与总序全部译出。

二、原文中的异体字径改为通行字。

三、题解。解释各篇标题的含义,概括各篇的主旨与内容,说明各篇的逻辑结构。

四、注释。对各篇的难字注音、释义。解释多义字。特别关注篇中用典,介绍典故名物的出处及在篇中的意义。疏解篇中的难句。

五、译文。以直译为主。根据需要采用补译或省译。对直译不顺畅之处采取意译的方式贯通文意。

"生也有涯,无涯惟智。"我们行走在探寻"艺苑之秘宝"的路上,感受它包蕴宏富的世界,"阅之动情,诵之益智"!

陈树千

2022 年 7 月

# 目 录

| 原　道 | 1 |
| --- | --- |
| 征　圣 | 9 |
| 宗　经 | 17 |
| 辨　骚 | 27 |
| 明　诗 | 38 |
| 乐　府 | 51 |
| 诠　赋 | 65 |
| 神　思 | 77 |
| 体　性 | 88 |
| 风　骨 | 96 |
| 通　变 | 104 |
| 定　势 | 115 |
| 情　采 | 125 |
| 镕　裁 | 136 |
| 比　兴 | 144 |
| 夸　饰 | 153 |
| 附　会 | 161 |

时　序 …………………………………………… *169*
物　色 …………………………………………… *194*
才　略 …………………………………………… *203*
知　音 …………………………………………… *224*
程　器 …………………………………………… *235*
序　志 …………………………………………… *248*

# 原　道

〔题解〕

　　《原道》是《文心雕龙》的首篇,与《征圣》《宗经》《正纬》《辨骚》五篇构成了《文心雕龙》的总纲,集中体现了刘勰论文的指导思想。

　　原,本也。原道,即本于道。《原道》篇的核心在于探究文之根本。本篇首先论述了"文"是天地万物的属性,自有天地以来就有文采;人文与天文、地文一样,皆源于自然之道,为"道之文也"。接着,叙述了人文的产生与发展:人文始于天地未分之时,隐藏在《河图》《洛书》之中,最初通过《易》的卦象体现出来,历经前哲,由孔子集大成,编撰成"六经"。继而,阐明"道""圣""文"三者间的关系:"圣"是"道"与"文"的中介,"文"是"圣"根据对"道"的体悟撰制的,是对"道"的显现。

　　《原道》篇"首揭文体之尊",是《文心雕龙》的理论起点。谈及本篇,清代学者纪昀认为:"自汉以来,论文者罕能及此。彦和以此发端,所见在六朝文士之上。"本篇提出的"道沿圣以垂文,圣因文而明道"之说,为文章必须征圣、宗经奠定了基础。

**文之为德也大矣**[①],与天地并生者,何哉?夫玄黄色杂,方圆体分②;日月叠璧,以垂丽天之象;山川焕绮,以铺理地之形:此盖道之文也。仰观吐曜③,俯察含章④,高卑定位,故两仪既生矣⑤。惟人参之,性灵所钟,是谓三才⑥。为五行之秀,实天地之心。心生而言立,言立而文明,自然之道也。傍及万品,动植皆文。龙凤以藻绘呈瑞,虎豹以炳蔚凝姿;云霞雕色,有逾画工之妙;草木贲华⑦,无待锦匠之奇。夫岂外饰,盖自然耳。至于林籁结响,调如竽瑟;泉石激韵,和若球锽⑧。故形立则章成矣,声发则文生矣。夫以无识之物,郁然有彩,有心之器⑨,其无文欤?

〔注释〕

①文:纹理;文采。此处涵盖世上一切事物的颜色、形体,一切声音的频率高低,一切用以表情达意的,文学性、非文学性的文章等。德:性质,属性。

②玄黄:天地的颜色。《周易·坤卦·文言》:"夫玄黄者,天地之杂也,天玄而地黄。"方圆:天地的形状,即古人认为的"天圆地方"。《大戴礼记·曾子天圆》:"天道曰圆,地道曰方。"

③吐曜(yào):发光。此处指日月星辰发出的光。

④含章:蕴含的华彩。章,花纹,文采。

⑤两仪:天与地。《周易·系辞上》:"易有太极,是生两仪。"

⑥三才:天、地、人。《周易·说卦》:"昔者圣人之作《易》也,将以顺性命之理,是以立天之道曰阴与阳,立地之道曰柔与刚,立人之道曰仁与

义,兼三才而两之,故《易》六画而成卦。"

⑦贲(bì):文饰,装饰。

⑧球锽(huáng):磬和钟。球,玉磬。锽,钟声。

⑨有心之器:有心灵的人。

[译文]

  "文"作为万事万物的属性,它无处不在,与天地共生。为什么呢?玄色与黄色驳杂,方形的地与圆形的天两分;太阳和月亮如重叠的玉璧,展示出附着在天上的景象;群山与河流焕发着锦绣般的光彩,呈现出大地纹理的样子:这些是大自然的"文"。人们抬头看日月星辰光彩熠熠,俯身看山川万物蕴含华彩,上与下的位置一旦确定,天地便产生了。天地之间,只有人能够与天、地并立,人天性聪慧,聚灵秀之气,这样一来,天、地、人,被合称为"三才"。金、木、水、火、土构成了天地万物,而人是这五种元素的灵气凝聚的美好,实为天地的心灵。心灵产生了,于是语言得以确立,语言确立了,于是人文得以彰显,这是自然的道理。推广到万物,动物与植物都有文采。龙凤通过华丽的文彩呈现祥瑞之貌,虎豹通过光亮的毛色和华美的纹理展示雄姿;云霞绮丽,胜过画工巧妙的着色;草木开花,无须织锦工匠奇巧的手艺。这哪里是外加的装饰,是自然形成的而已。至于风吹树木发出的声响,如吹笙弹瑟一般配合适当;泉石激荡形成的韵调,如同击磬敲钟一般和谐。所以,事物确立了形体,发出了声音,文采便产生了。那些无意识之物,都文采浩荡,那么,作为有心灵的人,怎么会没有"文"呢?

人文之元,肇自太极,幽赞神明,《易》象惟先。庖牺画其始,仲尼翼其终①。而《乾》《坤》两位,独制《文言》。言之文也,天地之心哉!若乃《河图》孕乎八卦②,《洛书》韫乎九畴③,玉版金镂之实,丹文绿牒之华,谁其尸之④?亦神理而已。自鸟迹代绳,文字始炳。炎皞遗事,纪在《三坟》⑤,而年世渺邈⑥,声采靡追⑦。唐、虞文章,则焕乎始盛。元首载歌⑧,既发吟咏之志;益、稷陈谟⑨,亦垂敷奏之风⑩。夏后氏兴,业峻鸿绩,九序惟歌⑪,勋德弥缛⑫。逮及商周,文胜其质,《雅》《颂》所被,英华日新。文王患忧,繇辞炳曜⑬,符采复隐⑭,精义坚深。重以公旦多材,振其徽烈,制诗缉颂⑮,斧藻群言⑯。至夫子继圣,独秀前哲,熔钧六经⑰,必金声而玉振⑱;雕琢性情,组织辞令,木铎启而千里应⑲,席珍流而万世响。写天地之辉光,晓生民之耳目矣。

[注释]

　　①翼:即《易传》,是对《周易》的注释,因包括《彖》上下、《象》上下、《文言》、《系辞》上下、《说卦》《序卦》《杂卦》共十篇,又称十翼。相传为孔子所作。

　　②《河图》:上古传说中,有龙马自黄河浮出,其所背负的图案即《河图》。伏羲据此绘制八卦。

　　③《洛书》:古史传说中,有神龟自洛水浮出,其所背负的图案即《洛

书》。大禹根据《洛书》制定了《洪范》九畴。韫:蕴藏,包含。九畴(chóu):九种治理天下的大法。

④尸:主宰。

⑤《三坟》:记载三皇的书。孔安国《尚书序》:"伏羲、神农、黄帝之书,谓之《三坟》。"

⑥渺邈(miǎo):久远。

⑦靡:不能。

⑧元首:指帝舜。载:开始。

⑨益、稷:伯益和后稷,此二人为帝舜的重要辅臣。谟:计谋,策略。

⑩敷奏:上书进言,大臣向君主提出建议。

⑪九序:即以水、火、金、木、土、谷"六府"与正德、利用、厚生"三事"为代表的各项事务都安排有序。喻指德政。

⑫缛(rù):繁盛。

⑬繇(zhòu)辞:《易》的卦爻辞。相传《易》为文王姬昌被商纣王囚于羑里时所作。

⑭符采:玉石上的横纹,此处指文采。复隐:丰富含蓄。

⑮缉:同"辑",辑录。

⑯斧藻:润饰加工。

⑰熔钧:此处喻指孔子对古书的整理、修订。熔,铸造器物的模子。钧,制作陶器的转轮。

⑱金声、玉振:古代奏乐,乐起击钟,乐收击磬。此处喻指孔子编书,集圣贤之大成。《孟子·万章下》:"孔子之谓集大成。集大成也者,金声而玉振之也。金声也者,始条理也;玉振之也者,终条理也。始条理者,智之事也;终条理者,圣之事也。"

⑲木铎(duó):以木为舌的铜铃,古代宣布政令时,用以警醒民众的响

器。此处指孔子的教化。

## 〔译文〕

　　人文的起源,始自天地未分时的混沌状态,《易经》卦象最早深刻地阐明了这个神秘的道理。初为伏羲绘制的八卦,最后由孔子对其注解,写就《十翼》。其中,《文言》篇是孔子特别为解释《乾卦》《坤卦》而作。语言有文采,乃是天地心灵的彰显啊!至于说《河图》里孕育出八卦,《洛书》中蕴含着九畴,玉版金字记录的内容,绿简红文展现的文华,都由谁来主宰呢?不外乎自然之道罢了。自从人们用象形文字代替了结绳记事,文字开始显现出它的异彩。炎帝神农氏、太皞伏羲氏流传下来的事迹,记载在《三坟》中,只是由于年代久远,今人已无法追寻当时的声韵与华彩。唐尧、虞舜时代的文章中,光彩鲜明的文采已开始兴盛。舜帝所作的歌,已开始吟咏情志;伯益、后稷呈给舜帝的计策,也显示出上书进言的风格。夏禹即位,业绩卓著,德政受到了歌颂,功勋、德行就更加繁多。到了商、周,文饰胜过了质朴,在《雅》《颂》的影响下,精粹华美之辞日益新颖。周文王受困患难时,写出的繇辞光彩熠熠,文采含蓄丰富,意义精妙深刻。再由多才的周公旦,发扬文王的美好功业,他创制、辑录诗文,对各家著述进行润饰加工。到了孔子时代,他承继圣贤的思想,并独出一时,超越了那些前哲。孔子整理"六经",必定要同金钟发声、玉磬收乐一般,集先贤古圣之大成。他培育性情,组织辞令,他的人文教化,如木铎般响起,千里应和;如席上的珍品流传下来,万代响应。孔子的著述,描绘天地光辉,晓谕人民。

爰自风姓[①],暨于孔氏,玄圣创典,素王述训[②],莫不原道心以敷章,研神理而设教,取象乎《河》《洛》[③],问数乎蓍龟[④],观天文以极变,察人文以成化;然后能经纬区宇,弥纶彝宪[⑤],发挥事业,彪炳辞义。故知道沿圣以垂文,圣因文而明道,旁通而无滞,日用而不匮[⑥]。《易》曰:"鼓天下之动者存乎辞。"辞之所以能鼓天下者,乃道之文也。

〔注释〕

①爰(yuán):句首发语词,无意义。风姓:伏羲姓风,此处代指伏羲。
②素王:有帝王之德却不居帝王之位的人。汉代儒生称孔子为"素王"。东汉王充《论衡·超奇》:"孔子作《春秋》以示王意,然则孔子之《春秋》,素王之业也。"
③取象:《周易》的一种思维方式,以具体事物比附、推论出抽象事理。
④蓍(shī):蓍草,古人用蓍草的茎进行占卜。
⑤弥:弥补、缝合。纶:整理丝线。彝:常理、法理。宪:法令。
⑥旁通:广通。滞:杨照明校本作"涯"。

〔译文〕

自伏羲到孔子,圣贤创制经典,孔子阐述教诲,没有谁不是推究自然之道来著述文章的,也没有谁不是探究神理来建立教化的。他们在《河图》《洛书》基础上取象,用蓍草、龟甲占卜,观察天体运行轨迹而穷究变化之理,考察人事往来以完成教化;然后能治理天下,完善法令,发挥事业,焕发文辞义理的光辉。由此可知,自然之道通过圣贤之手形成了美妙的文辞,圣人通过文章来阐明道的义理,使自然之道处处通达,没有阻碍,每天使用却不匮乏。《周易》上说:"激发天下万物变化得失的,存在于文辞之中。"文辞之所以能够激发万物,是因为它是自然之道的显现。

赞曰[1]:道心惟微,神理设教。光采玄圣,炳耀仁孝。龙图献体,龟书呈貌。天文斯观,民胥以效[2]。

〔注释〕

①赞曰:综上所述,概括来说。
②胥(xū):全,都。

〔译文〕

总括来说:自然之道幽微难明,依神妙的道理施行教化。前代的圣人使自然之道散发光采,也使仁孝伦理得到宣扬。《河图》《洛书》呈现出自然之道的体貌,圣人们又观察天文,以天道说明人事,据此撰制文章,让世人都来仿效。

# 征 圣

**〔题解〕**

征,意为"验证"。本篇的核心在于,强调文学创作当以圣人及其著述作为验证的标准,故名《征圣》。

圣人的典籍文章在治国、外交、修身养性等方面有教化之功,这一点自唐尧时期至春秋战国时代,都有例证。兼顾志意、文辞和情感,是圣人立言的基本准则。圣人的文章具有简、繁、隐、显等不同的表现形式,具备形式美与内容美和谐统一的特点。"征圣"是为了学习圣人如何立言,因此,验证文章,就是要看它是否"志足而言文,情信而辞巧",是否"抑引随时,变通适会",是否做到"正言"且"体要","衔华"且"佩实"。

《征圣》篇"以明道之人为证也,重在心",表达了刘勰对圣人,特别是对孔子的崇敬;刘勰倡导文无定格,贵在鲜活,肯定了创作的主题意识;针对当时"专尚华辞"的文风,刘勰提出了"华实兼言"、文质并重的观点,在中国古代文学批评史上具有重要的价值。《征圣》篇强调圣人的著述是后世创作者的典范,而"征圣"离不开"宗经",正所谓"论文必征于圣,窥圣必宗于经",《征圣》与《宗经》勾连贯通,形成了严密的逻辑。

夫作者曰"圣",述者曰"明"①。陶铸性情,功在上哲。夫子文章,可得而闻②,则圣人之情,见乎文辞矣。先王圣化,布在方册;夫子风采,溢于格言。是以远称唐世,则焕乎为盛③;近褒周代,则郁哉可从④:此政化贵文之征也。郑伯入陈,以文辞为功⑤;宋置折俎,以多文举礼⑥:此事迹贵文之征也。褒美子产,则云"言以足志,文以足言";泛论君子,则云"情欲信,辞欲巧"⑦:此修身贵文之征也。然则志足而言文,情信而辞巧,乃含章之玉牒,秉文之金科矣⑧。

〔注释〕

①作者:礼乐的创作者。述者:礼乐的阐述者。《礼记·乐记》:"作者之谓圣,述者之谓明。明圣者,述作之谓也。"

②夫子:孔子。可得而闻:语出《论语·公冶长》:"子贡曰:夫子之文章,可得而闻也。"

③唐世:唐尧时代。焕乎为盛:《论语·泰伯》:"子曰:大哉,尧之为君也!……焕乎,其有文章。"

④郁:富有文采。《论语·八佾》:"子曰:周监于二代,郁郁乎文哉!吾从周。"

⑤郑伯:郑简公。据《左传·襄公二十五年》记载,郑简公发兵攻入陈国之后,郑国上卿子产带着从陈国俘获的战利品,准备进献给盟主晋国。晋大夫士庄伯质问子产:陈国有何罪过?郑国为何侵犯小国?子产为何身穿军服前来敬献?子产慷慨对答,言辞顺理成章,于是,晋国接受了郑国的进献。孔子对子产严密的外交辞令大加赞赏,说:"言语可以用来表

达志向,文采则可以帮助语言完成表达。一个人要是不说话,谁能知道他的意愿呢?言辞没有文采,就不会流传久远。晋国做了盟主,郑国攻入陈国,文辞也是有功劳的。一定要谨慎言辞啊!"

⑥折俎(zǔ):把供宴饮、祭祀用的三牲骨节折断,放置在祭祀用的礼器上。此处指礼节隆重。举礼:记录合乎礼仪的事。举,记录。《左传·襄公二十七年》记载,宋、晋、楚、齐、郑等国相约在宋国会盟。晋国正卿赵武到达后,受到宋国人的盛情款待。宋国的司马将煮熟的牲体折断放置在俎上,这是符合礼仪规矩的。孔子让人记下这次宴会上的礼节,并认为主、宾之间的言辞颇具文采。

⑦信:真实。《礼记·表记》:"子曰:君子不以色亲人,情疏而貌亲,在小人则穿窬之盗也与。子曰:情欲信,辞欲巧。"

⑧含章:蕴含文采。秉文:驾驭文章。此处均代指写作。玉牒、金科:重要的法则。

〔译文〕

　　礼乐的创作者可称为"圣",礼乐的阐发者可称为"明"。以礼乐教化性情,此项功绩是由古代圣人建立的。正如孔子的礼乐文章,能被今人看到、被今人知晓,那么,圣人的情感,也能从他们的文辞中流露出来。古代帝王通达事理的教化,记载于简牍之上;孔子美好的风姿文采,也洋溢在他那些具有教育意义的言语中。孔子曾称赞远古的唐尧时代,礼乐文章焕发兴盛、灿烂美好;也曾褒扬相去不远的西周,礼乐文章美盛至极,可遵从采用:以上是政令教化注重文采的证明。郑简公的军队攻入陈国,子产因善于文辞而立下功劳;宋国款待宾客,主宾间的外交辞令,斐然成章,故而被孔门弟子记录下来。以上是政事活动注重文采的证明。孔子对子产大加褒扬和赞美,他评价说:"一个人的言语可以用来表达他的志向,而文采则可以帮助语言完成对志向的表达。"孔子泛论君子时,指出君子的"情感需要真挚,措辞需要巧妙"。以上是涵养身心注重文采的证明。那么,志意充足且言辞富于文采,情感真挚且言辞巧妙,便是写作的金科玉律了。

　　夫鉴周日月①,妙极机神;文成规矩,思合符契②。或简言以达旨,或博文以该情③,或明理以立体④,或隐义以藏用。故《春秋》一字以褒贬,《丧服》举轻以包重⑤,此简言以达旨也。《邠诗》联章以积句⑥,《儒行》缛说以繁辞⑦,此博文以该情也。书契决断以象《夬》⑧,文章昭晰以象《离》⑨,此明理以立体也。"四象"精义以曲隐⑩,"五例"微辞以婉晦⑪,此隐义以藏用也。故知繁略殊形,隐显异术,抑引随时,变通适会,征之周孔,则文有师矣。

〔注释〕

　　①鉴:观察,明察。周:遍及。
　　②规矩:规范,典范。规,画圆的工具。矩,画直角或方形的工具。符契:完全符合,一致。符,古代用以传达政令或军令的凭证,双方各执一半,以相合与否验明真假。契,契约券。

③该:同"赅",完备。

④立体:确立文本的体裁、体制。

⑤举:举陈,列举。古人居丧期间,依据与死者的亲疏关系穿着不同重量的丧服,关系亲密者,服重孝。《仪礼》中有《丧服》篇。《礼记·曾子问》中,曾子问孔子,身着丧服的人能否帮助相识的人祭祀。孔子回答"缌不祭,又何助于人"。缌(sī),指用细麻布制成的丧服,通常为死者远亲服丧期间的穿着。

⑥《邠(bīn)诗》:即《诗经·豳风·七月》。邠,古同"豳",古地名。《诗经·豳风·七月》由八章组成,每章十一句,整体篇幅较长。

⑦《儒行》:即《礼记》第四十一章。全篇记述了孔子与鲁哀公关于儒者品行的对话,详细地列举了儒者的十六种行为。

⑧《夬(guài)》:六十四卦之一,表决断。《易传·彖传下·夬》:"夬,决也,刚决柔也。"

⑨晰:也作"晳"。《离》:六十四卦之一,象火,表光彩,明亮,光明。《易传·彖传上·离》:"离,丽也;日月丽乎天,百谷草木丽乎土,重明以丽乎正,乃化成天下。"

⑩四象:《易·系辞上》:"易有四象,所以示也。"唐代孔颖达《周易正义》引庄氏曰:"四象,谓六十四卦中有实象,有假象,有义象,有用象,为四象也。"

⑪五例:《春秋》的五种书写法则。《左传·成公十四年》:"《春秋》之称,微而显,志而晦,婉而成章,尽而不污,惩恶而劝善。非圣人谁能修之?"

〔译文〕

圣人的观察如同日月一样遍及万物,其精微达到了机巧神妙的境界；圣人的文章成为标准、典范，其思想内容和表达方式如符契一样契合。有的文章以简练的言语来表达旨意，有的文章用丰富的文辞完备地传递感情，有的文章通过清晰的理路来确立文体，有的文章在含蓄的语义中隐藏着圣人的用心。所以，《春秋》于一字之中寓褒贬之意，《礼记》以轻丧之礼包举重丧之礼，这两种情况就属于"以简练的言语来表达旨意"。《诗经·豳风·七月》叙述农事季节活动，联结成诗句篇章，《儒行》通过繁复的言辞详尽地述说儒者的品行，这属于"用丰富的文辞完备地传递情感"。书契写得如《夬》卦般干脆利落，文章写得如《离》卦般昭彰明白，这属于"通过清晰的理路来确立文体"。《易经》"四象"，义理精深，曲折而隐晦，《春秋》"五例"，文辞微妙，委婉而含蓄，这属于"在含蓄的语义中隐藏着圣人的用心"。由此可知，文章的表现形式有详略的不同，文章的行文方法有隐显的差异，是克制还是生发要适应具体情况，顺应时势而变通，用周公、孔子的文章作为验证的标准，那么，写文章就有所效法了。

　　是以论文必征于圣，窥圣必宗于经①。《易》称"辨物正言，断辞则备"②，《书》云"辞尚体要，弗惟好异"。故知正言所以立辩，体要所以成辞，辞成无好异之尤③，辩立有断辞之义。虽精义曲隐，无伤其正言；微辞婉晦，不害其体要。体要与微辞偕通，正言共精义并用；圣人之文章，亦可见也。颜阖以为："仲尼饰羽而画，徒事华辞。"④虽欲訾圣⑤，弗可得已。然则圣文之雅丽，固衔华而佩实者也⑥。天道难闻,犹或钻仰;文章可见,胡宁勿思?若征圣立言,则文其庶矣⑦。

〔注释〕

①征:验证。窥:了解,探求。
②断辞:《周易》中决断吉凶的言辞。
③尤:过失,过错。
④颜阖(hé):战国时期鲁国的隐士。饰羽:修饰羽毛,比喻刻意追求文采。据《庄子·列御寇》记载,颜阖曾评价孔子过于雕琢文饰,热衷于在羽毛上修饰描画,热衷于追求华美的文辞。
⑤訾(zǐ):诋毁。
⑥衔华:口含花朵,此处喻指有文采。佩实:佩戴果实,此处喻指有内容。
⑦庶:近似,差不多。

〔译文〕

所以,谈论文章时,必须以圣人作为标准来进行验证,而探求圣人如何立言,则必须取法于他的经典著作。《周易·系辞下》称:"辨别事物,并用雅正的语言加以说明,断辞的语意就会完备了。"《尚书·毕命》说:"文辞贵在体察要义,不能仅仅追求标新立异。"由此可知,言辞雅正有助于判别文意,体察要义有助于组织文章的词句。组织好词句才不会产生喜好追新逐异的问题,辨别好文意才能措辞明断,语意完足。虽然文意精深,曲折隐晦,但不会妨害言语表达的正确;虽然文辞微妙,委婉含蓄,但不会损害切实重要的文章旨意。切实重要的文意与微妙含蓄的文辞并行不悖，正确的言语与精深的意义共同使用，这些也都能在圣人的文章中见到。颜阖认为"孔子在羽毛上描画修饰，只为追求华美的文辞。"虽然颜阖想要诋毁圣人，但他不可能成功。圣人的文章雅丽，本就兼具形式美与内容美。天道难以弄懂，尚且有人钻研；圣人的文章可以看到，为什么不去思考探究呢？假如著书立说时能够以圣人为标准，那么，写出的文章也就接近言辞雅正、文意精深了。

赞曰：妙极生知①，睿哲惟宰。精理为文，秀气成采。鉴悬日月，辞富山海。百龄影徂②，千载心在。

[注释]

①生知：生而知之者，即圣人。
②百龄：百岁，此处指人的一生。徂(cú)：消逝，消亡。

[译文]

综上所述：圣人掌握了精微幽深的道理，掌握了高深的智慧。他们将精妙之理写成文章，将英秀之气化成文采。圣人的识见如同高悬的日月一般明亮，文辞如同高山大海一般广博繁富。圣人百年之后形影消逝，而他们的为文之心却流传千载。

# 宗　经

〔题解〕

宗经,即宗法经书。本篇阐述了经书的地位、价值、体制特点及对后世的影响,并针对当时浮华艳丽的文风,说明宗法经典的必要性。

经书记述道,阐发道,义理精深,文辞典范。《易》《书》《诗》《礼》《春秋》五种经书各具特色,在文辞和义理上或隐或显,"辞约而旨丰,事近而喻远",对后世的文章创作产生了深远的影响。五经中包含了后世诸多的文体形式,确立了百家著述的写作规范。刘勰认为,若能宗法五经进行创作,文章便可达到"六义",即思想内容上的"情深""事信""义贞"和语言风格上的"风清""体约""文丽"。

本篇承接《原道》篇"道言圣以垂文,圣因文而明道"和《征圣》篇"论文必征于圣,窥圣必宗于经"的观点,将原道、征圣的思想落到实处。

三极彝训①,其书曰"经"。"经"也者,恒久之至道,不刊之鸿教也②。故象天地③,效鬼神,参物序,制人纪,洞性灵之奥区,极文章之骨髓者也。皇世《三坟》④,帝代《五典》⑤,重以《八索》⑥,申以《九丘》⑦;岁历绵暧⑧,条流纷糅⑨,自夫子删述,而大宝启耀⑩。于是《易》张《十翼》,《书》标"七观"⑪,《诗》列"四始"⑫,《礼》正"五经"⑬,《春秋》"五例",义既埏乎性情⑭,辞亦匠于文理;故能开学养正,昭明有融⑮。然而道心惟微,圣谟卓绝⑯,墙宇重峻⑰,吐纳自深⑱。譬万钧之洪钟,无铮铮之细响矣。

〔注释〕

①三极:即天、地、人。彝(yí)训:经常性的法则。

②刊:消除,磨灭。鸿教:伟大的教诲。

③象:效法。

④《三坟》:相传为伏羲、神农、黄帝三皇阐述大道之书。坟,大,指书中内容关乎三皇之事。

⑤《五典》:相传为少昊、高阳、高辛、唐、虞五帝之书。典,常,指五帝之道可百代常行。

⑥《八索》:相传为八卦之书,介绍八卦的原理。

⑦《九丘》:相传为九州之书,介绍上古时期九州的地理、风物等。

⑧绵暧:因年代久远而变得模糊不清。暧,昏暗不明。

⑨纷糅:纷繁杂乱。

⑩大宝:此处指孔子删定的《诗》《书》,修订的《礼》《乐》,创作的《春秋》《十翼》等书。启:也作"咸"。

⑪七观:《尚书》可以体现出的七个方面的内容。据《尚书大传》记载,"六誓可以观义,五诰可以观仁,《甫刑》可以观诫,《洪范》可以观度,《禹

贡》可以观事,《皋陶谟》可以观治,《尧典》可以观美。"

⑫四始:指《风》《大雅》《小雅》和《颂》。《毛诗序》:"是以一国之事,系一人之本,谓之风;言天下之事,形四方之风,谓之雅。雅者,正也,言王政之所由废兴也。政有大小,故有小雅焉,有大雅焉。颂者,美盛德之形容,以其成功告于神明者也。是谓四始,诗之至也。"

⑬五经:即"五礼",古代吉、嘉、宾、军、凶五种礼仪。《礼记·祭统》:"礼有五经,莫重于祭。"郑玄注:"礼有五经,谓吉礼、凶礼、宾礼、军礼、嘉礼也。"

⑭埏(shān):和泥制作陶器,引申为陶冶、教化。

⑮融:长远,长久。《诗·大雅·既醉》:"昭明有融。"毛传:"融,长。"

⑯谟(mó):计谋,谋略。

⑰墙宇:房屋,此处指圣人的道德学问。《论语·子张》记载,子贡曾拿君子贤能的大小与围墙的高度作比,他认为自己的贤能好比肩膀高度的围墙,一般人可以窥见墙内室家的美好,而孔子的贤能则如同数丈高的围墙,一般人找不到门,也无法进入,看不到墙内宗庙的丰富和美好。

⑱吐纳:言谈,谈吐,此处指圣人著作的内容。

〔译文〕

记述天、地、人恒常道理的书,被称为"经"。"经",即恒久、不灭的至上真理和伟大教诲。所以,"经"是取法天地,仿效鬼神,检验物序,制定人伦纲纪之书,也是洞察人的性灵幽深之处,穷究文章撰制之精髓的书籍。三皇时期的《三坟》、五帝时代的《五典》,加上《八索》和《九丘》,这些经书年代悠远,条理错乱,内容模糊不清。自从孔子着手对此类古书进行整理和著述后,珍贵的典籍才得以焕发光彩。在此,《易经》生发出《十翼》,《尚书》显现出"七观",《诗经》收列着风、大雅、小雅、颂"四始",《仪礼》规定了吉、嘉、宾、军、凶"五经",《春秋》蕴含着"微而显,志而晦,婉而成章,尽而不污,惩恶而劝善"五种创作法则,以上五部经书既在内容上陶冶人的情操,又在言辞上精心雕琢,合乎文理。所以说,经可以开启学问,颐养正气,发扬光大。然而,道的精意微妙,圣人因其智谋卓绝,学问高深,道德高尚,而谈吐议论自然深微。譬如数十万斤的大钟,发不出"铮——铮——"的微弱响声。

夫《易》惟谈天,入神致用。故《系》称旨远辞文,言中事隐①。韦编三绝,固哲人之骊渊也②。《书》实记言,而训诂茫昧③,通乎《尔雅》④,则文意晓然。故子夏叹《书》"昭昭若日月之明,离离如星辰之行",言昭灼也⑤。《诗》主言志,诂训同《书》,摛风裁兴⑥,藻辞谲喻⑦,温柔在诵,故最附深衷矣⑧。《礼》以立体,据事制范,章条纤曲,执而后显,采掇片言,莫非宝也。《春秋》辨理,一字见义,五石六鹢⑨,以详备成文;雉门两观⑩,以先后显旨;其婉章志晦,谅以邃矣。《尚书》则览文如诡,而寻理即畅;《春秋》则观辞立晓,而访义方隐。此圣文之殊致,表里之异体者也。

至根柢槃深⑪,枝叶峻茂,辞约而旨丰,事近而喻远。是以往者虽旧,余味日新。后进追取而非晚,前修久用而未先。可谓太山遍雨,河润千里者也<sup>⑫</sup>。

〔注释〕

①言中事隐:语出《周易·系辞下》:"其旨远,其辞文,其言曲而中,其事肆而隐。"中:恰当合理。

②骊渊:黑龙潜伏的深潭。骊,纯黑色的龙。《庄子·列御寇》:"夫千金之珠,必在九重之渊,而骊龙颔下,子能得珠者,必遭其睡也。"

③训诂(gǔ):解释古书中文字的意义。

④《尔雅》:现存中国古代最早解释词义的工具书。

⑤子夏:孔子的弟子,因擅长文学位列孔门十哲。昭昭:明白显著。离离:清楚分明。昭灼:显著,彰明。

⑥摛(chī):铺陈,叙述。

⑦谲(jué)喻:奇异多变的比喻。

⑧深衷:内心的情感。

⑨五石六鹢(yì):语出《春秋·僖公十六年》:"陨石于宋五。是月,六鹢退飞,过宋都。"《公羊传》指出文中先言"陨"再言"石"后言"五",是记述人们听的顺序,人们先听到了石块落下的声音,继而看到了陨石石块,仔细观察后发现是五块陨石;先言"六"再言"鹢"后言"退飞",是记述人们看的顺序,人们先看到的是六只鸟,继而看清是鹢鸟,仔细观察后发现鹢鸟在退着飞行。此处以"五石六鹢"说明《春秋》叙事详备,行文巧妙。鹢,鸟名。

⑩雉门两观:语出《春秋·定公二年》:"夏五月壬辰,雉门及两观灾。秋,楚人伐吴。冬十月,新作雉门及两观。"《公羊传》指出文中述说火灾发生地的顺序是"雉门及两观",这是因为雉门重要而两观不重要。但文中没有用"雉门灾及两观",是因为火灾自两观而起。记述灾害时,不能将不

重要的放在重要的前面说。《穀梁传》认为描述火灾时,将雉门放在两观前,是为了避免尊者靠近"灾"字,表达对尊者的尊敬。雉门,诸侯宫殿的南门。两观,位于宫门左右两旁的土台,台上搭建高楼,可用于瞭望。

⑪柢(dǐ):树木的根。槃(pán):盘结。

⑫太山:即泰山,位于今山东省泰安市。

# [译文]

  《易经》谈论的是天道,它对天道微义的研究,达到了神妙的境界,且又切合实用,所以,《周易·系辞下》称其旨意深远且文辞华美,言语恰当而事理艰深。孔子晚年喜读《易经》,编联竹简的绳子都被他翻断了很多次,《易经》确实是哲人探求精义奥理的宝库啊。《尚书》记录了上古时代君臣之间的治国言论,但文字古奥,借助《尔雅》来疏通,文意便晓畅明白了。所以,子夏感叹《尚书》"如同日月般明亮,如同星辰运行般清晰",就是说它的文意明显。《诗经》主要用来表达情志,文字和《尚书》一样难以理解,诗篇的创作运用了铺陈、起兴和比喻的手法,诵读时能够体会其温柔敦厚的特点,因此也最能贴近人内心的深切情怀。《仪礼》是用来确立体制的,根据世俗事务来制定规范,它条款细致详尽,遵照执行之后,成效显现。即使摘取《仪礼》的只言片语,也没有不珍贵的。《春秋》是辨明道理的,往往一个字就能展现褒贬之意。书中记录的"五石""六鹢"说明《春秋》叙事详备,行文巧妙;"雉门""两观"说明《春秋》通过行文的先后顺序来达到显示主次有别的目的。《春秋》用委婉曲折的方式表达了含蓄的用意,确实深邃啊。《尚书》的文字读起来怪异艰涩,一旦找到了理路,文意就很晓畅了,而《春秋》的文字一看就懂,一旦探寻其中的道理方知隐晦。这就是经书从表达的文辞到内在的义理都有着各不相同的体例啊。

经书如大树一般,树根盘结,枝叶繁茂,它们文辞简约却旨意丰富,叙事浅近却寓意深远。所以,经典古书虽然是旧作,余味却常读常新。后辈学子竞相选取经书来读并不算晚,前辈先贤长久用经书也未必领先。可谓是如同泰山之雨遍布四方,如同黄河之水润泽千里。

故论、说、辞、序,则《易》统其首;诏、策、章、奏,则《书》发其源;赋、颂、歌、赞,则《诗》立其本;铭、诔、箴、祝,则《礼》总其端;纪、传、盟、檄①,则《春秋》为根;并穷高以树表,极远以启疆,所以百家腾跃,终入环内者也。

若禀经以制式,酌雅以富言②,是即山而铸铜,煮海而为盐也。故文能宗经,体有六义③:一则情深而不诡,二则风清而不杂,三则事信而不诞,四则义贞而不回④,五则体约而不芜,六则文丽而不淫。扬子比雕玉以作器⑤,谓"五经"之含文也。夫文以行立,行以文传,"四教"所先⑥,符采相济。迈德树声⑦,莫不师圣,而建言修辞,鲜克宗经。是以楚艳汉侈,流弊不还⑧,正末归本⑨,不其懿欤⑩!

〔注释〕

①论、说、辞、序、诏、策、章、奏、赋、颂、歌、赞、铭、诔、箴、祝、纪、传、盟、檄,皆为古代文体。论,阐发事理的文章。说,游说之文。辞,讼案中申辩的言辞。序,表达意味、旨趣、心愿等的说明性文字,分为诗文序、赠别序、宴集序。诏,"告"也,君王颁发的令。策,君王颁发的任命、罢免或其他敕令的文告。章,臣子上书君主,"章以谢恩"。奏,臣子上书君主,"奏以按劾"。赋,铺陈文采用来抒发情志的韵文。颂,歌颂功德以告神明、记录时代大事件、咏赞事物等。歌,歌辞。赞,纪、传后所附的评论性文字,如《文心雕龙》每篇后的"赞曰"。铭,器物上颂扬功德或警诫自己的文辞。诔(lěi),古时悼念死者的文章。箴(zhēn),古时规劝告诫的韵文。祝,祭词。纪,记述人、物、事等,以记叙为主,兼具议论和抒情。传(zhuàn),解释经典的文体。盟,结盟的文书。檄,用于军事文告、征召和晓谕臣民的文体。

②酌:择取。

③义:适宜、合宜。

④贞:正,正直。回:邪僻,乖谬不正。

⑤扬子:汉时辞赋家、思想家扬雄。扬雄《法言·寡见》:"玉不雕,玙璠不作器;言不文,典谟不作经。"意为:玉石不经过雕琢,即使是美玉也做不了礼器;言语不讲究文采,即使是《尧典》《大禹谟》也成不了经典。

⑥四教:即文献、德行、忠诚、守信,孔子教育学生的四个方面。《论语·述而》:"子以四教,文、行、忠、信。"

⑦迈:通"劢(mài)",勉励,勤勉。

⑧还(huán):罢歇,止息。

⑨末:艳丽浮夸的文风。本:精约雅正的文风。

⑩懿(yì):美好。

〔译文〕

所以,论、说、辞、序四种文章体裁,总的来说,都始自《易经》;诏、策、章、奏四种文书体裁,都源于《尚书》;赋、颂、歌、赞四种诗歌体裁,《诗经》为它们建立了根本;铭、诔、箴、祝四种文体,《仪礼》是汇聚它们的开端;纪、传、盟、檄四种文体,以《春秋》为根:五部经书为后世树立极高的典范,开拓出极远的疆域,所以,即使百家活跃、争鸣,最终都难以跳出五经形成的传统范畴。

如果秉承经书来制定文章的体式,择取经书雅正的语言来丰富文辞,就仿佛靠近矿山炼铜,熬海水来煮盐一样。所以,创作文章能够效法经书,在内容和形式上有六个方面的好处:一是情感深厚而不诡诈,二是风格清雅而不混杂,三是叙事可信而不荒诞,四是义理端正而不邪僻,五是字句简约而不繁芜,六是文辞华丽而不过度。扬雄拿雕琢玉石制作礼器来打比方,是在说"五经"包含着文采啊。文章凭借德行而立世,德行凭借文章而传世,"文、行、忠、信"四教首要是文献经典,经书与德行、忠诚、守信的关系就如同美玉的纹理一样彼此成就,整齐而美好。人们勉励德行,树立声望,没有不向圣人学习的,而文章创作时阐述观点、修饰文辞,却很少能够效法经书。这是因为楚辞艳丽、汉赋浮夸的流弊没能停止啊,矫正艳丽浮夸的文风,回归精约雅正的文风,不是很美好吗?

赞曰：三极彝道，训深稽古①。致化惟一②，分教斯五。性灵熔匠，文章奥府。渊哉铄乎③！群言之祖。

〔注释〕

①稽：考查，考究。
②致：施行，实施。
③渊：深远。铄：灿烂，辉煌。

〔译文〕

综上所述：天、地、人的恒常道理极为深奥，人们可以在古经书中查考。经书在施行教化这一目的上是一致的，实施时则分为五种经书。它们是陶铸性灵的工匠，也是蕴藏文章奥义的宝库。多么深远！多么灿烂！经书可谓各家著述的始祖。

# 辨　骚

〔**题解**〕

　　"骚"原指《离骚》,战国末期楚国伟大诗人屈原的作品。本篇篇名中的"骚"是对以《离骚》为代表的楚辞的统称。"辨骚",即为楚辞辨析,主要针对汉代文人依经立论的传统,指出将儒经经义作为衡量楚辞高下标准的片面性,并高度评价了楚辞的艺术成就。

　　本篇首先说明楚辞在文学史上承前启后的地位,列举了刘安、王逸、汉宣帝、扬雄、班固等汉代名家对楚辞的评价,认为他们的褒贬抑扬,只停留在了诗文的表象,纠缠于楚辞的文字是否符合经义,"鉴而弗精,玩而未核"。继而,本篇从思想内容、表现形式等方面辨析楚辞与经书的"四同""四异"。"四同"强调楚辞对经书的传承,"四异"在评述楚辞"夸诞"的同时,突破了汉代学人的局限,认为它"虽取熔经意,亦自铸伟辞",是对《诗经》的变革与创新。因此,楚辞在气势上可以超越古人,而它瑰奇的辞采又切合今人,对后世辞赋的创作产生了巨大而深远的影响。由此,作者提出"以经书的雅正为根本,择取楚辞的奇异"的创作原则。

自《风》《雅》寝声①,莫或抽绪②,奇文郁起,其《离骚》哉！固已轩翥诗人之后③,奋飞辞家之前,岂去圣之未远④,而楚人之多才乎！昔汉武爱《骚》,而淮南作《传》⑤,以为:《国风》好色而不淫,《小雅》怨诽而不乱⑥,若《离骚》者,可谓兼之。蝉蜕秽浊之中,浮游尘埃之外,皭然涅而不缁⑦,虽与日月争光可也。班固以为⑧:露才扬己,忿怼沉江。羿、浇、二姚⑨,与左氏不合⑩;昆仑悬圃⑪,非经义所载。然其文辞丽雅,为词赋之宗,虽非明哲,可谓妙才。王逸以为⑫:诗人提耳,屈原婉顺。《离骚》之文,依经立义。驷虬乘鹥⑬,则时乘六龙;昆仑流沙⑭,则《禹贡》敷土⑮。名儒辞赋,莫不拟其仪表,所谓"金相玉质,百世无匹"者也。及汉宣嗟叹,以为皆合经术;扬雄讽味,亦言体同《诗·雅》。四家举以方经,而孟坚谓不合传,褒贬任声⑯,抑扬过实,可谓鉴而弗精,玩而未核者也。

〔注释〕

①寝:止息,停止。

②抽绪:如抽丝般地延绵,此处指继承,传承。

③轩翥(zhù):高飞,飞举。《楚辞·远游》:"雌蜺便娟以增挠兮,鸾鸟轩翥而翔飞。"

④岂:也许,莫非。

⑤淮南:即淮南王刘安,汉武帝刘彻的叔父。文中"《国风》好色而不

淫"至"虽与日月争光可也"出自刘安《离骚传》。

⑥怨诽(fěi):怨恨,非议。此处指《小雅》中讽刺时政的诗作。

⑦皭(jiào)然:洁白的样子。涅(niè):染黑。缁(zī):黑色。

⑧班固:字孟坚,东汉史学家,曾作《离骚序》。文中"露才扬己"至"可谓妙才"是对班固《离骚序》内容的概说。

⑨羿:后羿,相传为夏代有穷氏部落的首领。后羿篡权摄政,夏王太康失国,后羿取得夏政权后,又被宠臣寒浞(zhuó)所杀。浇:寒浞的儿子,被寒浞封在过地,故又称过浇。曾奉寒浞之命杀死了夏王相,多年后,相的儿子少康复国,被少康所灭。二姚:夏代有虞氏部落首领的两个女儿,姚姓。少康被追杀,逃到有虞氏部落,娶二女为妻。屈原《离骚》记有:"羿淫游以佚畋兮,又好射夫封狐。固乱流其鲜终兮,浞又贪夫厥家。浇身被服强圉兮,纵欲而不忍。日康娱而自忘兮,厥首用夫颠陨。……及少康之未家兮,留有虞之二姚。"

⑩左氏:指《左传》。《左传·襄公四年》《左传·哀公元年》均有羿、浇的相关记述。《左传·哀公元年》:"昔有过浇杀斟灌以伐斟鄩,灭夏后相。后缗方娠,逃出自窦,归于有仍,生少康焉,为仍牧正。惎浇能戒之。浇使椒求之,逃奔有虞,为之庖正,以除其害。虞思于是妻之以二姚,而邑诸纶。"

⑪悬圃:语出《楚辞·天问》,指昆仑山的山巅,向上通向天庭。

⑫王逸:东汉文学家,著有《楚辞章句》,是《楚辞》最早的完整注本。文中"诗人提耳"至"百世无匹者也"是对《楚辞章句序》内容的概说。

⑬骊虬(qiú)乘鹥(yī):驾着虬龙乘着凤凰。语出《离骚》:"骊玉虬以乘鹥兮,溘埃风余上征。"骊,驾着四匹马拉的车。虬,没有角的龙。鹥,凤凰的别名,身上有五彩花纹。

⑭流沙:指西方的尽头,相传该处沙子流动像水一样。语出《离骚》

"遵吾道夫昆仑兮,路修远以周流""忽吾行此流沙兮,遵赤水而容与"。

⑮敷土:治理水土。

⑯声:名声,此处指外在的表象。

〔译文〕

　　自从吟唱《国风》《大雅》《小雅》的声音停了下来,就没有谁继续创作这一类的诗歌了。一种奇异的文体蓬勃兴起,它就是《离骚》!如果把《离骚》比作一只鸟,它确实已经飞在了《诗经》创作者之后,却也奋飞在汉代辞赋家之前,这也许是因为《离骚》创作的时代离圣人时代不远,而且楚人富有才华吧!昔日,汉武帝喜爱《离骚》,于是淮南王刘安就作了《离骚传》。刘安认为:"《国风》多写男女之情却不过度,《小雅》多怨愤的情绪却不作乱,像《离骚》这样的诗作,可以说兼具二者的特点。屈原像蝉脱壳一样摆脱浊秽,浮游于尘世之外,高洁清白,不被浊世染黑,即使说他与日月争辉,也是可以的。"班固认为:"屈原显露才华张扬自己,最终带着怨恨沉入汨罗江。《离骚》里有关羿、浇、二姚的记述,与《左传》不一致;《楚辞》中的昆仑悬圃,经书中也没有记载。然而,《离骚》文辞华丽雅正,是辞赋之宗,屈原虽然不是贤明的哲人,却可说得上是一位妙才。"王逸认为:"《诗经》的作者提着人的耳朵进行规劝,屈原则比较委婉和顺。《离骚》的文辞,依照经书立义。比如,'驷虬乘鹥'的说法,依据的是《易经·象辞》的'时乘六龙以御天';'昆仑流沙',依据的是《禹贡》有关治理水土的记载。著名学者的辞赋,没有不模仿《离骚》的,《离骚》就是所说的'拥有金玉般的质地,百年以来没有谁可与之相匹敌'。"到了汉宣帝,他赞叹《离骚》之美,认为《离骚》完全符合经书学说;扬雄品读《离骚》,也说其体制与《诗经》的《雅》相同。刘安、王逸、汉宣帝、扬雄四家,都将《离骚》同经书并举,班固却说它与《左传》的记载不相符合,褒扬和贬抑只凭表象,且言过其实,可以说是鉴别却不精当,玩味而不核实啊。

　　将核其论,必征言焉。故其陈尧、舜之耿介,称禹、汤之祗敬①,典诰之体也;讥桀、纣之猖披②,伤羿、浇之颠陨③,规讽之旨也;虬龙以喻君子④,云霓以譬谗邪⑤,比兴之义也;每一顾而掩涕⑥,叹君门之九重⑦,忠怨之辞也。观兹四事,同于《风》《雅》者也。至于托云龙⑧,说迂怪,驾丰隆求宓妃⑨,凭鸩鸟媒娀女⑩,诡异之辞也;康回倾地,夷羿彃日⑪,木夫九首,土伯三目⑫,谲怪之谈也;依彭咸之遗则⑬,从子胥以自适⑭,狷狭之志也;士女杂坐,乱而不分⑮,指以为乐,娱酒不废,沉湎日夜⑯,举以为欢,荒淫之意也。摘此四事,异乎经典者也。

〔注释〕

　　①"尧舜"二句:指《离骚》:"彼尧舜之耿介兮,既遵道而得路""汤禹俨而祗敬兮,周论道而莫差"。祗(zhī)敬:恭敬。
　　②猖(chāng)披:狂妄横行。此句指《离骚》:"何桀纣之猖披兮,夫唯捷径以窘步。"

③颠陨:覆灭,覆亡。

④"虬龙"句:指《九章·涉江》:"驾青虬兮骖白螭,吾与重华游兮瑶之圃。"

⑤"云霓"句:指《离骚》:"飘风屯其相离兮,帅云霓而来御。"王逸注:"云霓,恶气,以喻佞人。"

⑥"掩涕"句:指《九章·哀郢》:"望长楸而太息兮,涕淫淫其若霰;过夏首而西浮兮,顾君门而不见。"

⑦"君门"句:指《九辩》:"岂不郁陶而思君兮?君之门以九重!"

⑧"云龙"句:指《离骚》:"驾八龙之婉婉兮,载云旗之委蛇。"

⑨"丰隆"句:指《离骚》:"吾令丰隆乘云兮,求宓妃之所在。"

⑩"鸩鸟"句:指《离骚》:"望瑶台之偃蹇兮,见有娀之佚女。吾令鸩为媒兮,鸩告余以不好。"

⑪"康回"二句:指《天问》:"康回冯怒,坠何故以东南倾?""羿焉彃(bì)日?"康回,即共工。

⑫"木夫"二句:指《招魂》:"一夫九首,拔木九千些。""土伯九约,其角觺觺些。……参目虎首,其身若牛些。"土伯,土地神。

⑬"彭咸"句:指《离骚》:"虽不周于今之人兮,愿依彭咸之遗则。"《九章·悲回风》也有:"夫何彭咸之造思兮,暨志介而不忘。"彭咸,殷商大夫,劝谏君王却不被接受,投水自杀。

⑭"子胥"句:指《九章·悲回风》:"浮江淮而入海兮,从子胥而自适。"子胥,春秋时期楚国人伍子胥,出任吴国大夫期间,率吴军大破楚国,后辅佐吴王打败了越王。因与吴王政见不合,又遭佞臣陷害,自刎身亡。吴王夫差命人将伍子胥的尸体装进皮革袋中,丢入钱塘江。

⑮"士女"二句:语出《招魂》:"士女杂坐,乱而不分些。"

⑯"娱酒"二句:语出《招魂》:"娱酒不废,沉日夜些。"

〔译文〕

　　想要核实他们的言论是否正确,必须考查《离骚》的原文。《离骚》陈述了帝尧与帝舜的光大圣明,称颂了夏禹和商汤的恭敬,符合《尚书》典、诰的体要;讽刺了夏桀、商纣的狂妄横行,为后羿、寒浞的灭亡而伤感,符合《诗经》规诫讽谏的意旨;《九章·涉江》中用虬龙比喻君子,《离骚》里用云霓比喻谗佞奸邪的小人,这是运用了《诗经》的比兴手法;《九章·哀郢》里说屈原每次回望都会掩面而泣,《九辩》中写宋玉感叹去往楚王宫殿面君的宫门多达九重,这就是《诗经》里表达忠怨之情的言辞啊。从这四点来看,楚辞和《诗经》的《国风》《大雅》《小雅》颇为相同。至于《离骚》假借云龙,言说荒诞之事,命云雷之神丰隆驾着彩云追寻宓妃的住所,托鸩鸟做媒人向娥女求婚,都是反常怪异的言辞。共工怒触不周山,大地向东南倾斜,后羿射落九个太阳,拔起九千多根木头的男人有九个脑袋,土地神长有三只眼睛,都是奇异怪诞的话语。依照商朝大夫彭咸的做法投水而死,跟随春秋楚人伍子胥顺着自己的心意而自杀,是诗人洁身自好却心胸狭小的表现。认为男男女女混乱杂坐是快乐,认为纵酒享乐日夜沉湎是欢愉,这是荒淫的想法啊。从摘引出的这四点来看,楚辞和经书大不相同。

　　故论其典诰则如彼,语其夸诞则如此。固知《楚辞》者,体宪于三代,而风杂于战国,乃《雅》《颂》之博徒①,而词赋之英杰也。观其骨鲠所树②,肌肤所附③,虽取熔经意,亦自铸伟辞。故《骚经》《九章》,朗丽以哀志;《九歌》《九辩》,绮靡以伤情;《远游》《天问》,瑰诡而慧巧;《招魂》《大招》,耀艳而深华;《卜居》标放言之致,《渔父》寄独往之才。故能气往轹古④,辞来切今,惊采绝艳,难与并能矣。

〔注释〕

①博徒:卑微低下者。
②骨鲠(gěng):骨干,骨骼,此处指诗文的主旨内容。
③肌肤:此处指诗文的辞采。
④轹(lì)古:超越古人。

〔译文〕

因此,谈到《楚辞》合乎经书,就像前四点所述,谈到《楚辞》虚夸荒诞,就如后四点所述。可以确定地说,《楚辞》效法夏、商、周三代经书,杂有战国风气,比《雅》《颂》低微,却是辞赋中的杰出英才。从《楚辞》所建立的主旨和所附丽的辞采看来,虽然它在旨意上融合了经书之义,但又独自创造出壮美瑰丽的文辞。所以,《离骚》《九章》,以明朗艳丽的文辞来抒发悲哀的情志;《九歌》《九辩》,以浮艳柔弱的文辞来抒发哀伤的情感;《远游》《天问》,言辞瑰诡而文思慧巧;《招魂》《大招》,言辞耀艳而内蕴深华;《卜居》显示出不羁的情致,《渔父》寄托了特立独行、不同流合污的才情。所以,《楚辞》的气势能够超越古人,文辞能够切合当下,文采惊人,辞藻华美,很难有与之比肩的作品啊。

自《九怀》以下①,遽蹑其迹②,而屈、宋逸步③,莫之能追。故其叙情怨,则郁伊而易感④;述离居,则怆怏而难怀;论山水,则循声而得貌;言节候,则披文而见时。是以枚、贾追风以入丽⑤,马、扬沿波而得奇⑥,其衣被词人,非一代也。故才高者菀其鸿裁⑦,中巧者猎其艳辞,吟讽者衔其山川,童蒙者拾其香草⑧。若能凭轼以倚《雅》《颂》⑨,悬辔以驭楚篇⑩,酌奇而不失其贞,玩华而不坠其实,则顾盼可以驱辞力⑪,欬唾可以穷文致⑫,亦不复乞灵于长卿⑬,假宠于子渊矣⑭。

[注释]

①《九怀》:《楚辞》篇名,西汉王褒仿效《离骚》所作的政治抒情诗。《楚辞》列在《九怀》之后的作品大都为汉人模仿屈原、宋玉等人的诗作。

②遽(jù)蹑:急追。

③逸步:高超、卓越的步调。

④郁伊:抑郁,心情不舒畅。

⑤枚:枚乘,西汉辞赋家,作品《七发》融会了《离骚》《招魂》《大招》等先秦楚辞的各种因素。贾:贾谊,西汉辞赋家,作品《吊屈原赋》是汉初骚体赋的代表作。

⑥马:司马相如,西汉辞赋家,其文风融楚辞骚体之迤逦与汉代乐府

之清新于一体。扬:扬雄,西汉末年著名辞赋家,仿《离骚》作《反离骚》《广骚》《畔牢愁》等。

⑦菀:通"苑",划定一定的范围。鸿裁:指文章的鸿大体制。

⑧香草:香草美人之喻,此处指运用修辞手法的美好字眼。

⑨凭轼:依靠在车前的横木上,此处指严肃、恭敬的状态。

⑩悬辔(pèi):提着马的缰绳,此处喻指操控,驾驭。

⑪顾盼:眼神流转,表示时间短。

⑫欸(kài)唾:表示时间短。

⑬长卿:司马相如的字。

⑭子渊:王褒的字。

[译文]

　　自王褒《九怀》之后,《楚辞》中的篇章都急切地追随《九怀》的足迹,而屈原、宋玉步伐高超,没有人能够追得上他们。所以,屈原、宋玉表达的哀怨情感,使人忧愤郁结,容易感同身受;述说的颠沛流离,使人悲伤失意,不堪忍受;描绘山水,使人循着声律就能体会山水的形貌;描写季节气候,使人阅读文辞便可观察到时令的变迁。因此,枚乘、贾谊追随屈、宋的文风,作品辞藻富丽;司马相如、扬雄沿袭他们的余波,作品奇伟瑰丽,后世的辞赋家从其作品中受益,不止一代。所以,才情超群的人,学习楚辞鸿大的体制;颇具巧思的人,学习它华美艳丽的文辞;吟咏诵读的人,玩味它描绘的山水;开蒙的儿童,学习它的美好字眼。如果能够严格地遵照《雅》《颂》的创作准则,掌握《楚辞》的写作技巧,择取《楚辞》的瑰奇又不失真实,玩味它华丽的文辞又不破坏内容,那么,顷刻间便可以发挥文辞的作用,探索文章的情致,也就不必再向司马相如乞求灵感,不必再凭借王褒而获得威望地位了。

赞曰:不有屈原,岂见《离骚》?惊才风逸,壮志烟高。山川无极,情理实劳①。金相玉式,艳溢锱毫②。

〔注释〕

①劳:即"辽",悠远辽阔。
②锱(zī)毫:比喻细微之处。

〔译文〕

总的来说:没有屈原,人们怎么可能读到《离骚》?屈原惊人的才华如风般飘逸,豪壮的志趣如云烟般高远。他的情感确实如无边无垠的山水,广阔悠远。而他的作品质地如金玉般美好,即使极其细小精微的地方都流溢出艳丽的光彩。

# 明　诗

[题解]

　　明诗,即阐明诗,引领读者通晓诗。本篇是《文心雕龙》文体论的首篇,也是对诗歌体裁的专论。《文心雕龙》文体论部分共二十篇,涉及三十多种文体,以"诗"开篇,充分说明"诗"是南北朝文学创作最重要的体式之一。

　　《明诗》篇的"诗"以四言诗和五言诗为主。篇中解释了诗的含义及其审美作用与教育作用:"诗者,持也,持人情性;三百之蔽,义归'无邪'。"从"葛天乐辞"到"(南朝)宋初文咏",从四言诗到五言诗,梳理了诗歌文体的起源、发展与演变,并结合诗歌的发展历程,对不同历史时期的代表诗人、经典诗作加以评论。概括出四言诗"雅润"、五言诗"清丽"的艺术特点;肯定艺术风格的多样化,表达了诗人个性与诗作风格相符合的创作观点。

　　大舜云:"诗言志,歌永言。"圣谟所析[1],义已明矣。是以"在心为志,发言为诗"[2],舒文载实,其在兹乎? 诗者,持也,持人情性;三百之蔽[3],义归"无邪",持之为训[4],有符焉尔。

〔注释〕

①圣谟:圣人的经典,此处指《尚书·舜典》。谟,文体名。
②"诗言志"二句:语出《毛诗序》:"诗者,志之所之也。在心为志,发言为诗,情动于中而形于言。"
③蔽:概括。《论语·为政》:"子曰:诗三百,一言以蔽之,曰思无邪。"
④训:训诂,解释。

〔译文〕

帝舜说:"诗是用来表达情志的,歌是对诗延长音节来咏唱的。"《舜典》这一分析已经将诗歌的意义说清楚了。因此,"蕴藏在心中的叫作情志,用言语表达出来就叫作诗",铺陈文辞表达内心的想法与情感,诗的意义就在于此吧?"诗"的含义是持守,持守住人的性情;《诗经》概括说来,其要义在于"没有邪念",把"诗"解释为持守,符合《诗经》的要义就好。

人禀七情①,应物斯感,感物吟志,莫非自然。昔葛天乐辞②,《玄鸟》在曲;黄帝《云门》③,理不空弦。至尧有《大唐》之歌④,舜造《南风》之诗⑤,观其二文,辞达而已。及大禹成功,九序惟歌⑥;太康败德⑦,五子咸讽:顺美匡恶,其来久矣。自商暨周,《雅》《颂》圆备,四始彪炳,六义环深⑧。子夏监绚素之章⑨,子贡悟琢磨之句⑩,故商、赐二子,可与言诗。自王泽殄竭⑪,风人辍采,春秋观志,讽诵旧章,酬酢以为宾荣⑫,吐纳而成身文。逮楚国讽怨,则《离骚》为刺。秦皇灭典,亦造《仙诗》⑬。

〔注释〕

①七情:指喜、怒、哀、惧、爱、恶、欲七种感情。《礼记·礼运》:"何为人情?喜、怒、哀、惧、爱、恶、欲,七者弗学而能。"

②葛天乐:古乐名,传说中上古葛天部落的音乐。《吕氏春秋·仲夏纪·古乐》:"昔葛天氏之乐,三人操牛尾,投足以歌八阕。一曰载民,二曰玄鸟,三曰遂草木,四曰奋五谷,五曰敬天常,六曰达帝功,七曰依地德,八曰总禽兽之极。"

③《云门》:周代颂扬黄帝功德的古乐。

④《大唐》:即《大章》,颂扬唐尧功德章明的歌辞。

⑤《南风》:相传虞舜所作的诗歌。《礼记·乐记》:"昔者舜作五弦之琴,以歌《南风》。"

⑥九序:指金、木、水、火、土、谷、正德、利用、厚生九个方面的工作都有秩序。

⑦太康:夏启的儿子,因沉迷享乐、不修政事而失国。五子:太康的五个弟弟。《史记·夏本纪》:"帝启崩,子帝太康立。帝太康失国,昆弟五人,须于洛、汭,作《五子之歌》。"

⑧六义:指风、赋、比、兴、雅、颂。

⑨"子夏"句:语出《论语·八佾》:"子夏问曰:'巧笑倩兮,美目盼兮,素以为绚兮,何谓也?'子曰:'绘事后素。'曰:'礼后乎?'子曰:'起予者商也!始可与言诗已矣。'"子夏:名商,孔子的弟子。

⑩"子贡"句:语出《论语·学而》:"子贡曰:'贫而无谄,富而无骄,何

如?'子曰:'可也,未若贫而乐,富而好礼者也。'子贡曰:'诗云:如切如磋,如琢如磨。其斯之谓与?'子曰:'赐也,始可与言诗已矣。告诸往而知来者。'"子贡:名赐,孔子的弟子。

⑪王泽:王室的恩泽,此处指周王朝的德政教化。殄(tiǎn):断绝。

⑫酬酢(zuò):主宾之间互相敬酒,泛指交际。

⑬仙诗:即《仙真人诗》。《史记·秦始皇本纪》:"(始皇)三十六年,荧惑守心……使博士为《仙真人诗》,及行所游天下,传令乐人歌弦之。"

〔译文〕

人生来具有七种感情,受到外物刺激而引发感应,便感物抒情吟咏心志,这些都是自然而然产生的。远古葛天古乐的歌词中,《玄鸟》诗被谱上曲子;颂扬黄帝的《云门》,依理不该只有乐曲而没有歌词。到尧舜时,唐尧有《大唐》之歌,虞舜也创作了《南风》,品读这两首诗歌的文辞,都只是将文意表达出来而已。到大禹治水成功后,世上万物秩序井然,人们以歌诗赞颂他;太康德行败坏,五个弟弟作《五子之歌》表达对他的讽怨。诗歌用来赞颂美好匡正丑恶,由来已久了。从商代到周代,《诗经》的《雅》《颂》体制完备,《风》《小雅》《大雅》《颂》四部分光彩夺目,《诗经》六义细致周到且意味深长。子夏读《诗经·卫风·硕人》的"素以为绚兮"受到启发,子贡领悟到了《诗经·卫风·淇奥》"如切如磋,如琢如磨"的含义,所以,孔子认为是可以和子夏、子贡二人谈论《诗经》的。自从周王朝的德政教化败落枯竭,采风的人也停止了民歌的采集。春秋时期,外交使节通过诵读《诗经》中的篇章来观察各自的意志,通过敬酒、应答的方式,让宾客感到被敬重,通过吟诵诗歌的方式,展示自身的才华。等到楚国人诵怨愤之情时,《离骚》这样的讽诫之作便产生了。秦始皇焚毁了很多典籍,却也命人创作了《仙真人诗》。

汉初四言,韦孟首唱①,匡谏之义,继轨周人。孝武爱文,柏梁列韵②。严、马之徒③,属辞无方。至成帝品录,三百余篇,朝章国采,亦云周备。而辞人遗翰④,莫见五言,所以李陵、班婕妤见疑于后代也⑤。按《召南·行露》,始肇半章⑥;孺子《沧浪》⑦,亦有全曲;《暇豫》优歌⑧,远见春秋;《邪径》童谣⑨,近在成世。阅时取证,则五言久矣。又古诗佳丽⑩,或称枚叔⑪,其《孤竹》一篇⑫,则傅毅之词⑬。比采而推,两汉之作乎?观其结体散文,直而不野,婉转附物,怊怅切情⑭,实五言之冠冕也。至于张衡《怨篇》⑮,清典可味;《仙诗》《缓歌》,雅有新声。

〔注释〕

①韦孟:西汉初年诗人,存《讽谏诗》《在邹诗》二首。
②柏梁:即柏梁台,汉武帝时所建,以香柏为梁,故称。
③严马:严忌与司马相如,汉代辞赋家。严忌,本姓庄,为避汉明帝刘庄讳改姓严。
④遗翰:指流传下来的作品。
⑤李陵:汉武帝武将,《文选》在其名下录有五言诗《与苏武诗》三首。

班婕妤:汉成帝宫中女官。《文选》在其名下录有五言诗《怨歌行》等。

⑥半章:诗作篇章的一半。《诗经·召南·行露》全诗共三章,第二、三章,每章六句,前四句为五言。如第二章:"谁谓雀无角,何以穿我屋？谁谓女无家,何以速我狱？虽速我狱,室家不足。"

⑦《沧浪》:诗歌名。《孟子·离娄上》:"有孺子歌曰:'沧浪之水清兮,可以濯我缨;沧浪之水浊兮,可以濯我足。'"

⑧《暇豫》:春秋时期,晋献公的倡优施对大夫里克所唱的歌。《国语·晋语》:"暇豫之吾吾,不如鸟乌。人皆集于菀,己独集于枯。"

⑨《邪径》:汉成帝时期的童谣。《汉书·五行志》:"邪径败良田,谗口乱善人。桂树华不实,黄爵巢其颠。昔为人所羡,今为人所怜。"

⑩古诗:此处指《古诗十九首》。

⑪枚叔:即西汉诗人枚乘,其字叔。

⑫《孤竹》:即《古诗十九首》中的《冉冉孤生竹》。

⑬傅毅:字武仲,东汉辞赋家。

⑭怊(chāo)怅:惆怅失意的样子。

⑮张衡:东汉文学家。《太平御览》卷九百八十三引张衡《怨篇》:"猗猗秋兰,植彼中阿。有馥其芳,有黄其葩。虽曰幽深,厥美弥嘉。之子之远,我劳如何。"

〔译文〕

汉代初年,韦孟承继周人诗风,首先创作了匡正讽谏的四言诗。汉武帝爱好文学,搭建柏梁台召群臣作诗。严忌、司马相如这类诗人创作诗歌不拘一格。到汉成帝时,成帝品鉴辑录的诗作有三百多篇,既有宫廷作品又有各地采风,也说得上周全详备。而作者们流传下来的作品,没有看到五言诗,所以,李陵、班婕妤的五言诗被怀疑是后人假托二人所作。考察《诗经·召南·行露》一诗，诗中开始有半章为五言；而孩童们所唱的《沧浪》，全曲都是五言。远在春秋时期，倡优施所唱的《暇豫》有三句是五言；近在汉成帝时，童谣《邪径》全为五言。经各个时代的取证，五言诗体已经存在很久了。此外，《古诗十九首》佳作云集，其中有些五言诗被认为是枚乘所作，而《冉冉孤生竹》一诗，被认为是傅毅的作品。就《古诗十九首》各诗的文采推断，大概都是两汉的作品吧？从它们风格和敷文来看，表达质朴而不粗鄙，能婉转、贴切地描绘外物，也能惆怅深切地表达情感，实为五言诗的领袖啊。至于张衡的《怨篇》，清丽典雅，可以品味；《仙诗》《缓歌》，雅正且有新意。

暨建安之初，五言腾踊。文帝、陈思①，纵辔以骋节②；王、徐、应、刘③，望路而争驱。并怜风月，狎池苑④，述恩荣，叙酣宴，慷慨以任气，磊落以使才。造怀指事，不求纤密之巧，驱辞逐貌，唯取昭晰之能⑤：此其所同也。及正始明道⑥，诗杂仙心；何晏之徒⑦，率多浮浅。唯嵇志清峻，阮旨遥深⑧，故能标焉。若乃应璩《百一》⑨，独立不惧，辞谲义贞，亦魏之遗直也。

〔注释〕

①文帝：即魏文帝曹丕。陈思：即陈思王曹植，文帝曹丕的弟弟。
②辔(pèi)：驾马的缰绳。骋节：任意驰骋。

③王、徐、应、刘:分别指王粲、徐幹、应场、刘桢,与陈琳、阮瑀、孔融并称"建安七子"。

④狎(xiá):亲近,接近。

⑤昭晰:光亮,光耀。

⑥正始:魏废帝齐王曹芳的年号。

⑦何晏:曹魏玄学、清谈的代表,今存五言诗《言志诗》等。

⑧嵇:即嵇康。阮:即阮籍。嵇康、阮籍为魏晋名士,与山涛、向秀、刘伶、王戎、阮咸并称"竹林七贤"。

⑨若乃:至于。应璩(qú):曹魏诗人。《百一》:即《百一诗》,齐王曹芳即位,曹爽辅政,多违法度,应璩作此诗讽刺时事。

〔译文〕

　　到建安初期,五言诗大量涌现。魏文帝曹丕和陈思王曹植,在五言诗的创作之路上纵马驰骋;王粲、徐幹、应场、刘桢,看向前路,争相追逐。文人们喜爱风月,畅游池苑,述说恩宠荣耀,描绘纵情宴饮,慷慨地抒发连贯气势,磊落地挥洒文才。抒写胸怀,描绘外物,不求纤密细巧,驾驭文辞描摹形貌,只求展示光彩照人的才能:这是他们共同的特色。到正始年间,推崇道家思想,诗作中杂入了游仙思想;何晏等人的诗作,大多浅薄,无深意。只有嵇康的诗意志高尚,阮籍的诗旨意深远,所以能够突显出来。至于应璩所作的《百一诗》,独立不惧,言辞婉曲,意义正直,有魏人直道而行的遗风。

　　晋世群才,稍入轻绮。张、潘、左、陆①,比肩诗衢②,

明　诗　｜　45

采缛于正始,力柔于建安;或析文以为妙,或流靡以自妍③:此其大略也。江左篇制④,溺乎玄风,嗤笑徇务之志,崇盛忘机之谈⑤,袁、孙已下⑥,虽各有雕采,而辞趣一揆⑦,莫与争雄,所以景纯仙篇⑧,挺拔而为俊矣。宋初文咏,体有因革。庄老告退,而山水方滋;俪采百字之偶⑨,争价一句之奇,情必极貌以写物,辞必穷力而追新,此近世之所竞也。

〔注释〕

①张、潘、左、陆:分别指张载、张协、张亢、潘岳、潘尼、左思、陆机、陆云,均为西晋太康年间的诗人。钟嵘《诗品序》称其为"三张、二陆、两潘、一左",代表了太康文学的最高成就。
②诗衢(qú):诗坛。衢,大路。
③流靡:讲究音韵的流畅、华美。
④江左:长江下游地区,此处代指东晋。
⑤忘机:消除机巧之心,忘掉世俗,淡泊无争。
⑥袁孙:指袁宏和孙绰,东晋时期的玄言诗人。
⑦揆(kuí):道理,准则。
⑧景纯:东晋诗人郭璞的字。仙篇:指郭璞的《游仙诗》十四首。钟嵘《诗品》:"《翰林》以为诗首,但《游仙》之作,词多慷慨,乖远玄宗。其云'奈何虎豹姿',又云'戢翼栖榛梗',乃是坎壈咏怀,非列仙之趣也。"
⑨俪(lì):对偶。百字:因五言诗二十句共计百字而代指全篇。

〔译文〕

晋代的诗人群体逐渐兴起轻浮绮丽之风。张载、张协、张亢、潘岳、潘尼、左思、陆机、陆云八人并列诗坛,文采比正始时期更繁复,力道比建安时期更柔和;有的诗人以讲究文辞的对偶和藻饰为妙,有的诗人以追求音韵华美流畅为美,这就是当时诗坛大致的情况。东晋的诗作,沉溺于玄学的风气中,诗人们嘲笑关心政务的想法,崇尚淡泊无争的空谈。继袁宏、孙绰之后,虽然诗作各有文采,但诗的旨趣都一致地指向玄学,没有能够与之争锋的,所以,郭璞的《游仙诗》高超出众,被认为是佳作。南朝宋初年,诗歌的体制对魏晋有所继承。老庄之学渐渐退出诗坛,而以山水为主题的诗作开始兴盛起来。此类诗讲究通篇的对偶辞采,追求诗句奇特警策,情景上必定极力刻画形貌,用词上必定极力追求新颖,这种风格是近代诗人所追求的。

故铺观列代,而情变之数可监;撮举同异,而纲领之要可明矣。若夫四言正体①,则雅润为本;五言流调,则清丽居宗,华实异用,惟才所安。故平子得其雅②,叔夜含其润③,茂先凝其清④,景阳振其丽⑤;兼善则子建、仲宣⑥,偏美则太冲、公幹⑦。然诗有恒裁,思无定位,随性适分,鲜能通圆⑧。若妙识所难,其易也将至;忽以为易,其难也方来。至于三六杂言,则出自篇什⑨;离合之发⑩,则萌于图谶;回文所兴,则道原为始⑪;联句共韵,则柏梁余制;巨细或殊,情理同致,总归诗囿,故不繁云。

〔注释〕

①正体:指由《诗经》开创的现实主义诗歌传统。挚虞《文章流别论》:"雅音之韵,四言为正,其余虽备曲折之体,而非音之正也。"

②平子:东汉辞赋家张衡的字。

③叔夜:曹魏文学家嵇康的字。

④茂先:西晋文学家张华的字。

⑤景阳:西晋文学家张协的字。

⑥子建:曹魏诗人曹植的字,建安文学的代表人物之一。仲宣:东汉文学家王粲的字,"建安七子"之一。此二人既擅长四言又擅长五言。

⑦太冲:西晋文学家左思的字。公幹:东汉文学家刘桢的字,"建安七子"之一。此二人长于五言诗。

⑧通圆:一作"圆通",佛教术语,指性体周遍,融通无碍。此处指具备诗歌创作的全面才能。

⑨篇什:指代《诗经》。《诗经》的《雅》《颂》称十篇为"什"。

⑩离合:指离合诗,又称拆字诗,是一种根据字的形体结构用拆字的方式创作的诗歌。如孔融《离合作郡姓名字诗》中"渔父屈节,水潜匿方。与时进止,出寺施张。"四句为"鲁"字拆出。此类诗最早见于预言吉凶祸福的"图谶"之中。

⑪回文:即回文诗,正读、倒读皆成诗。道原:其人不可考。

〔译文〕

因此,整体地察看历代诗歌,可以看出诗歌创作发展变化的规律。撮要举出各代诗歌的共性与差异,那么,各代诗歌创作的要领就明晰了。作为正统体制的四言诗,以典雅温润为其根本;

作为流行格调的五言诗,以清新华丽为其标准。五言诗的清丽与四言诗的雅润各有各的作用,仅就诗人的才华来确定。所以,张衡收获了四言诗的雅正,嵇康具备了四言诗的清润,张华积聚了五言诗的清新,张协发扬了五言诗的华丽;曹植和王粲兼具各种长处,左思与刘桢则只偏长一方。然而,诗有常规的体裁,思维却没有固定的方向,诗歌创作时,只能随着诗人的性情来选取不同的体裁相适应,很少有人能够做到兼具各种体裁。如果诗人意识到创作的困难,那么,实际写的时候或许会感到容易,如果忽视困难而认为诗歌创作很容易的话,那么困难也就一并到来了。至于三言、六言、杂言,都出自《诗经》;离合诗的发起,萌生于预言隐语;回文诗的兴盛,自道原开始;用一个韵来联句,是柏梁台诗传下来的体制;这些诗作的差别或大或小,但是创作的情理是一致的,总归在诗歌的范畴之内,所以就不再逐一说明了。

赞曰:民生而志,咏歌所含。兴发皇世①,风流"二南"②。神理共契③,政序相参。英华弥缛,万代永耽④。

[注释]

①皇世:美好盛世,指远古时代。皇,美好。
②二南:《诗经》的《周南》和《召南》,指代《诗经》。
③契:符合。
④耽:沉迷,入迷。

[**译文**]

总的来说：人生来就有情志，这是诗歌所要表达的内容。诗歌在上古时代就产生了，其流风余韵在《诗经》中得到充分体现。诗符合自然之道，与政治教化、社会秩序相结合。优秀的诗篇会越来越华丽精美，让世世代代沉迷其中。

# 乐 府

〔题解〕

乐府,最初是汉代设立的音乐机构,一方面由采诗官到各地采集民间歌谣献给朝廷,一方面由朝中专职人员创作歌辞,配乐而唱,称作乐府诗,通常简称乐府。

何为乐府?本篇开篇引用《尚书·舜典》"声依永,律和声"进行定义,强调乐府的音乐性。《乐府》篇首先追溯了南、北、东、西四方音乐的起源及其强大的艺术感染力和教化作用。经历秦燔之后,先秦雅声无法接续,因此,汉初乐师、儒生志在恢复古乐,却无法达到原本的中正平和。汉武帝设立乐府,"总赵、代之音,撮齐、楚之气",但雅乐未能得到真正的恢复,汉人创制的乐府大多"丽而不经""靡而非典""律非夔、旷"。魏时,广泛流行的相和歌辞乃"《韶》《夏》之郑曲";晋时,乐府"诗声俱郑",节奏急促,与雅乐的雅正舒缓差之千里。

刘勰认为"诗为乐心,声为乐体",而作为乐府内核的歌辞应做到雅正、简约。刘勰批评世传的大多乐府作品背离了雅乐,究其原因,在于"溺音腾沸""俗听飞驰"的现实,在于对雅乐教化作用难以为继的忧虑。

乐府者,"声依永,律和声"也①。钧天九奏②,既其上帝;葛天八阕③,爰及皇时④。自《咸》《英》以降⑤,亦无得而论矣。至于涂山歌于"候人"⑥,始为南音;有娀谣乎"飞燕"⑦,始为北声;夏甲叹于东阳⑧,东音以发;殷整思于西河⑨,西音以兴:音声推移,亦不一概矣。匹夫庶妇,讴吟土风,诗官采言,乐盲被律;志感丝篁⑩,气变金石⑪。是以师旷觇风于盛衰⑫,季札鉴微于兴废⑬,精之至也。夫乐本心术,故响浃肌髓⑭,先王慎焉,务塞淫滥。敷训胄子⑮,必歌九德⑯;故能情感七始⑰,化动八风。

[注释]

①"声依永"句:出自《尚书·舜典》。声依永:五声附着在吟咏之中。永,吟咏。律和声:十二律(六律六吕)与五声相和谐。

②钧天:天的中央,相传为天帝居所。九:多次,屡次。据《史记·赵世家》记载,赵简子梦中曾与百神游于钧天,在天帝的居所听到了动人心魄的乐曲。

③八阕(què):指葛天氏时期《载民》《玄鸟》《遂草木》《奋五谷》《敬天常》《达帝功》《依地德》《总禽兽之极》八首歌曲。阕,歌曲或词,一首为一阕;一首词的一段亦称一阕。

④爰:从。及:也作"乃"。

⑤《咸》:即《咸池》,相传为黄帝所作。《英》:即《五英》,相传为帝喾所作。

⑥涂山:即大禹的妻子涂山氏。候人:指《候人歌》。据《吕氏春秋·音初》记载,大禹巡视南方时,他的妻子涂山氏在涂山南麓等他未遇,并作《候人歌》,这是南方最早的音乐。

⑦有娀(sōng):即上古有娀氏部落。据《吕氏春秋·音初》记载,有娀部落有两位美女,饮食一定有鼓乐相伴。天帝派燕子前去察看。二女听到了燕子的叫声,非常喜爱,争相去抓,用玉筐罩住了燕子。稍后,发现燕子留下两个蛋向北飞走了。二女作歌谣,唱道"燕燕往飞",这是最早的北方歌谣。

⑧夏甲:夏后氏孔甲。据《吕氏春秋·音初》记载,夏王孔甲在东阳萯山打猎,迷路途中遇到一百姓家正生孩子。孔甲把新生儿带回了宫中,并认作义子。孩子长大后因意外断了脚,只好做了守门官。孔甲为孩子的命运而叹息,并作"破斧"之歌,这是最早的东方音乐。

⑨整:即商朝十二任君主河亶甲,名整。据《吕氏春秋·音初》记载,商代君主河亶甲迁徙到西河居住,因思念故土,创作了最早的西方音乐。

⑩乐盲:也作"乐胥",指乐官。丝篁(huáng):弦乐器和管乐器。篁,竹子。

⑪金石:指钟磬。

⑫师旷:晋国的乐师旷。觇(chān):暗中察看。据《左传·襄公十八年》记载,楚国军队进攻郑国,遇大雨,楚军死伤大半。晋国听说楚国出兵的消息,师旷说:"无妨。我多次歌唱北方的曲调,又歌唱南方的曲调。南方的曲调不强,象征死亡的声音很多。楚国一定不能建功。"

⑬季札:春秋时吴国公子。据《左传·襄公二十九年》记载,吴国公子季札到鲁国聘问,请求聆听周朝的音乐,观看周朝的舞蹈。乐工为他歌唱了《诗经》中的《风》《雅》《颂》,季札从中听出了各诸侯国、周王朝的治乱兴衰。

⑭浃(jiā)：渗透，深入。

⑮敷训：施教。胄(zhòu)子：贵族子弟。

⑯九德：九种美德。《尚书·皋陶谟》："行有九德……宽而栗，柔而立，愿而恭，乱而敬，扰而毅，直而温，简而廉，刚而塞，强而义。"

⑰七始：指天、地、人、春、夏、秋、冬。

[译文]

　　用五声依照诗的文辞韵律吟咏，用十二律配合五声的乐章，这就是乐府诗。相传天庭里常常演奏音乐，那是天帝的音乐；葛天氏的八首歌曲，则是上古三皇时代的乐章。自《咸池》《五英》以来的乐曲，也无从查考，无法谈论了。至于涂山氏所唱的《候人歌》，是南方音乐的开端；有娀部落二女作"燕燕往飞"，是北方歌谣的开端；夏甲叹息东阳之子的命运并作"破斧"之歌，东方音乐由此产生；商代君主河亶甲迁徙到西河居住，因思念故土创作歌曲，西方音乐自此兴起。南北东西四方音乐、歌谣的发展变化，也不相同啊。民间男女吟唱本地歌谣，诗官采集歌词，乐官配上乐律；情志表现在管弦乐中，意气反映在打击乐里。所以，师旷能够从地方曲调中窥察到战争的胜负，季札从周朝音乐的细微之处鉴别各国的兴废，精妙极了。音乐本来是思想情感的产物，所以它可以深入人的心灵深处，古代帝王对此非常重视，一定要防止浮靡淫滥的音乐。教导贵族子弟，一定要歌九德；所以，音乐的情感能感动天、地、人与四时，能教化八方，移风易俗。

自雅声浸微,溺音腾沸①,秦燔《乐经》②,汉初绍复③;制氏纪其铿锵④,叔孙定其容典⑤。于是《武德》兴乎高祖⑥,《四时》广于孝文⑦;虽摹《韶》《夏》,而颇袭秦旧,中和之响,阒其不还⑧。暨武帝崇礼,始立乐府⑨,总赵、代之音⑩,撮齐、楚之气⑪;延年以曼声协律⑫,朱、马以骚体制歌⑬,《桂华》杂曲⑭,丽而不经;《赤雁》群篇⑮,靡而非典。河间荐雅而罕御⑯。故汲黯致讥于《天马》也⑰。至宣帝雅颂,诗效《鹿鸣》⑱,迩及元、成,稍广淫乐⑲。正音乖俗,其难也如此。暨后汉郊庙⑳,惟新雅章,辞虽典文,而律非夔、旷㉑。

〔注释〕

①溺音:淫靡的音乐,与正音、雅音相对。

②燔(fán):焚烧。《乐经》:先秦儒家论乐的古籍,经过孔子整理而传授,已失传。

③绍:接续。

④制氏:汉代初年的乐师。铿(kēng)锵(qiāng):形容乐器声音清脆悦耳,节奏分明。此处指雅乐声调响亮,节奏明快。《汉书·艺文志》:"汉兴,制氏以雅乐声律,世在乐官,颇能纪其铿锵鼓舞,而不能言其义。"

⑤叔孙:即汉代儒生叔孙通。容典:行礼威仪的容貌。《汉书·礼乐志》:"高祖时,叔孙通因秦乐人制宗庙乐。"

⑥《武德》:乐舞名,汉高祖四年作,用于宗庙祭祀等重大仪式,舞者执盾和板斧舞蹈,表示行武以除乱。《汉书·礼乐志》:"高(祖)庙奏《武德》

《文始》《五行》之舞。……《武德》舞者,高祖四年作,以象天下乐已行武以除乱也。"

⑦《四时》:乐舞名,汉孝文帝作,用于宗庙祭祀等重大仪式,表明天下安和。《汉书·礼乐志》:"孝文庙奏《昭德》《文始》《四时》《五行》之舞……《四时舞》者,孝文所作,以明示天下之安和也。"

⑧阕(qù):寂静无声。

⑨乐府:管理音乐的专门机构。

⑩赵、代:即赵国、代国,周时北方诸侯国,位于今河北、山西一带。

⑪撮(cuō):搜集。气:指腔调。

⑫延年:即李延年,西汉音乐家,汉武帝时出任乐府协律都尉。

⑬朱、马:即朱买臣和司马相如。骚体:韵文体裁的一种,以屈原《离骚》为典范的文体,又称"楚辞体"。

⑭《桂华》:汉高祖宠姬唐山夫人所作《安世房中歌》中的一章,颂赞汉朝功德。

⑮《赤雁》:汉武帝时命人作迎接帝王躬临郊祀的《郊祀歌》,《赤雁》为其中的一章,为汉武帝行幸东海,获赤雁而作。

⑯河间:指西汉河间献王刘德,汉景帝的儿子。御:用。据《汉书·礼乐志》记载,河间献王刘德收集礼乐古事,向汉武帝进献雅乐,但朝廷很少采用。

⑰汲黯:汉武帝的谏臣。《天马》:《郊祀歌》中的一章,因汉武帝获天马而作。据《史记·乐书》记载,汉武帝列《天马歌》入祭祀祖先《郊祀歌》,汲黯讽谏:"凡王者作乐,上以承祖宗,下以化兆民。今陛下得马,诗以为歌,协于宗庙,先帝百姓岂能知其音邪!"

⑱《鹿鸣》:出自《诗经·小雅》,古人欢宴时所唱,描写了宴会琴瑟歌咏,和谐欢愉,以及宾主之间的互敬互融。

⑲迩(ěr):近。元、成:指汉元帝刘奭、汉成帝刘骜。
⑳郊庙:此处指祭祀用的乐歌。郊,祭天。庙,祭祖。
㉑夔:舜时的典乐官,借指上古时代的庙堂雅乐。

[译文]

　　自从雅正的音乐逐渐衰微,浮靡的音乐大为兴盛,秦始皇焚烧了《乐经》,汉代初年对古乐接续恢复。乐师制氏记录下古乐铿锵的音律,儒生叔孙通为其制定了礼制仪容的法则。于是,乐舞《武德》自汉高祖兴起,《四时》在汉孝文帝时广为流行;虽然是模仿虞舜的《韶乐》、夏禹的《大夏》之乐,但还是承袭了秦代旧制,《韶乐》《大夏》那样中正平和、恰到好处的音乐,再也听不到了。到汉武帝时,武帝崇尚礼乐,开始设立乐府,汇总赵国、代国的音律,搜集齐国、楚国的腔调;李延年给民歌配上优美舒缓的长调,朱买臣和司马相如用骚体创作歌词。《桂华》等曲辞华丽,与雅乐不相合;《赤雁》等篇章淫靡,与法度不相合。河间献王刘德向汉武帝进献雅乐,朝廷却很少采用。所以,汲黯讽谏汉武帝《天马》不足以入列雅乐。到汉宣帝时创作的宫廷之诗与庙堂之诗,大都仿照《诗经·小雅·鹿鸣》。到汉元帝、汉成帝时期,淫靡的音乐又逐渐流行。雅正的音乐不能迎合世俗之好,这就是它推行困难的原因。后汉时创作的祭祀乐歌,有了新的雅正乐章。文辞虽然典雅,但音律已不是古调了。

　　至于魏之三祖①,气爽才丽,宰割辞调,音靡节平。

观其"北上"众引②,"秋风"列篇③,或述酣宴,或伤羁戍;志不出于淫荡,辞不离于哀思。虽三调之正声④,实《韶》《夏》之郑曲也⑤。逮于晋世,则傅玄晓音⑥,创定雅歌,以咏祖宗;张华新篇⑦,亦充庭万⑧。然杜夔调律⑨,音奏舒雅,荀勖改悬⑩,声节哀急。故阮咸讥其离声⑪,后人验其铜尺。和乐之精妙,固表里而相资矣。

〔注释〕

①魏之三祖:指三国魏太祖曹操、高祖曹丕、烈祖曹叡。

②北上:代指曹操的《苦寒行》。该诗首句为"北上太行山"。引:乐曲。

③秋风:代指曹丕的《燕歌行》(其一)。该诗首句为"秋风萧瑟天气凉"。

④三调:即《平调》《清调》《瑟调》,周代的古乐调。

⑤郑曲:春秋时郑国的音乐。孔子认为郑国的音乐节奏浮靡,容易让人沉溺而忘返,不合雅正的标准。《论语·卫灵公》:"颜渊问为邦。子曰:'行夏之时,乘殷之辂,服周之冕,乐则韶舞,放郑声,远佞人,郑声淫,佞人殆。'"《论语·阳货》:"子曰:'恶紫之夺朱也,恶郑声之乱雅乐也,恶利口之覆邦家者。'"此处指淫靡之曲。

⑥傅玄:西晋文学家、音乐家。《晋书·傅玄传》:"傅玄,字休奕,北地泥阳人也。玄少孤贫,博学善属文,解钟律。"

⑦张华:西晋文学家,字茂先,善作宫廷舞乐。

⑧万:指大型乐舞《万》舞。

⑨杜夔:汉末、三国魏时期的音乐家。魏武帝曹操命其从事整理恢复

古乐的工作。《晋书·律历志》:"汉末天下大乱,乐工散亡,器法堙灭。魏武始获杜夔,使定乐器声调。"

⑩荀勖(xù):西晋音乐家。改悬:改变了钟磬悬挂的距离,此处指改制乐器。《晋书·乐志》:"荀勖以杜夔新制律吕,校太乐总章、鼓吹八音,与律吕乖错。乃制古尺,作新律吕,以调声韵。"悬,悬挂钟磬的架子。

⑪阮咸:西晋文学家,"竹林七贤"之一。《晋书·乐志》:"咸常心讥勖新律声高,以为高近哀思,不合中和,每公会乐作,勖意咸谓之不调,以为异己,乃出咸为始平相。后有田父耕于野,得周时玉尺,勖以校己所治钟鼓金石丝竹,皆短校一米,于此伏咸之妙,复征咸归。"

〔译文〕

到了魏太祖曹操、高祖曹丕、烈祖曹叡,志气豪爽,才华富丽,他们切割歌辞,按声调进行搭配,音调浮靡,节奏平和。看曹操《苦寒行》、曹丕《燕歌行》等乐篇,有时描写酣歌宴饮,有时感伤远戍边疆,情感不免放纵,文辞不离哀思。虽然采用的是正统的《平调》《清调》《瑟调》,实际与《韶》《夏》相比,却是淫靡之曲。到了晋代,傅玄通晓音乐,创作了祭祀祖宗时吟咏的雅歌;张华作的新篇,也用于宫廷舞乐。然而,杜夔调整音律,声音节奏舒缓雅正,荀勖改制乐器,声音节奏哀伤急促。所以,阮咸批评荀勖改变了杜夔所定的尺寸,离开了钟磬应有的正声。后来,有人用地下挖掘出的古尺进行验证,发现荀勖铜尺的误差。文辞与乐律相互配合,才能使乐曲达到和谐美妙的地步啊。

故知诗为乐心,声为乐体。乐体在声,瞽师务调其器①;乐心在诗,君子宜正其文。"好乐无荒"②,晋风所以称远③;"伊其相谑"④,郑国所以云亡⑤。故知季札观乐,不直听声而已。

若夫艳歌婉娈⑥,怨志诀绝;淫辞在曲,正响焉生⑦?然俗听飞驰⑧,职竞新异⑨,雅咏温恭,必欠伸鱼睨⑩;奇辞切至⑪,则拊髀雀跃⑫。诗声俱郑,自此阶矣⑬。

〔注释〕

①瞽(gǔ)师:盲人乐师。瞽,盲人。古代乐官常由盲人担任,故以"瞽"代称乐师。

②好乐无荒:爱乐,但不要荒废政事,紊乱秩序。此句语出《诗经·唐风·蟋蟀》:"蟋蟀在堂,岁聿其莫。今我不乐,日月其除。无已大康,职思其居。好乐无荒,良士瞿瞿。"荒,废乱。

③晋风:即《诗经》中的唐风。晋国原为古唐国。远:用思深远。据《左传·襄公二十九年》记载,吴公子季札在鲁国听到《唐风》时说:"思深哉!其有陶唐氏之遗民乎?不然,何忧之远也。"

④伊其相谑(xuè):男女之间相互调笑。此句语出《诗经·郑风·溱洧》:"洧之外,洵訏且乐。维士与女,伊其相谑,赠之以勺药。"

⑤亡:亡国。据《左传·襄公二十九年》记载,吴公子季札在鲁国听到《郑风》时说:"美哉!其细已甚,民弗堪也,是其先亡乎!"

⑥艳歌:乐府《相和曲》中的《瑟调曲》,如《艳歌何尝行》,情辞缠绵悱恻。婉娈(luán):委婉缠绵。

⑦正响:雅正的音乐。

⑧俗听:指世俗的乐曲。

⑨职:主要负责。

⑩欠伸:打哈欠。鱼睨(nì):像鱼一样斜着眼睛发呆。睨,斜着眼睛看。

⑪切至:切合心意。

⑫拊(fǔ)髀(bì):拍大腿,表达激动、赞同等情绪。

⑬阶:阶梯。此处用作动词,指走向浮靡。

〔译文〕

　　由此可知,歌辞是乐府的内核,声律是乐府的表现形式。乐府的形式在于声律,乐师务必调谐他的乐器;乐府的内核在于歌辞,德才兼备的人应当创作出雅正的文辞。晋国民歌劝勉"爱好音乐,但不要荒废政事",所以,吴公子季札认为晋风用思深远;郑国民歌记录男女调笑的场景,所以,季札认为郑风是亡国之音。由此可知,季札到鲁国观乐,不仅仅是听个声律而已。

　　艳歌婉转缠绵,描写怨恨、决绝的情感。为这些淫靡的歌辞谱曲,怎么可能产生雅正的曲调?然而,世俗的乐曲传播得非常快,专门追求新异。典雅的乐曲温和庄重,听后必然会打哈欠、发呆。新奇的歌辞切合了人们的心意,听后让人拍着大腿,像鸟雀一样喜悦。歌辞与声律都模仿郑风,乐府从此便走向浮靡。

　　凡乐辞曰诗,咏声曰歌,声来被辞,辞繁难节。故陈思称左延年闲于增损古辞①,多者则宜减之,明贵约也。观高祖之咏"大风"②,孝武之叹"来迟"③,歌童被声,莫敢不协。子建、士衡,咸有佳篇,并无诏伶人,故事谢丝管,俗称乖调,盖未思也。

至于轩岐《鼓吹》④,汉世《铙》《挽》⑤,虽戎丧殊事,而并总入乐府,缪、韦所改⑥,亦有可算焉。昔子政品文⑦,诗与歌别,故略序乐篇⑧,以标区界。

〔注释〕

①左延年:曹魏时的音乐家。闲:通"娴",娴熟,熟练。古辞:指汉乐府收集创作之辞。

②"大风":汉高祖刘邦击败叛军,返回时路过故乡沛县(今属江苏)欢宴中作。该诗全篇共三句:"大风起兮云飞扬,威加海内兮归故乡,安得猛士兮守四方!"著录于《文选》,今题作"大风歌"。

③来迟:代指汉武帝的《李夫人歌》。李夫人为汉武帝宠爱的嫔妃,病逝后,汉武帝日夜思念并作《李夫人歌》:"是耶非耶?立而望之,偏何姗姗其来迟。"

④轩岐:指黄帝的大臣岐伯。轩:即轩辕黄帝。《鼓吹》:即《鼓吹曲》,用箫、笳、鼓、钲等乐器合奏的军乐,相传为岐伯所作。

⑤《铙》:即《铙歌》,汉代军乐。《挽》:即《挽歌》,汉代丧乐。

⑥缪(miào):指三国曹魏诗人缪袭。据《晋书·乐志》记载,缪袭曾受命改鼓吹曲十二首,用来颂赞魏国的功德。韦:指三国孙吴诗人韦昭。据《晋书·乐志》记载,韦昭曾改鼓吹曲十二首,歌颂吴国的功德。

⑦子政:西汉目录学家刘向的字,奉命整理书目,编撰分类目录书《别录》,该书唐代已佚。根据《汉书·艺文志》考知,刘向将诗归入《六艺略》,将歌归入《诗赋略》。

⑧略序:简要地叙述。

〔译文〕

　　凡是乐府的歌辞被称作"诗",吟咏的音乐被称作"歌",当用音乐来配合歌辞时,如果辞句过于繁杂,便难于调节。所以,三国魏的陈思王曹植认为左延年善于增删古辞,如果歌辞繁多,那么就应当进行删减,说明歌辞以精约为贵。看汉高祖歌咏之作《大风歌》,汉武帝慨叹之作《李夫人歌》,都被乐童配上曲调传唱,没有谁敢说不和谐的。曹植和陆机有很多美好的诗歌作品,但因为没有令乐工为其谱曲,所以当时的人认为曹、陆二人的作品不能配乐歌唱。世俗之人说他们的诗歌作品不合曲调,其实这是未经思考的观点。

　　至于岐伯的《鼓吹曲》,汉代的军乐《铙歌》、丧乐《挽歌》,虽然表达的内容有军事和丧事的差别,但都归总到乐府体裁中。缪袭与韦昭所改写的作品,也有可以算入乐府的。昔日刘向整理文章,将诗与歌区别开来,所以,本书除《明诗》篇外,简要地创作了《乐府》篇,以标示诗与歌的区别。

　　赞曰:八音摛文[①],树辞为体。讴吟坰野[②],金石云陛[③]。《韶》响难追,郑声易启。岂惟观乐?于焉识礼。

〔注释〕

　　①八音:古代乐器的总称,即以金、石、丝、竹、匏、土、革、木八种不同材料制成的乐器。此处代指"歌"。摛(chī)文:铺陈文采,此处代指"诗"。

②坰(jiōng)野:离城邑非常远的郊野。

③云陛:巍峨的宫殿,此处代指宫廷。

〔译文〕

　　总的来说:无论乐器演奏,还是铺陈文采,都是以创作文辞为主体。有的乐府在民间歌唱,有的乐府在宫廷演奏。《韶》乐这类的雅音是很难达到的,但是,像郑风这类的浮靡之音很容易开始。吴公子季札难道只是听听音乐?他可以从中了解风俗礼制的变迁。

# 诠 赋

**〔题解〕**

"赋"本是《诗经》六义之一,指诗歌通过铺陈文采来抒发情志的表现手法,由此进一步演化成一种独立文体。本篇旨在诠释赋体。

赋是汉代最具代表性的文体,它源自《诗经》,又受到《楚辞》的影响。汉代,赋体最为兴盛,因题材不同,可细分为"京殿苑猎,述行序志,并体国经野,义尚光大"的大赋和"草区禽族,庶品杂类,则触兴致情,因变取会"的小赋。继而,本篇列举了秦汉至魏晋创作赋体的名家及其代表作品,概括了各自的艺术特色。最后,就赋体的写作,刘勰从内容与言辞两方面给出了"立赋之大体",即"义必明雅""辞必巧丽"。但二者相较,"雅义"重于"丽辞",不能抛弃内容雅正这一赋体创作的根本,它是作赋的根本要义。

《诗》有六义,其二曰"赋"。"赋"者,铺也。铺采摛文,体物写志也。昔邵公称:"公卿献诗,师箴瞍赋。"[①]传云:"登高能赋,可为大夫。"[②]诗序则同义[③],传说则异体[④]。总其归涂[⑤],实相枝干。故刘向明"不歌而颂"⑥。班固称"古诗之流也"⑦。

[注释]

①"公卿"二句:语出《国语·周语上》:"故天子听政,使公卿至于列士献诗,瞽献典,史献书,师箴,瞍赋蒙诵,百工谏,庶人传语,近臣尽规,亲戚补察,瞽、史教诲,耇、艾修之,而后王斟酌焉,是以事行而不悖。"邵公,西周宗室、大臣召公。公卿,指王朝高级官吏。师,乐官。箴,本意为规谏的韵文,此处用作动词。瞍(sǒu),盲人。

②"登高"二句:出自《诗经·鄘风·定之方中》:"卜云其吉。"毛传:"故建邦能命龟,田能施命,作器能铭,使能造命,升高能赋,师旅能誓,山川能说,丧纪能诔,祭祀能语,君子能此九者,可谓有德音,可以为大夫也。"传,解释古书经义的文字。此处指《毛诗故训传》,简称《毛传》。

③诗序:指《毛诗序》。

④传说:指《国语》和《毛传》。

⑤涂:通"途"。

⑥不歌而颂:《汉书·艺文志》:"不歌而诵谓之赋。"颂,同"诵"。

⑦"古诗"句:出自班固《两都赋序》:"赋者,古诗之流也。"

[译文]

《毛诗序》中提到《诗经》有风、赋、比、兴、雅、颂"六义","赋"位列第二。"赋",就是"铺"的意思。铺陈文采,抒发情志。昔日,召公劝谏周厉王时曾说:"朝中官员献诗,乐师诵读箴言,盲人咏赋。"《毛诗故训传》中说:"登高能够作赋之人,可以做大夫。"《毛诗序》中认为"赋"是诗的写作手法之一,与诗同义,而《国语》和《毛传》都将赋看作是另一种诗歌体裁。总体考查二者的旨归,实则是树枝长成主干的关系,即赋作为诗的一种表现手法独立发展成为一种文体。因此,刘向明确地表示"赋不能够演唱,只能够朗诵"。班固则说"赋是从《诗经》发展出的一个流派"。

至如郑庄之赋"大隧"①,士蒍之赋"狐裘"②,结言短韵,词自己作,虽合赋体,明而未融③。及灵均唱《骚》④,始广声貌。然则赋也者,受命于诗人⑤,而拓宇于《楚辞》也。于是荀况《礼》《智》⑥,宋玉《风》《钓》,爰锡名号⑦,与诗画境,六义附庸,蔚成大国。遂客主以首引,极声貌以穷文。斯盖别《诗》之原始,命赋之厥初也⑧。

〔注释〕

①郑庄:即郑庄公,春秋时期郑国的君主。大隧:地道,隧道。据《左传·隐公元年》记载,郑庄公的母亲姜氏厌恶庄公却喜爱他的弟弟公叔段,于是姜氏与公叔段密谋叛乱,郑庄公平息叛乱后发誓不到黄泉之下,与他的母亲永不相见。而后郑庄公反悔了,颍考叔给他出了一个既不违背誓言,又可以与母亲相见的主意。郑庄公命人掘地到黄泉,和他的母亲在隧道中见面。公入而赋:"大隧之中,其乐也融融!"姜出而赋:"大隧之外,其乐也泄泄!"

②士蒍(wěi):春秋时期晋献公的谋士。据《左传·僖公五年》记载,

晋献公宠妾骊姬使用计谋离间了献公和他的儿子申生、重耳、夷吾之间的感情，又设计让献公杀死太子。士蒍为两位公子筑城时，不慎将木柴放入城墙中。晋献公得知后，派人责备士蒍。士蒍表示君王修养德行且使同宗子弟地位巩固比任何城池都坚固，并赋诗道："狐裘尨茸，一国三公，吾谁适从？"

③明而未融：有亮光但不及大亮的程度。融，大明。此处指赋体不成熟。

④灵均：屈原的字。

⑤受命：接受使命。诗人：《诗经》的作者。

⑥荀况：战国著名文学家、思想家。《荀子·赋篇》是我国文学史上第一部以赋名篇的文学作品，包括礼、智、云、蚕、箴五赋及佹诗和小歌。

⑦爰(yuán)：于是。锡：通"赐"，赐予。

⑧厥(jué)初：最初，开头。

〔译文〕

至于像郑庄公的赋"大遂"，士蒍的赋"狐裘"，都是由简短的韵语组成，词语也是由自己创作，虽然也符合不歌而诵的赋的体制，但赋体尚未成熟。等到屈原唱《离骚》，赋体才扩大到描绘事物的声音形貌。既然这样，那么赋源自并继承了《诗经》，在《楚辞》影响下扩大、发展。这之后，荀况的《礼》《智》和宋玉的《风赋》《钓赋》，这才给了它"赋"的名称，从此划清了诗与赋的界限。赋从作为"六义"之一的附庸，发展为独立的文体。赋往往以主客对话的方式开篇，通过极力描摹事物的声音形貌来穷尽文采。这大概就是赋与诗相区别的开始，也是命名"赋"的开始。

秦世不文,颇有杂赋①。汉初词人,顺流而作。陆贾扣其端②,贾谊振其绪,枚、马播其风,王、扬骋其势③,皋、朔已下④,品物毕图⑤。繁积于宣时⑥,校阅于成世⑦,进御之赋,千有余首,讨其源流,信兴楚而盛汉矣。夫京殿苑猎⑧,述行序志⑨,并体国经野⑩,义尚光大。既履端于唱序,亦归余于总乱⑪。序以建言,首引情本;乱以理篇,写送文势⑫。按《那》之卒章⑬,闵马称"乱"⑭,故知殷人辑《颂》,楚人理赋。斯并鸿裁之寰域⑮,雅文之枢辖也⑯。至于草区禽族,庶品杂类⑰,则触兴致情,因变取会。拟诸形容,则言务纤密;象其物宜⑱,则理贵侧附⑲;斯又小制之区畛⑳,奇巧之机要也。

[注释]

①杂赋:班固《汉书·艺文志》著录汉代诗赋的一类。《汉书·艺文志·诗赋略》下分屈原赋、陆贾赋、荀卿赋、杂赋、歌诗五类,前三类明确标明了作者,后两类无作者说明。《汉书·艺文志·诗赋略》:"秦时杂赋九篇。"

②陆贾:汉代初期的辞赋家。《汉书·艺文志》收陆贾赋一类,今其赋已佚。扣:通"叩"。

③王、扬:即王褒和扬雄。

④皋、朔:即枚皋和东方朔。

⑤品:描绘。毕:完全。

⑥宣:即汉宣帝刘询。

⑦成:即汉成帝刘骜。《汉书·艺文志》:"至成帝时,诏光禄大夫刘向校经传诸子诗赋。"

⑧京殿:指描写京城和宫殿的赋,如班固的《两都赋》,张衡的《二京赋》,王延寿的《鲁灵光殿赋》等。苑猎:描写苑囿和狩猎的赋,如司马相如的《上林赋》,扬雄的《甘泉赋》《羽猎赋》等。

⑨述行:描写远征军旅的赋,如班彪的《北征赋》、班昭的《东征赋》等。序志:抒写个人志向的赋,如班固的《幽通赋》、张衡的《思玄赋》等。

⑩体国经野:本义为对国都和郊野进行规划,后泛指治理国家。《周礼·天官·冢宰》:"惟王建国,辨方正位,体国经野,设官分职,以为民极。"

⑪归余:总结。乱:即乱辞,乐曲的最后一章。

⑫写送:指以高声咏叹等气势充足的方式结尾。

⑬《那》:即《诗经·商颂·那》,殷商后裔祭祀歌颂殷高宗武丁的诗篇。

⑭闵马:即闵马父,又称闵子马,春秋时鲁国大夫。据《国语·鲁语下》记载,他把《那》的结尾称为"乱"。

⑮鸿裁:鸿伟的体裁。寰(huán)域:广大的地域,大范围。

⑯枢辖:关键。

⑰庶品:各类事物。

⑱象:模拟,描摹。物宜:指事理。

⑲侧附:侧面比附,指采用侧面说明的方式,而非直接描写。

⑳小:指小赋,篇幅较短的赋体文学,侧重于抒写个人的心理活动,或托物言志,或咏物抒情,或针砭现实。汉代后期出现,善用铺排,语言较大

赋朴素。区畛(zhěn):范围,区域。

## 〔译文〕

秦代不崇尚文辞,只有少数的几篇杂赋。汉代初年的辞赋家,接顺前代的潮流进行创作。陆贾是汉赋的开端,贾谊在前人的基础上促进了汉赋发展,枚乘和司马相如播扬了汉赋的风气,王褒和扬雄将这种趋势发扬光大,自枚皋和东方朔之后,汉代文人对各种事物都用赋来描绘。汉宣帝时汉赋已积累了相当多的作品,汉成帝时对这些赋加以审阅和校订,献给皇帝的赋有一千多首。探讨赋的起源和流变,的确是自楚国兴起,在汉代强盛起来。描写京城和宫殿的赋、描写苑囿和狩猎的赋、描写远征军旅的赋和抒写个人志向的赋,都与国家大事相关,意义也比较广大。这些赋以序言开篇,以乱辞总结全篇。序言用来确立全篇的主旨和创作缘由,先引导出创作的情事根由;乱辞用来梳理全篇内容,以加强文章的气势。考察《诗经·商颂·那》的最后一章,闵马父将其称之为"乱",由此可知,商代人编辑《商颂》,周代楚国人创作辞赋,都以"乱"作为总结。这些都属于鸿篇巨制的大赋范围,是创作典雅之文的关键。至于那些描写草木禽兽和各类事物的赋,都是创作者触物而引起兴致、生发感情,然后,根据事物、情景的变化而采用事物、情感相结合的表现方式。要描摹事物的形状、样貌,那么言辞必须细致周密;要描摹事物的道理,那么用侧面比附的方式比较适合。这属于小赋的创作范围,将小赋写得奇异精巧的关键所在。

观夫荀结隐语①,事数自环②;宋发夸谈③,实始淫丽;枚乘《菟园》④,举要以会新;相如《上林》,繁类以成艳;贾谊《鵩鸟》⑤,致辨于情理;子渊《洞箫》,穷变于声貌;孟坚《两都》,明绚以雅赡⑥;张衡《二京》,迅拔以宏富;子云《甘泉》,构深玮之风⑦;延寿《灵光》⑧,含飞动之势。凡此十家,并辞赋之英杰也。及仲宣靡密,发篇必遒;伟长博通,时逢壮采;太冲、安仁⑨,策勋于鸿规⑩;士衡、子安⑪,底绩于流制⑫;景纯绮巧,缛理有余⑬;彦伯梗概⑭,情韵不匮⑮:亦魏、晋之赋首也。

[注释]

①荀:荀况。结:组织。此句指《荀子·赋篇》中的《礼》《智》《云》《蚕》《箴》五篇小赋用隐语写成,不直接写明文意,而是通过自设问答、反复暗示、层层铺垫以此引导出小赋的题旨。

②自环:回环反复,自揭谜底。

③宋:即宋玉。《汉书·艺文志》:"其后宋玉、唐勒,汉兴枚乘、司马相如,下及扬子云,竞为侈丽闳衍之词,没其风谕之义。"

④《菟(tù)园》:即枚乘的《梁王菟园赋》。

⑤《鵩(fú)鸟》:即贾谊的《鵩鸟赋》。鵩鸟,形似猫头鹰的不祥鸟。

⑥赡(shàn):繁复,富足。

⑦玮(wěi):珍奇美好。

⑧延寿:即东汉文学家王延寿。《灵光》:指王延寿的《鲁灵光殿赋》。

⑨安仁:西晋文学家潘岳的字。

⑩策勋:立功。鸿规:鸿大的格局,此处指大赋。左思的《三都赋》与

潘岳的《藉田赋》《西征赋》均为大赋。

⑪子安:西晋文学家成公绥的字。

⑫厎(zhǐ):致,获得。流制:流行的作品,此处指陆机的《文赋》和成公绥的《啸赋》之类的品评文章。

⑬缛(rù)理:繁复而有条理。

⑭彦伯:东晋作家袁宏的字。梗概:简要概括。

⑮匮(kuì):缺乏。

### 〔译文〕

读荀子《赋篇》,其中的小赋多用隐语写成,叙述事物常常自问自答;宋玉的赋铺张夸饰,实际上是淫靡艳丽之风的开端。枚乘的《梁王菟园赋》,描写扼要又融汇新颖;司马相如的《上林赋》,描写的物类繁复,形成了艳丽的特点;贾谊的《鵩鸟赋》,致力于情理的辨析;王褒的《洞箫赋》,穷尽了声音状貌的变化;班固的《两都赋》,文辞明丽绚烂而内容典雅繁复;张衡的《二京赋》,文笔刚健挺拔而体制宏伟富丽;扬雄的《甘泉赋》,具有深邃瑰丽的风格;王延寿的《鲁灵光殿赋》,含有飞扬生动的气势。此处列举的这十位大家,都是辞赋创作的杰出英才。到了王粲,他的赋文辞细密,篇章遒劲有力;徐幹学识渊博,读他的赋常常会遇到壮丽的文采;左思、潘岳,在大赋的创作上成绩斐然;陆机和成公绥的赋,在流行的品评文章上取得了成绩;郭璞的赋绮丽巧妙,繁复却有条理;袁宏的赋慷慨简要概括,却不缺乏情韵。他们都是魏晋时期辞赋的领军人物。

原夫"登高"之旨①,盖睹物兴情。情以物兴,故义必明雅;物以情观,故词必巧丽。丽词雅义,符采相胜②,如组织之品朱紫③,画绘之著玄黄④。文虽杂而有质⑤,色虽糅而有本⑥,此立赋之大体也。然逐末之俦⑦,蔑弃其本,虽读千赋⑧,愈惑体要。遂使繁华损枝,膏腴害骨⑨;无贵风轨⑩,莫益劝戒,此扬子所以追悔于雕虫⑪,贻诮于雾縠者也⑫。

〔注释〕

①原:探究,探求。

②相胜:相称。

③朱:红色,古代视为正色。紫:紫色,古代视为间色。

④著:着染,涂抹。玄:赤黑色。

⑤杂:五色相间。

⑥糅:混杂,糅合。

⑦俦(chóu):同辈,同类。

⑧蔑(miè):轻视。千赋:典出桓谭《新论·道赋》:"扬子云工于赋,王君大习兵器,余欲从二子学。子云曰:'能读千赋则善赋。'君大曰:'能观千剑则晓剑。'"

⑨膏腴(yú):脂肪,肥肉。此处喻指过分繁复、华美的文辞。

⑩风轨:教化法度。

⑪"扬子"句:语出扬雄《法言·吾子》:"或问:'吾子少而好赋?'曰:'然,童子雕虫篆刻。'俄而曰:'壮夫不为也。'"

⑫贻(yí):给予。诮(qiào):嘲笑,讥刺。雾縠(hú):典出扬雄《法

言·吾子》："或曰：'雾縠之组丽。'曰：'女工之蠹矣。'"雾縠，薄雾般的轻纱，此处喻指没有实用价值、毫无意义的作品。

〔译文〕

探求"登高能赋"的意义，大概是看到外界的景物引发了内心的情感。情感是由外物的触发而引起的，所以诗作的内容必须明白雅正；景物是人带着情感观看的，所以文辞必须精巧华丽。既有美丽的文辞又有雅正的内容，这样的作品就像是玉石的纹彩和质地一样相配称。如织锦的正色与间色按等第搭配，绘画要着染黑色和黄色一样，织锦虽然五色相杂，却有质地，画色虽糅杂相混，却不失底色。这就是创作赋的根本。然而，那些只追求文辞华丽细枝末节的人，轻易地抛弃了内容雅正这一赋体创作的根本，虽然读了上千篇赋，却更加分辨不清作赋的根本要义了。结果就如同让繁花压损了枝干，脂肪损害了骨骼一样，既对教化法度没有助益，又对劝诫世人毫无益处。这就是扬雄后悔曾把作赋比作雕虫小技，嘲笑赋如同薄如轻雾的绉纱一样无用的原因。

赞曰：赋自《诗》出，分歧异派①。写物图貌，蔚似雕画。抑滞必扬，言旷无隘。风归丽则②，辞翦稊稗③。

〔注释〕

①分歧异派：指赋内容上有言志、说理的不同；体制上有大赋、小赋的区分。

②丽则：典雅美丽且合乎法度。扬雄《法言·吾子》："诗人之赋丽以则，辞人之赋丽以淫。"

③翦(jiǎn)：同"剪"，删掉，删除。稊(tí)稗(bài)：稗草，外形与五谷相像。此处指浮华而无用的文辞。

〔译文〕

综上所述：赋从《诗经》发展而来，在内容和体制上又分成不同的类别和流派。它描写事物，绘制形貌，文采繁盛如同雕刻绘画。它能把不明显的事物写得鲜明突出，穷尽言辞而无迫隘。文风归于雅丽而有法度，文辞应当剪除那些虚浮无用的表达。

# 神　思

[**题解**]

《神思》篇是《文心雕龙》创作论的首篇。神，即创作者的精神；思，即创作时的思维。本篇旨在探讨文学创作过程中的艺术想象与思维，阐明神与物、言与意的关系。

为文必先构思。"思理为妙，神与物游"，《神思》篇首先从物象、志气、言辞与情意等方面阐发艺术想象的特点。创作者要想获得"文思"，就得通过学习来储备知识，通过斟酌事理来丰富才学，通过反复观察阅历来彻底理解事物。而避免言辞艰涩难懂，则一方面要做到涵养内心，掌握写作的方法，一方面要锤炼文采，掌握语言表达的规则。本篇列举了多位作家创作的实践经历，说明创作思维因人而异，具有不同的类型。而无论文思敏捷还是迟缓，"博见""贯一""博而能一"都对创作思维能力大有助益。最后，本篇强调了艺术加工"焕然乃珍"的作用。创作难免文不逮意，作者只能知难而进，"至精而后阐其妙，至变而后通其数"。

古人云："形在江海之上，心存魏阙之下。"[①]神思之谓也。文之思也，其神远矣。故寂然凝虑，思接千载；悄焉动容,视通万里;吟咏之间,吐纳珠玉之声;眉睫之前,卷舒风云之色:其思理之致乎?故思理为妙,神与物游。神居胸臆②,而志气统其关键③;物沿耳目,而辞令管其枢机。枢机方通,则物无隐貌;关键将塞,则神有遁心。

〔注释〕

①"古人"句:语出《庄子·让王》:"中山公子牟谓瞻子曰:'身在江海之上,心居乎魏阙之下,奈何?'"此处借"身在此处,心在彼处"指心神超越身体限制,自由地想象。古人,指战国时期的魏国公子牟,因封于中山,又称中山公子牟。魏阙,宫门外的高大楼宇,代指朝廷。

②胸臆(yì):内心的想法。

③志气:指意志和体气。周振甫《文心雕龙辞典》:"意志跟精神活动所产生的思想感情有关;体气跟精神活动能否集中注意有关。"

〔译文〕

古人说:"身在江海之上,心在宫廷之中。"说的是作者的精神和思维。文学构思时,创作者精神驰骋,无边无际。所以,作者静静地凝神思考,思绪连接千年之前;作者悄悄地改变表情,视线连通万里之外。吟诵时,发出珠玉般悦耳的声音;展卷阅读,眼前出现风云变幻的景色。这就是思维活动所达到的最高境界吧!因此,构思巧妙,能使作者的精神与外物的形象交融在一起。精神蕴藏于作者的内心,而作者的意志和体气是统辖精神活动的关键;外物通过作者的耳目来接触,而语言是将它们表达出来的关键。如果语言表达畅通无阻,那么,外物的形貌便不再隐晦,能被完全地描绘出来;如果意志和体气受到阻塞,那么,作者创作的精神状态就会消失。

  是以陶钧文思①,贵在虚静②,疏瀹五藏③,澡雪精神④。积学以储宝,酌理以富才,研阅以穷照⑤,驯致以绎辞⑥。然后使玄解之宰⑦,寻声律而定墨⑧;独照之匠⑨,窥意象而运斤⑩:此盖驭文之首术⑪,谋篇之大端⑫。

〔注释〕

  ①陶钧:制作陶器的转轮。此处指酝酿。
  ②虚静:指内心清虚、恬静的精神状态。《荀子·解蔽》:"人何以知道？曰:心。心何以知？曰:虚壹而静。心未尝不臧也,然而有所谓虚;心未尝不满也,然而有所谓壹;心未尝不动也,然而有所谓静。"
  ③疏瀹(yuè):疏通。瀹,疏通;疏导。
  ④澡雪:洗涤干净。《庄子·知北游》:"老聃曰:'汝齐戒疏瀹而心,澡雪而精神。'"
  ⑤穷照:彻底地理解。穷,尽。
  ⑥绎:抽取,引出。此处指运用文辞。
  ⑦玄解:深奥的事理。宰:主宰,此处指心灵。
  ⑧声律:声韵格律,此处指写作的技巧。定墨:审定绳墨,此处指下笔写作。
  ⑨独照:有独到的见解。
  ⑩意象:意中之象,指客观事物在创作者头脑中形成的艺术形象。运

斤:挥动斧子。

⑪驭文:写作。

⑫大端:要点。

〔译文〕

所以,酝酿文思,最为可贵的是拥有虚静的心志,疏通蕴藏精气的五脏,涤除杂念净化精神。通过不断地学习来储备知识,通过斟酌事理来丰富才学,通过反复观察阅历来彻底理解事物,顺从情致来运用恰当美好的文辞。这样之后,才能使懂得深奥道理的心灵,寻找到写作技巧,下笔成文。如同有独到见解的工匠,根据想象中的形象来使用斧子一样;这大概就是写作的首要方法,也是安排篇章的要点。

夫神思方运,万涂竞萌①,规矩虚位②,刻镂无形。登山则情满于山,观海则意溢于海,我才之多少,将与风云而并驱矣。方其搦翰,气倍辞前③;暨乎篇成④,半折心始。何则?意翻空而易奇⑤,言征实而难巧也。是以意授于思,言授于意,密则无际⑥,疏则千里。或理在方寸⑦,而求之域表⑧;或义在咫尺,而思隔山河。是以养心秉术⑨,无务苦虑;含章司契⑩,不必劳情也。

〔注释〕

①万涂:千万种思绪。涂,通"途"。竞萌:竞相产生。

②规矩:刻画,描摹。虚位:模糊、抽象的东西。
③辞前:写下文辞之前,此处指构思。
④暨:及。
⑤翻空:形容作文构思时奇想联翩。
⑥际:空隙。
⑦方寸:指人心。
⑧域表:域外,指很远的地方。
⑨秉术:掌握写作的方法。
⑩含章:具有美好的文采。司契:掌握语言表达的规则。

〔译文〕

　　作家开始构思想象的时候,头脑中产生出千万种思绪。作家要将头脑中模糊抽象的意念刻画出来,将尚未定型的形象雕刻清晰。一想到登山,情感仿佛弥漫了整座山峦;一想到观海,心意仿佛超出整片大海。不管作家的才能有多少,他的神思都将随风云一同驰骋。刚下笔写作,气势盛大得是构思时的几倍;可等到篇章写成,下笔前所想的已经打了对折。为什么呢?构思时奇想联翩,容易出奇,写作时言辞具体,很难出巧。文意来自作者的构思,言辞又来自文意,三者紧密结合,则浑然一体,彼此疏离则相差千里。有时道理在人的心里,却要到很远的地方去获取。有时意义就在眼前,却又像远隔高山大河似的。所以,涵养内心,掌握写作的方法,就无需苦思冥想了;具有美好的文采,掌握了语言表达的规则,就不必劳费精神了。

神　思 | 81

人之禀才①,迟速异分。文之制体,大小殊功。相如含笔而腐毫②,扬雄辍翰而惊梦③,桓谭疾感于苦思④,王充气竭于思虑⑤,张衡研《京》以十年⑥,左思练《都》以一纪⑦。虽有巨文,亦思之缓也。淮南崇朝而赋《骚》⑧,枚皋应诏而成赋⑨,子建援牍如口诵⑩,仲宣举笔似宿构⑪,阮瑀据鞍而制书⑫,祢衡当食而草奏⑬,虽有短篇,亦思之速也。

[注释]

①禀才:天赋的才华。

②含笔:古人写作前常以口润笔,兼行构思。腐毫:毛笔腐烂,形容构思时间长。此句意指司马相如文思较缓。《汉书·枚皋传》:"司马相如善为文而迟。"

③辍(chuò)翰:停笔,停止写作。据桓谭《新论·祛蔽》记载,扬雄受命作《甘泉赋》,整个创作过程思虑精苦,用心过度。《甘泉赋》写成,扬雄困倦而卧,梦见自己的五脏都流到了地上,便用手把五脏收起,放回腹内。醒来后,扬雄整整病了一年。此句意指扬雄为赋之苦思焦虑。

④桓谭:东汉经学家,作《新论》二十九篇。据其《新论·祛蔽》记载,桓谭年少时见扬雄丽文高论,便想追赶扬雄,同他一样在创作上取得一番成就。一次,桓谭偶遇一事,打算作首小赋,却因创作时思虑太过剧烈而生了几天病。

⑤"王充"句:语出《后汉书·王充传》:"充好论说,始若诡异,终有理实。以为俗儒守文,多失其真,乃闭门潜思,绝庆吊之礼,户牖墙壁各置刀笔。著《论衡》八十五篇,二十余万言,释物类同异,正时俗嫌疑。……年

渐七十,志力衰耗,乃造《养性书》十六篇,裁节嗜欲,颐神自守。"

⑥《京》:指《二京赋》。《后汉书·张衡传》:"时天下承平日久,自王侯以下,莫不逾侈。衡乃拟班固《两都》,作《二京赋》,因以讽谏;精思傅会,十年乃成。"

⑦《都》:指《三都赋》。一纪:十二年。《文选·三都赋序》李善注引臧荣绪《晋书》曰:"左思,字太冲,齐国人。少博览文史,欲作《三都赋》,乃诣著作郎张载访岷邛之事。遂构思十稔,门庭藩溷,皆著纸笔,遇得一句,即疏之。征为秘书。赋成,张华见而咨嗟,都邑豪贵,竞相传写。"

⑧淮南:即淮南王刘安。崇朝:一个早晨,借指时间短暂。赋《骚》:创作与《离骚》有关的作品,此处指刘安受武帝诏命所作的《离骚赋》。荀悦《前汉纪·孝武纪》:"初,安朝,上使作《离骚赋》,旦受诏,食时毕。"又见高诱《淮南子叙》:"安为辨达,善属文。皇帝为从父,数上书,召见,孝文皇帝甚重之,诏使为《离骚赋》,自旦受诏,日早食已。上爱而秘之。"

⑨"枚皋"句:语出《汉书·枚皋传》:"枚皋上书北阙,自陈枚乘之子。上得之,大喜。拜为郎。皋从行,上有所感,辄使赋之。为文疾,受诏辄成,故所赋者多。"

⑩援牍:手持木简。杨修《答临淄侯笺》:"又尝亲自执事,握牍执笔,有所造作,若成诵在心,借书于手,曾不斯须少留思虑。"

⑪宿构:预先写好。《三国志·魏志·王粲传》:"善属文,举笔便成,无所改定,时人常以为宿构。然正复精意覃思,亦不能加也。"

⑫阮瑀:三国时期魏国文学家,"建安七子"之一。《三国志·魏志·王粲传》裴松之注引《典略》曰:"太祖尝使瑀作书上韩遂。时太祖适近出,瑀随从,因于马上具草,书成呈之。太祖揽笔欲有所定,而竟不能增损。"

⑬祢(mí)衡:东汉末年文学家。当食:吃饭的时候。《后汉书·祢衡传》:"(刘)表尝与诸文人共草章奏,并极其才思。时衡出,还见之。开省

未周,因毁以抵地。表忱然为骇,衡乃从求笔札,须臾立成,辞义可观。表大悦,益重之。"又曰:"射时大会宾客,人有献鹦鹉者,射举卮于衡曰:'愿先生赋之,以娱嘉宾。'衡揽笔而作,文无加点,辞采甚丽。"

[译文]

　　人的创作天赋,存在快慢的不同;文章的篇幅、体裁,也有大小和功用的不同。司马相如以口润笔,兼行构思,直到毛笔腐烂才写成;扬雄耗尽心力完成《甘泉赋》后就做了个怪梦;桓谭作赋时因苦苦思索而生病;王充著书立说因思虑过度而精力衰耗;张衡钻研《二京赋》花了十年时间;左思锤炼《三都赋》花了十二年时间。虽然上述作品都是长篇巨作,但也说明作者的文思是迟缓的。淮南王刘安只用一个早晨就写成了《离骚赋》;枚皋一接到诏令就完成了赋作;曹植创作时拿起纸笔就写,仿佛诵读写好的文章;王粲举笔创作如同文章预先写好一样;阮瑀靠在马鞍上写成了书信;祢衡在宴席上便能起草奏书。虽然上述作者创作的都是短篇,但也体现了他们的文思敏捷。

　　若夫骏发之士[①],心总要术[②],敏在虑前,应机立断;覃思之人[③],情饶歧路[④],鉴在疑后,研虑方定。机敏故造次而成功[⑤],虑疑故愈久而致绩[⑥]。难易虽殊,并资博练[⑦]。若学浅而空迟,才疏而徒速,以斯成器,未之前闻。是以临篇缀虑[⑧],必有二患:理郁者苦贫[⑨],辞溺者伤乱[⑩]。然则博见为馈贫之粮,贯一为拯乱之药[⑪],博而能一,亦有助乎心力矣。

〔注释〕

①骏发:指文思敏捷。

②总:主管,掌握。

③覃(tán)思:深入而周详地思考。此处指文思迟缓。

④饶:丰富,多。歧路:岔路,此处指思路繁杂。

⑤造次:仓促,不加思考。

⑥致绩:获得成功。

⑦资:依靠。博练:广泛的学习和训练,即在"积学""酌理""研阅""驯致"四个方面进行学习和训练。

⑧缀虑:即构思。

⑨理郁:指思理不通畅。

⑩辞溺:指文辞过于泛滥。

⑪贯一:贯穿统一,统贯于某一个基本观念。

〔译文〕

　　至于文思敏捷的人,心里掌握着创作的要领,反应快得好像未经考虑就能把握时机做出决断。文思迟缓的人,思绪众多、纷乱,疑虑之后才能看清事理,反复研究考虑才能做出决定。文思敏捷的人,在很短的时间内也能写成好文章;文思迟缓的人,思虑良久才能达到成功。创作虽然有难易的不同,但都要依靠广泛的学习训练。如果学识浅薄而只是写得慢,才学粗疏而只是写得快,凭着这些就能写出好文章,还从来没有听说过。所以构思作文,必定有两个困难:思理不通畅的人苦于内容的贫乏,文辞泛滥的人受损于文采的繁乱。既然如此,那么广博的见闻是救济内容贫乏的粮食,贯通的思想是拯救繁乱的药方,既具有广博的学识又能够贯通统一,对创作的思维能力大有助益。

若情数诡杂,体变迁贸①,拙辞或孕于巧义,庸事或萌于新意②。视布于麻,虽云未贵,杼轴献功③,焕然乃珍。至于思表纤旨④,文外曲致,言所不追,笔固知止。至精而后阐其妙,至变而后通其数⑤。伊挚不能言鼎⑥,轮扁不能语斤⑦,其微矣乎!

〔注释〕

①迁贸:变化不定。贸,变化。
②庸事:平庸的事物。
③杼(zhù)轴:纺织。喻指诗文的构思。
④思表:文思之外。
⑤数:规律、方法。
⑥伊挚:又称"伊尹",辅佐商汤的重臣。言鼎:谈论烹调的道理。此处指伊挚借谈论烹调之道,说明治国之道。《吕氏春秋·本味》:"明日,设朝而见之。说汤以至味……鼎中之变,精妙微纤,口弗能言,志弗能喻,若射御之微,阴阳之化,四时之数。"
⑦轮扁:古代制造车轮的工匠,名扁。《庄子·天道》:"轮扁(谓桓公)曰:臣也以臣之事观之,斫轮徐则甘而不固,疾则苦而不入,不徐不疾,得之于手而应于心,口不能言,有数存焉于其间。"

〔译文〕

　　至于说作品情理奇异复杂,体制风格变化不定,拙劣的文辞中或许孕育着精巧的义理,平凡的事物里或许萌生出新颖的意思。且将布和麻比照,虽然说麻并不贵重,但经过组织加工以后,就焕发出光彩,成了珍品。至于文思之外的细微旨意,文辞之外的曲折情致,这些都是语言所不能表达的,创作时,作者只能知难而止。精微才能阐明创作的奥妙,灵活多变才能通晓创作的规律和方法。伊挚无法说清鼎中调味的精妙,轮扁无法说清使用斧子的技巧,言语不能尽意,因为它实在是太微妙了!

　　赞曰:神用象通,情变所孕。物以貌求,心以理应。刻镂声律,萌芽比兴。结虑司契①,垂帷制胜②。

〔注释〕

　　①司契:掌握规则、规律。
　　②垂帷:运筹帷幄,此处指掌握艺术构思的方法。

〔译文〕

　　总的来说:作者通过精神活动将物象相连相通,孕育出千变万化的情思。事物以形貌来打动作者,作者以内心的情理来进行回应。继而,打磨声律,产生了艺术形象。凝神构思,掌握其规则和方法,创作出优秀的作品。

# 体　性

[题解]

　　体即体貌，指文章的风格；性指作者的个性。《体性》篇主要论述了"体"与"性"二者之间的关系。

　　"文学即人学。"文学作品是作者情感与观点的外在表现。而人的才能、气质、学识、习尚等方面的差别构成了每一位作者的个性，也影响着作品的风格。文学作品的言辞、内容与作者的才华匹配，风格、趣味则与作者的气质一致。本篇将作品风格的类型概括为"典雅""远奥""精约""显附""繁缛""壮丽""新奇""轻靡"八种。这八种风格，两两相对，除完全对立两组不兼容外，每种风格都可与其他风格融合。本篇以十二位作者为例，说明作品风格与作者个性"表里必符"。最后，提出虽然作者才华来自天赋，后天学习也应当慎重。初学创作的人应首先学习雅正风格的作品，"沿根讨叶""模体以定习，因性以练才"，逐渐确立自己的风格。


　　夫情动而言形，理发而文见，盖沿隐以至显，因内而符外者也。然才有庸俊，气有刚柔，学有浅深，习有雅郑[①]，并情性所铄[②]，陶染所凝[③]，是以笔区云谲，文苑波诡者矣[4]。故辞理庸俊,莫能翻其才[5];风趣刚柔,宁或改其气;事义浅深,未闻乖其学[6];体式雅郑,鲜有反其习;各师成心[7],其异如面[8]。若总其归涂,则数穷八体:一曰典雅,二曰远奥,三曰精约,四曰显附,五曰繁缛,六曰壮丽,七曰新奇,八曰轻靡。典雅者,熔式经诰[9],方轨儒门者也[10];远奥者,复采曲文,经理玄宗者也;精约者,核字省句,剖析毫厘者也;显附者,辞直义畅,切理厌心者也[11];繁缛者,博喻酿采[12],炜烨枝派者也[13];壮丽者,高论宏裁,卓烁异采者也[14];新奇者,摈古竞今[15],危侧趣诡者也[16];轻靡者,浮文弱植[17],缥缈附俗者也。故雅与奇反,奥与显殊,繁与约舛[18],壮与轻乖,文辞根叶[19],苑囿其中矣[20]。

[注释]

①雅郑:雅乐和郑声。古时,儒生认为郑国的音乐轻佻淫靡,容易使人沉溺,不符合雅正的标准。此处以雅乐、郑声分别代指高雅和低俗的情形。

②铄(shuò):熔化金属,此处指塑造、形成。

③陶染:熏陶感染,此处指后天的影响。

④笔区、文苑:指文坛。云谲(jué):风云变幻。波诡(guǐ):波涛翻滚变化。云谲、波诡,形容变幻莫测。

⑤翻:翻转,改变。

⑥乖:背离,违背,不和谐。

体 性 | 89

⑦师：根据，按照。成心：本性，个性。此处指才、气、学、习。《庄子·齐物论》："夫随其成心而师之，谁独且无师乎？"

⑧面：面貌，样貌。《左传·襄公三十一年》："人心之不同，如其面焉。"

⑨熔式：取法、模仿。经诰：指儒家经典。诰，文体的一种，如《尚书》中的《汤诰》《康诰》等，此处泛指儒家经典。

⑩方轨：取法，比肩。

⑪厌：满足。

⑫醲（nóng）：浓厚，丰富。

⑬炜（wěi）烨（yè）：华美茂盛的样子。枝派：枝叶与流派。此处指铺陈描写。

⑭卓烁：光彩鲜明的样子。

⑮摈（bìn）：排除，排斥。

⑯危侧：偏颇，险僻。

⑰弱植：指文辞没有骨力。

⑱舛（chuǎn）：违背。

⑲根叶：根本和枝叶。喻指文章的各个方面。

⑳苑囿：包括。

〔译文〕

情感受到了触动，便形成言辞来表达，事理需要阐发，便创作文章来体现，都是将内隐的情感、事理表现为外显的言语、文章，内外相符，表里一致。然而，人的才能有平庸和杰出的分别，气质有刚强和柔弱的差异，学识有浅薄和高深的区别，习尚有高雅和低俗的不同，以上都是由人先天的情性所形成，后天的熏陶感染所凝聚的,所以文坛上才如此波诡云谲。所以,文章的文辞、思想无论是平庸或是杰出,都不能与作者的才华相违背;文章的风格、趣味无论是刚强或是柔弱,又岂能与作者的气质相异;文章的内容、情理无论是浅薄或是深厚,没有听说与作者的学识相背离的;文章的体制、形式无论是高雅或是低俗,少有与作者习惯相对立的。作家各自按照自己的本性写作,写出的作品就如同个人的样貌一样不同。如果总结作品的类型,则尽可以概括为八种风格:第一种是"典雅",第二种是"远奥",第三种是"精约",第四种是"显附",第五种是"繁缛",第六种是"壮丽",第七种是"新奇",第八种是"轻靡"。所谓"典雅",指取法儒家经典,遵循儒家之道。所谓"远奥",指文辞曲折深隐,讲求道家玄学。所谓"精约",指字句精练,剖析细致。所谓"显附",指辞句直截了当,文义畅达,切合事理,使内心获得满足。所谓"繁缛",指比喻丰富,辞采浓厚,内容繁富,光彩四溢。所谓"壮丽",指议论高超,体制宏大,光彩鲜明,文采瑰异。所谓"新奇",指弃旧逐新,追求险僻,趣味诡奇。所谓"轻靡",指辞藻浮华,柔弱无力,内容空泛而庸俗。所以"典雅"和"新奇"相反,"远奥"和"显附"不同,"繁缛"和"精约"对立,"壮丽"和"轻靡"相悖。文章风格的各种表现,都包括在这个范围中了。

若夫八体屡迁,功以学成。才力居中,肇自血气[①]。气以实志,志以定言,吐纳英华,莫非情性。是以贾生俊发,故文洁而体清;长卿傲诞[②],故理侈而辞溢;子云沉寂③,故志隐而味深;子政简易④,故趣昭而事博⑤;孟坚雅懿⑥,故裁密而思靡;平子淹通⑦,故虑周而藻密;仲宣躁锐⑧,故颖出而才果;公幹气褊⑨,故言壮而情骇⑩;嗣宗俶傥⑪,故响逸而调远⑫;叔夜俊侠⑬,故兴高而采烈;安仁轻敏⑭,故锋发而韵流;士衡矜重⑮,故情繁而辞隐。触类以推,表里必符,岂非自然之恒资⑯,才气之大略哉!

〔注释〕

①肇:开始。血气:指气质。

②傲诞:骄傲放诞。嵇康《高士传赞》:"长卿慢世,越礼自放。犊鼻居市,不耻其状。托疾避官,蔑此卿相。乃赋《大人》,超然莫尚。"

③沉寂:性格沉静内敛。《汉书·扬雄传》:"雄默而好深湛之思,清静亡(无)为,少耆(嗜)欲。"

④子政:刘向的字。简易:平易近人。《汉书·刘向传》:"向为人简易无威仪。"

⑤昭:明显,显著。

⑥雅懿(yì):纯正美好。《后汉书·班固传》:"性宽和容众,不以才能高人,诸儒以此慕之。"

⑦淹通:通达,贯通。《后汉书·张衡传》:"通五经,贯六艺,虽才高于世,而无骄尚之情。"

⑧躁锐:疑为"躁竞"之误。急躁而好争胜。

⑨褊(biǎn):气量狭小,急躁。

⑩骇:惊人。钟嵘《诗品》:"魏文学刘桢诗,其源出于古诗。仗气爱

奇,动多振绝。真骨凌霜,高风跨俗。但气过其文,雕润恨少。"

⑪嗣宗:阮籍的字。俶(tì)傥(tǎng):又作"倜傥",豪爽洒脱。《晋书·阮籍传》:"籍容貌瑰杰,志气宏放,傲然独得,任性不羁,而喜怒不形于色。"

⑫响逸:声响超逸豪放,此处喻指文气奔放。

⑬俊侠:豪侠俊逸。《三国志·魏志·王粲传》:"时又有谯郡嵇康,文辞壮丽,好言老庄,而尚奇任侠。"

⑭轻敏:轻率机敏。《晋书·潘岳传》:"岳性轻躁,趋世利。"

⑮矜(jīn)重:矜持庄重。《晋书·陆机传》:"伏膺儒术,非礼不动。"

⑯恒资:指先天的资质。

[译文]

至于上述八种风格经常处于变化之中,要获得功效就要通过学习来实现。才力存在于人的内心,始于先天的气质。气质充实了情志,情志又决定了文章的语言,创作出优秀的文章,无一不与作家的情性相关。因此,贾谊才能出众,所以他的作品文辞高洁且风格清新;司马相如骄傲放诞,所以他的作品说理夸张且辞采横溢;扬雄性格沉静内敛,所以他的作品含意隐晦,意味深长;刘向为人平易,所以他的作品志趣明显,用事广博;班固性情温和,所以他的作品工整缜密,文思细致;张衡性格深沉通达,所以他的作品思虑周到,文辞细密;王粲急躁好争胜,所以他的作品锋芒显露,才识果断;刘桢气性急躁,所以他的作品文辞豪壮,情感惊人;阮籍洒脱不羁,所以他的作品文气奔放,格调高远;嵇康豪侠俊逸,所以他的作品兴致高远,辞采犀利;潘岳轻率敏捷,所以他的作品辞锋锐利,音韵流畅;陆机矜持稳重,所以他的作品内容繁富,文辞隐晦。由此类推,作家的作品与他的个性必定相符,这难道不就是说作品能够体现出作家自然而然的天赋资质与才华的大概情况吗?

夫才由天资,学慎始习。斫梓染丝①,功在初化,器成采定,难可翻移。故童子雕琢,必先雅制;沿根讨叶,思转自圆。八体虽殊,会通合数,得其环中②,则辐辏相成③。故宜摹体以定习,因性以练才,文之司南④,用此道也。

〔注释〕

①梓(zǐ):树木名,宜作木器、乐器。
②环中:道家学说的虚静、虚空,指事物发展的核心规律。《庄子·齐物论》:"枢始得其环中,以应无穷。"
③辐(fú):车轮的辐条。辏(còu):车轮的辐条内端聚集于毂上。
④司南:指南针。

〔译文〕

才华来自天赋,但学习从一开始就应当慎重。就如同雕琢木器和漂染丝线一样,功效在一开始便显现出来,一旦器具制成,颜色染定,就很难改变了。因此,初学者创作时,必先从雅正的作品开始,沿着根本去寻求枝叶,文思运转自然完备起来。八种风格虽然不同,如果可以按一定规律融会贯通,掌握其核心,那么多种风格就如同车轮的辐条一样聚合起来,相辅相成。所以,应当通过模仿各种风格来确定自己的习惯,根据个性来锻炼写作才能。所谓创作指南针,就是指运用此道啊。

赞曰:才性异区,文辞繁诡①。辞为肌肤,志实骨髓。雅丽黼黻②,淫巧朱紫③。习亦凝真,功沿渐靡。

〔注释〕

①繁诡:繁杂多样。
②黼(fǔ)黻(fú):绣在礼服上的华美花纹,喻指华美的辞藻。
③朱紫:指杂色取代正色。《论语·阳货》:"恶紫之夺朱也。"

〔译文〕

总的来说:作家才华、性格各不相同,作品文辞也繁杂多样。文辞像外在的肌肤一样,而情志才是内在的骨髓。有的文辞如礼服的花纹一样雅正华美,有的则如杂色取代正色一样过分奇巧。作家通过学习可以形成与本性相符的风格,但需要长期的浸染才能显现功效。

# 风　骨

〔题解〕

"风骨"是中国古代独特而又典型的文学理论概念,也是文学创作一贯追求的精神风貌。《风骨》篇开篇彰示"风骨"之意:风,指作品的精神气韵,以鲜明爽朗的思想、情感感化人心;骨,指作品的骨力,以刚健端正的文辞形成文骨。风关乎情志,骨关乎文辞,风、骨合一,构成了支撑文学作品的内在力量。那么,作品要达到风清骨峻,则"析辞必精""述情必显",不可追求繁缛的文采。继而,本篇引用曹丕、刘桢的评论说明风骨与气的关系,强调作家才性、气质的重要性。并以野鸡、鹰隼、凤凰作比,说明风骨与藻采的关系,风骨表现出作品明朗刚健、具有感染力的内在力量,藻采表现为作品外在的形式美,二者兼备,方为理想的文章。进而,本篇指出锻炼风骨的路径,即"熔铸经典之范,翔集子史之术,洞晓情变,曲昭文体",其中对"情变"的阐释为《通变》篇埋下伏笔。

《诗》总六义,"风"冠其首,斯乃化感之本源①,志气之符契也。是以怊怅述情②,必始乎风;沉吟铺辞,莫先于骨。故辞之待骨③,如体之树骸④;情之含风,犹形之包气。结言端直⑤,则文骨成焉;意气骏爽⑥,则文风清焉。若丰藻克赡⑦,风骨不飞,则振采失鲜,负声无力。是以缀虑裁篇⑧,务盈守气,刚健既实,辉光乃新。其为文用,譬征鸟之使翼也⑨。

〔注释〕

①化感:感化,教育。《毛诗序》:"风,风也,教也,风以动之,教以化之。……上以风化下,下以风刺上,主文而谲谏,言之者无罪,闻之者足以戒,故曰风。"

②怊(chāo)怅:惆怅,此处泛指情感活动。

③待:需要。

④骸(hái):骨头。

⑤结言:遣词造句。端直:端正,正直。

⑥骏爽:昂扬爽快。

⑦克:能。赡:富足。

⑧缀虑:构思。裁篇:布局谋篇。

⑨征鸟:远飞的鸟。

〔译文〕

《毛诗序》提到,《诗经》包括风、赋、比、兴、雅、颂六义,"风"位列其首。这是因为"风"是感化人心的本源,与作家内心思想感情和气质、性格相一致。因此,抒发内心情感,必定首先具有感化人心的力量;锤炼铺陈辞采,也必定首先具有刚健端正的骨力。所以文辞需要有"骨",如同人的形体需要支撑的骨架一样;表达感情需要有"风",如同人的形体要包含血气一样。遣词造句端正准确,就会形成文章的骨力;志向、气概明快爽朗,感化人的力量就显现了。如果只是辞藻丰富,而风骨软弱无力,那么抒发的辞藻也失去了光彩,音节也无法铿锵有力。因此,写作构思,布局谋篇,一定要保持充盈的志气,做到文辞刚健、内容切实,作品才发挥出新鲜的光彩。"风""骨"对文章的作用,好比远飞的鸟儿善于使用翅膀一样。

故练于骨者①,析辞必精;深乎风者,述情必显。捶字坚而难移②,结响凝而不滞③,此风骨之力也。若瘠义肥辞④,繁杂失统,则无骨之征也。思不环周,牵课乏气⑤,则无风之验也。昔潘勖锡魏⑥,思摹经典,群才韬笔⑦,乃其骨髓峻也⑧;相如赋仙⑨,气号凌云,蔚为辞宗,乃其风力遒也。能鉴斯要⑩,可以定文;兹术或违,无务繁采。

〔注释〕

①练:精熟。
②捶:锻炼、琢磨。坚:牢靠,稳定,此处指语言准确。
③结响:指声调。凝:稳重,此处指音韵确定有力。
④瘠(jí):瘦弱,贫乏。
⑤牵课:勉强。
⑥潘勖(xù):汉献帝的辅臣。锡魏:赐命曹操,此处指潘勖的《册魏公

九锡文》。建安十八年(213),汉献帝封曹操为魏公,赐其九种物品,潘勖代汉献帝起草《册魏公九锡文》,文章效法经书,文辞规范典雅。

⑦韬(tāo):隐藏。

⑧鲠(gěng):同"骾"。鱼骨头。

⑨赋仙:指司马相如的《大人赋》,主要描写了帝王遨游天庭的见闻。

⑩要:要领,此处指前文的"风力遒"和"骨髓峻"。

〔译文〕

所以,精于文辞骨力的人,选用文辞一定非常精当;深通文章感染力的人,表达情感一定非常显明。炼字准确,难以更换,声调确定,却不滞涩,这就是风骨的力量。如果文章意义贫乏却辞藻空泛,繁杂而没有条理,这就是文辞没有骨力的表现。如果文思不够圆通周密,勉强创作,缺乏气势,这就是文章没有感染力的表现。昔日,潘勖作《册魏公九锡文》,文思效法经典,群才收藏起笔墨,不再写作,就是因为此文文辞骨力刚健挺拔;司马相如作《大人赋》,描写帝王遨游天庭的见闻,飘飘有凌云之气,文采繁盛可为辞赋之宗,就是因为此文的思想情感强劲有力。如果能够明白上述要点,就能够确立文章的体制;如果违背上述方法,就不必追求繁缛的文采了。

故魏文称:"文以气为主,气之清浊有体,不可力强而致。"①故其论孔融,则云"体气高妙"②;论徐幹,则云"时有齐气"③;论刘桢,则云"有逸气"④。公幹亦云:"孔氏卓卓,信含异气;笔墨之性,殆不可胜。"⑤并重气

风 骨 | 99

之旨也。夫翬翟备色⑥,而翾翥百步⑦,肌丰而力沉也;鹰隼乏采⑧,而翰飞戾天⑨,骨劲而气猛也。文章才力,有似于此。若风骨乏采,则鸷集翰林⑩;采乏风骨,则雉窜文囿。唯藻耀而高翔,固文笔之鸣凤也⑪。

〔注释〕

①魏文:即魏文帝曹丕。清浊:指清明阳刚之气与重浊阴柔之气。

②孔融:东汉末年文学家,"建安七子"之一。曹丕《典论·论文》:"孔融体气高妙,有过人者,然不能持论,理不胜辞。"

③齐气:指舒缓的气质。曹丕《典论·论文》:"王粲长于辞赋,徐幹时有齐气,然粲之匹也。"

④逸气:高逸奔放的气质。曹丕《与吴质书》:"公幹有逸气,但未遒耳。"

⑤信:确实。性:先天的气质。殆(dài):几乎。此处所引刘桢之原文已佚。

⑥翬(huī):有五彩羽毛的雉。翟(dí):长尾野鸡。

⑦翾(xuān)翥(zhù):小飞。

⑧隼(sǔn):属鹰类,体型较小的猛禽。

⑨翰飞:高飞。戾(lì):到。

⑩鸷(zhì):猛禽,此处指前文的"鹰隼"。

⑪鸣凤:即凤凰。《诗经·大雅·卷阿》:"凤凰鸣矣,于彼高冈。"

〔译文〕

因此,魏文帝曹丕说:"文章以作家的个性气质为主宰,人的气质有阳刚与阴柔之分,是不可通过外力强求达到的。"所以,曹丕评论孔融"风格和气质都很高妙";评论徐幹"时常有舒缓的气质";评论刘桢"有俊逸奔放的气质"。刘桢也认为:"孔融卓越超群,确实具有不一般的气质,其创作中所流露出来的天分,几乎不可能超越。"上述都意在重视作者气质。野鸡羽毛色彩丰富,却只能飞出百步,是因为它们肌肉过多而力量太弱。鹰隼没有华美的羽毛,却能一飞冲天,是因为它们骨骼强劲且气势凶猛。创作文章的才华与能力,与此相似。如果只有风骨而缺乏文采,那就像鹰隼聚集在文坛之上;如果只有文采而缺乏风骨,那就像野鸡窜入了文坛,只有当光彩四射的辞藻与风骨并重,才是文坛中的凤凰。

若夫熔铸经典之范①,翔集子史之术,洞晓情变,曲昭文体②,然后能莩甲新意③,雕画奇辞。昭体,故意新而不乱;晓变,故辞奇而不黩④。若骨采未圆,风辞未练,而跨略旧规⑤,驰骛新作⑥,虽获巧意,危败亦多,岂空结奇字,纰缪而成经矣⑦。《周书》云:"辞尚体要,弗惟好异。"盖防文滥也。然文术多门,各适所好,明者弗授,学者弗师。于是习华随侈,流遁忘反。若能确乎正式,使文明以健,则风清骨峻,篇体光华。能研诸虑,何远之有哉!

〔注释〕

①范:制作器物的模子,引申为典范。

②曲昭:详细地了解。

③莩(fú)甲:萌芽。《后汉书·肃宗孝章帝纪》:"方春生养,万物莩甲。"

④黩(dú):轻慢,随便。

⑤跨:超越。略:忽略。

⑥驰骛(wù):疾驰追逐。

⑦纰(pī)缪(miù):错误。经:正常的现象。

[译文]

　　将经书作为学习的典范,参考诸子和史传的创作方法,透彻了解文章情理的变化,熟悉文章的体制,如此之后便能萌生新意,打磨出不同凡响的文辞。通晓文章的体制,使得文意新颖却不杂乱,通晓文章情理的变化,使得文辞奇特却不轻慢。如果风骨和文采的配合没能达到圆融、熟练的程度,却摆脱旧有的规范,追逐新奇的创作技巧,虽然能够获得巧妙的文意,但也常常会失败。难道仅仅使用奇异的字眼,就能把错误当作正常吗?《尚书·周书·毕命》说:"言辞重在体实要约,不应当只是偏好奇异。"是为了防止文章浮滥啊。而创作方法多种多样,每位作家有他自己所适合和擅长的方法,明白创作技巧的人无法把他的方法传授给别人,学习创作的人也无从学起,于是便习得浮华,追随侈靡,流连忘返。如果能确立正确的写作方式,将文章写得明朗刚健,那么文章的思想情感清朗,文辞骨力峻拔,通篇都散发着光彩。只要能好好研究上述问题,创作出成功的作品又怎会远呢?

赞曰:情与气偕①,辞共体并②。文明以健,珪璋乃聘③。蔚彼风力,严此骨髓。才锋峻立,符采克炳④。

〔注释〕

①偕(xié):共同,在一起。
②并:统一。
③珪(guī)璋(zhāng):玉制的礼器。聘:聘问,指诸侯之间、诸侯与天子之间派使者问候致意。《礼记·聘义》:"圭璋特达,德也。"孔颖达疏:"行聘之时,唯执圭璋特得通达。"
④炳:光明,明亮。

〔译文〕

总的来说:作家的情感与气质相偕行,作品的文辞与风格相统一。文章只有写得清明刚健,才能像执珪璋的使者在聘问时得到隆重的接待。文章不仅具有强大的教化功能和感染力,而且文辞峻健,如此作家的才华才能够得到突出的体现,作品才得以焕发光彩。

# 通　变

[题解]

　　通变,即顺应创作规律和发展趋势的变化与革新。本篇肯定了文章的创作必须要变化,要创新。但通变也是有方法的,应当将"体必资于故实"与"数必酌于新声"相融合,既要立本,又要趋时,否则,疏于通变之术会导致"龂渴"和"辍涂"。继而,本篇梳理了"九代咏歌"的情况。虽然九代歌诗都在情志的表达上合乎创作法则,但从总体发展演变的情况来看,诗篇文辞逐渐由质朴趋向浮艳,越是近世,越是怪诞和浅薄。究其原因,在于"竞今疏古",没有处理好"故实"与"新声"的关系。齐代的文学也存在着"近附而远疏"的弊病。刘勰认为,纠正这一弊病需要宗法经书,斟酌质与文、雅与俗的问题。五家汉赋对夸饰文风的因袭,说明仅仅在文辞上追求新奇,难免落得"终入笼内"的结局。片面地、一味地求变不是"通变",既要因循"有常之体""还宗经诰",又变化、革新以符合时代发展才是通变之法。进而,本篇在文末提出了通变的方法和要求。

　　夫设文之体有常,变文之数无方。何以明其然耶?凡诗赋书记①,名理相因②,此有常之体也;文辞气力③,

通变则久，此无方之数也。名理有常，体必资于故实④；通变无方，数必酌于新声⑤；故能骋无穷之路，饮不竭之源。然绠短者衔渴⑥，足疲者辍涂⑦，非文理之数尽，乃通变之术疏耳。故论文之方，譬诸草木，根干丽土而同性⑧，臭味晞阳而异品矣⑨。

〔注释〕

①书：文体的一种，用以记事、记言、相互赠答、交流思想等。记：见《宗经》注释。

②名：指文体的名称。理：指各类文体的写作原理。因：因袭。

③气力：指文章的气势和感染力。

④资：借鉴。故实：已有的作品和创作经验。《文心雕龙·议对》："采故实于前代，观通变于当今。"

⑤酌：斟酌选取。新声：此处指新的作品。

⑥绠（gěng）：汲水用的绳子。衔：含在口中。

⑦辍涂：中途停止。涂，通"途"。

⑧丽：附着。

⑨臭（xiù）味：气味相同，此处喻指同类。《左传·襄公八年》："今譬于草木，寡君在君，君之臭味也。"杜预注："言同类。"晞（xī）：日晒。

〔译文〕

确立文章的体制有一定的常规，而变通写作的方法却是无常的。如何知道这一点的呢？大凡诗、赋、书札、笺记等文体，它们的名称和写作原理都是有所因袭的，这就说明各文体都具有一定常规;文辞的气势和感染力,唯有不拘泥成规,顺势而变,才能保持长久,这就说明写作的方法是没有定式的。文体的名称及其写作原理具有一定常规,所以各类文体创作时必定会借鉴已有的作品;变通写作的方法没有规律,所以创作之法必定选取新作品进行研究。如此才能在没有尽头的创作之路上驰骋,才能在永不枯竭的创作之源处畅饮。然而,打水绳子短的人会口渴,双脚疲劳的人会中途停止,不是因为穷尽了文章创作的规律,而是因为缺少文辞变通之术罢了。所以,论及文章创作的方法,譬如草木,根干都长在土中,依附土地,这是它们共同的性质,但由于所受阳光的差异而出现了不同的品种。

是以九代咏歌[①],志合文则。黄歌《断竹》[②],质之至也;唐歌《在昔》[③],则广于黄世[④];虞歌《卿云》[⑤],则文于唐时;夏歌《雕墙》[⑥],缛于虞代;商、周篇什,丽于夏年。至于序志述时,其揆一也[⑦]。暨楚之骚文,矩式周人[⑧];汉之赋颂,影写楚世[⑨];魏之篇制,顾慕汉风[⑩];晋之辞章,瞻望魏采[⑪]。权而论之[⑫],则黄、唐淳而质[⑬],虞、夏质而辨[⑭],商、周丽而雅,楚、汉侈而艳[⑮],魏、晋浅而绮,宋初讹而新[⑯]。从质及讹,弥近弥淡,何则？竞今疏古,风末气衰也。

〔注释〕

①九代:指下文论及的黄帝、唐尧、虞舜、夏、商、周、汉、魏、晋九个

时代。

②黄:指黄帝时期。《断竹》:指《弹歌》。东汉赵晔《吴越春秋·勾践阴谋外传》:"故歌曰'断竹,续竹,飞土,逐肉'之谓也。"

③唐:指唐尧时期。《在昔》:歌名。今已不传。

④广:发展。

⑤虞:指虞舜时期。《卿云》:即《卿云歌》。《尚书大传·虞夏传》:"卿云聚,俊乂集,百工相和而歌卿云,帝乃倡之曰:'卿云烂兮,纠缦缦兮;日月光华,旦复旦兮。'"

⑥《雕墙》:指《五子之歌》。《尚书·夏书·五子之歌》:"太康失邦,昆弟五人须于洛汭,作《五子之歌》。……其二曰:'训有之,内作色荒,外作禽荒。甘酒嗜音,峻宇雕墙。有一于此,未或不亡。'"

⑦揆(kuí):道理,准则。

⑧矩式:仿效,取法。

⑨影写:模仿。

⑩顾慕:爱慕。

⑪瞻(zhān)望:仰望。

⑫榷(què):商讨。

⑬淳:淳朴,淳厚。

⑭辨:分明,明晰。

⑮侈(chǐ):铺张,夸饰。

⑯讹:错误。此处指反常,怪诞。

〔译文〕

因此,黄帝、唐尧、虞舜、夏、商、周、汉、魏、晋九个时代咏唱的歌诗,在情志的表达上都合乎文章创作的法则。黄帝时期的

《断竹》歌，质朴到了极点；唐尧时期的《在昔》歌，则比黄帝时代的歌诗有所发展；虞舜时期的《卿云》歌，则比唐尧时期的歌诗更有文采；夏朝的《雕墙》歌，比虞舜时期的歌诗辞采更繁盛；商朝与周朝的诗篇，比夏朝的歌诗更华丽。至于在叙写情志、叙述时势上，上述歌诗创作的原则是一致的。到了楚国的楚辞，取法周人；汉代的辞赋作品，又模仿楚人；魏时的作品，仰慕汉朝的文风；晋代的辞章，仰望魏人的文采。由上述讨论可知，黄帝、唐尧时期的歌诗淳厚而质朴，虞舜、夏朝的歌诗质朴且明晰，商、周时期的诗篇华丽而雅正，楚辞与汉赋铺张、夸饰，辞采艳丽，魏晋的作品浅薄又绮丽，南朝刘宋初年的作品怪诞又新奇。从质朴到怪诞，越是近世，作品越是浅薄乏味。是什么原因呢？因为后世的作家竞相模仿当代的作品，而疏忽了向古人作品学习，所以，今人作品的风力和文气日渐衰弱了。

今才颖之士，刻意学文①，多略汉篇②，师范宋集③。虽古今备阅④，然近附而远疏矣。夫青生于蓝，绛生于茜⑤，虽逾本色⑥，不能复化⑦。桓君山云："予见新进丽文，美而无采；及见刘、扬言辞，常辄有得。"⑧此其验也。故练青濯绛⑨，必归蓝茜；矫讹翻浅⑩，还宗经诰⑪。斯斟酌乎质文之间⑫，而隐括乎雅俗之际⑬，可与言通变矣。

〔注释〕

①刻意：专一心志，一心一意。

②略:忽略,忽视。汉篇:即汉朝诗赋书记等文体的典范篇章,此处代指汉时形成的文体规范。

③师:师法。范:效法。

④备:完备,齐备。

⑤绛(jiàng):大红色。茜(qiàn):茜草,根部可用于提炼作红色染料。

⑥逾:超过。

⑦复:还原。

⑧桓君山:即桓谭。刘:指刘向。扬:指扬雄。辄(zhé):总是。

⑨练:提炼。濯(zhuó):洗染。

⑩矫:纠正。

⑪还:仍然。经诰:代指经书。

⑫斯:则,那么。

⑬隐括:本为矫正曲木的工具,此处用作动词,表矫正使适当。

〔译文〕

当今才华出众之士,都专心一意地学习创作,但多数人忽略了汉朝各类文体典范的篇章,却师法和模仿刘宋时期的文集。虽然他们完备地阅读了古人与今人的作品,在创作时却归附于今人的作品,疏远古人的作品。靛青色染料是从蓝草中提炼出来的,红色染料是从茜草中提炼出来的,虽然它们都比蓝草和茜草原本的颜色要重,却无法还原和变化。桓谭说:"我看到新出现的华美文章,虽美,却没什么可取的;直到看了刘向和扬雄的文章,常常会有所得。"桓谭的话验证了前文的讨论。所以,提炼靛青和红色,必定离不开蓝草和茜草;而要纠正创作上的怪诞和浮浅,仍需宗法经书。那么,如果有作家创作时在质朴与文采之间衡量,在雅正与通俗的边际审度,就可以与他讨论通变了。

夫夸张声貌[①],则汉初已极,自兹厥后[②],循环相因,虽轩翥出辙[③],而终入笼内。枚乘《七发》云:"通望兮东海,虹洞兮苍天。"[④]相如《上林》云:"视之无端,察之无涯,日出东沼,入乎西陂。"[⑤]马融《广成》云:"天地虹洞,固无端涯,大明出东,月生西陂。"[⑥]扬雄《羽猎》云:"出入日月,天与地沓。"[⑦]张衡《西京》云:"日月于是乎出入,像扶桑于濛汜。"[⑧]此并广寓极状[⑨],而五家如一。诸如此类,莫不相循[⑩]。参伍因革[⑪],通变之数也。

〔注释〕

①夸:虚夸,浮夸。《逸周书·谥法》:"华言无实曰夸。"张:夸张,夸大。晋皇甫谧《三都赋序》:"虚张异类,托有于无。"

②厥:其。

③辙:车轮的痕迹,此处喻指"夸张声貌"的创作方法。

④《七发》:枚乘的代表作,《文心雕龙·杂文》篇评《七发》:"信独拔而伟丽矣。"此赋假托病中的楚国太子与吴国访客的对谈,讽谕并规劝贵族子弟不应过度纵欲,过分享乐。本文所引句子描述了广陵曲江观涛的情景。虹洞:相连。

⑤《上林》:即《上林赋》。此赋以铺张夸饰的手法描写了汉天子上林苑的壮丽,细腻地刻画了天子游猎的盛况。本文所引句子出于对上林苑东、南、西、北四方的描述,极言园林规模宏大。陂(bēi):池塘。

⑥马融:东汉经学家,文学家。《广成》:即《广成颂》,《文心雕龙·颂赞》评其"弄文而失志"。此赋为马融献给汉安帝的作品,赞誉汉代皇家御苑广成泽的盛美。本文所引句子夸饰大池的宽广辽阔。固:确实。大明:太阳。

⑦《羽猎》:即扬雄的《羽猎赋》,《文心雕龙·夸饰》评其"虚用滥形"。此赋着力铺排了汉成帝田猎时的盛况。本文所引句子力在渲染汉成帝田猎的灵之圃幅员辽阔。沓(tà):会合。

⑧《西京》:即《西京赋》,《文心雕龙·夸饰》评其"验理则理无可验,穷饰则饰犹未穷矣"。此赋假托凭虚公子极力铺写西京长安的奢靡繁华。本文所引句子力在夸饰上林禁苑的辽阔。扶桑:神树名,传说中日出之所。《淮南子·天文训》:"日出于旸谷,浴于咸池。拂于扶桑,是谓晨明。登于扶桑,爰始将行,是谓朏明。"濛汜(sì):同"蒙汜",传说中日落之所。《楚辞·天问》:"日月安属?列星安陈?出自汤谷,次于蒙汜。"

⑨寓:寄托,托喻,表示借他物寄托要表明的意思。极:穷尽。

⑩循:沿袭。

⑪参(sān)伍:错综。《易经·系辞上》:"参伍以变,错综其数,通其变,遂成天下之文。"参,同"叁",三。伍,五。

[译文]

对事物的声貌进行虚浮、夸张的描写,这一点汉初作品已达到极致,自此以后,创作者模仿沿袭,循环往复,虽然有脱离旧辙的,却最终还是落入"夸张声貌"的窠臼。枚乘《七发》说:"从南山脚下遥望东海,波涛汹涌与天相连。"司马相如《上林赋》说:"看不到上林苑的边际,太阳从东侧池塘升起,落入西侧的池塘里。"马融《广成颂》说:"天地相连,无边无垠,日出其东,月升西池。"扬雄《羽猎赋》说:"日月出入其中,天地在此相合。"张衡《西京赋》说:"太阳和月亮从这里升起、落下,仿佛出于扶桑坠入蒙汜。"上述描写都以弘大的托喻极尽地展示事物的形状,五位作家的手法如出一辙。像这样的创作方法,无不相互沿袭。继承与革新交错配合,才是"通变"的方法啊。

是以规略文统①,宜宏大体②。先博览以精阅,总纲纪而摄契③;然后拓衢路④,置关键,长辔远驭⑤,从容按节⑥,凭情以会通,负气以适变⑦;采如宛虹之奋鬐⑧,光若长离之振翼⑨,乃颖脱之文矣⑩。若乃龌龊于偏解⑪,矜激乎一致⑫,此庭间之回骤⑬,岂万里之逸步哉⑭!

[**注释**]

①规:规划。略:谋略,设计。文统:文章的系统和格局。
②宏:扩大,光大。大体:主体,基本原则。
③摄:统辖,统领。
④衢(qú)路:大路。
⑤辔(pèi):缰绳。
⑥节:节拍,节奏。
⑦负:依恃,依靠。
⑧鬐(qí):脊背。《庄子·外物篇》:"已而大鱼食之,牵巨钩,𫘤没而下,鹜扬而奋鬐,白波若山。"
⑨长离:传说中的神鸟。《汉书·司马相如传下》:"左玄冥而右黔雷兮,前长离而后矞皇。"喻指才华横溢的人。

⑩颖脱:崭露头角,才华出众。
⑪龌(wò)龊(chuò):局促。
⑫矜:夸耀。
⑬骤:马奔跑。
⑭逸:疾速。

〔译文〕

因此,布局谋篇应当发扬创作的基本原则。首先,广泛地阅览前人的作品,而后再精读,全面地掌握各类文体的纲纪,掌握其规则和要求。然后,拓宽写作思路,安排好重点,像骑马一样,放长缰绳,驱马远行,从容不迫地按照既定的节奏写作,凭仗自己的情感来融会贯通,依恃自己的气质来适应变化。文采如长虹高拱,光芒如凤鸟振翅,这才是卓越的作品啊。如果局限于片面的见解,过分夸耀某一可取之处,这就像是骏马在庭院中只能来回奔跑,哪里有万里征途上奔逸绝尘的步伐?

赞曰:文律运周①,日新其业。变则堪久,通则不乏。趋时必果②,乘机无怯。望今制奇,参古定法。

〔注释〕

①运周:运转不停。
②果:果决,果敢。

〔译文〕

总的来说:文章创作的规律运转不停,每天都在更新它的成

通 变 | 113

果。唯有变革、创新,创作才能长久,不匮乏。创作者顺应形势、抓住时机必须果断,不能怯懦。观察今人的作品以创新,参考古人的典范以立本。

# 定　势

〔题解〕

"势"是介于文体与风格之间表现文学作品总体特点的动态形式。《定势》篇旨在说明体势由创作者的情志决定,受作品体制的制约,受作者喜好的影响。

本篇开篇直接导入主题,即"因情立体,即体成势"。刘勰将"势"定义为"乘利而为制",强调作品展开时自身会沿着文体蕴含的某种倾向显示其特性。并以弓弩、涧水、湍流、枯木作比,说明体势是一种自然趋势,是各类文体自身所要求的表现形式。继而,提出情志是确立体势的因素,"情交而雅俗异势";依文体将文学作品的总体特点归纳为六个类型,皆遵循体制而形成体势,根据体势的变化而形成风格;引述桓谭、曹植等文士的评论,说明文章体势因作者喜好不同而有差别,作品的理想状态是"辞已尽而势有余"。最后,本篇批评了当时求新逐异、失体成怪的不良趋势,并提出"执正以驭奇"的建议。明确了情志、体制和体势的关系,本篇结尾指出"因利骋节,情采自凝",引出《情采》篇。

夫情致异区,文变殊术,莫不因情立体[①],即体成势也。势者,乘利而为制也②。如机发矢直③,涧曲湍回④,自然之趣也⑤。圆者规体⑥,其势也自转;方者矩形⑦,其势也自安。文章体势,如斯而已。

〔注释〕

①体:体裁。
②乘利:凭借有利的条件。
③机:弩机。矢:箭。
④涧:两山之间的水流。湍(tuān):急流。
⑤趣:同"趋",趋势。
⑥规:画圆的器具。
⑦矩:画直角或方形的工具。

〔译文〕

　　创作者的情致不同,文风变化手法也不同,但没有哪篇文章不是依照作者情志确定体裁,继而根据体裁形成体势的。"势",是因利乘便确立而成的趋势。比如发射弩机,箭直飞而出,山涧曲折,激流回旋,这些都是自然形成的趋势。圆形的物体因为圆,自然形成了转动的趋势;方的物体因为方,自然形成了平稳的趋势。文章体势,就像这样罢。

　　是以模经为式者①,自入典雅之懿;效《骚》命篇者,必归艳逸之华;综意浅切者,类乏酝藉②;断辞辨约者,率乖繁缛③。譬激水不漪④,槁木无阴,自然之势也。

〔注释〕

①式:体式。
②类:大都。
③率(shuài):大概,大略。乖:违反。
④漪(yī):水波纹。

〔译文〕

所以,模仿经书创作体式的,自然具有典雅之美;效仿《楚辞》布局谋篇的,必然归向华丽飘逸的形式;文意浅显切实的,大抵不够含蓄;措辞明辨简练的,大概不够靡丽。如同湍流中不会有微波,枯木下不会有树荫一样,这就是自然的趋势。

是以绘事图色①,文辞尽情,色糅而犬马殊形②,情交而雅俗异势。镕范所拟③,各有司匠④,虽无严郛⑤,难得逾越。然渊乎文者⑥,并总群势:奇正虽反,必兼解以俱通⑦;刚柔虽殊,必随时而适用。若爱典而恶华,则兼通之理偏,似夏人争弓矢,执一不可以独射也⑧;若雅郑而共篇,则总一之势离,是楚人鬻矛誉盾,两难得而俱售也⑨。

〔注释〕

①图色:着色。

②糅(róu):混合,调配。

③镕(róng)范:熔铸的模具。拟:仿照。

④司:主管。匠:技艺。

⑤郛(fú):外城。此处指界限。

⑥渊:深通,精通。总:全面掌握。

⑦兼解:全部明白。

⑧"似夏人"二句:《太平御览》卷三四七引《胡非子》:"一人曰:'吾弓良,无所用矢。'一人曰:'吾矢善,无所用弓。'羿闻之曰:'矢非弓,何以往矢?弓非矢,何以中的?'令合弓矢而教之射。"

⑨"楚人"二句:典出《韩非子·难一》:"楚人有鬻楯与矛者,誉之曰:'吾楯之坚,莫能陷也。'又誉其矛曰:'吾矛之利,于物无不陷也。'或曰:'以子之矛,陷子之楯,何如?'其人弗能应也。"

〔译文〕

所以,绘画应讲究着色,文辞应尽力表达情感。不同颜色调配在一起,才能画出狗和马等不同形状,不同情感交错融合,才会形成高雅和世俗不同风格的倾向。所仿照的范文,各有创作的规范和技巧,不同体势之间虽然没有严格的界限,却难以逾越。然而,深谙为文之道的人,能全面掌握各种文体风格上的趋向。新奇和雅正虽然相反,他们必定全部通晓并融会贯通;刚健和阴柔虽然不同,他们必定适时而用。如果作者爱好典雅而厌恶华丽,那么他就偏离了全面通晓、融会贯通的道理,好似夏朝人在争论弓好还是箭好,各自分别持有弓箭中的一样,是不可能单独发射的;如果作者将雅正与世俗混在一篇作品中,就背离了统一的体势,仿佛楚人卖矛和盾时,既夸矛又夸盾,两个很难一起卖出去。

是以括囊杂体①,功在铨别②,宫商朱紫③,随势各配。章表奏议④,则准的乎典雅⑤;赋颂歌诗⑥,则羽仪乎清丽⑦;符檄书移⑧,则楷式于明断⑨;史论序注⑩,则师范于核要;箴铭碑诔⑪,则体制于弘深⑫;连珠、七辞⑬,则从事于巧艳:此循体而成势,随变而立功者也。虽复契会相参⑭,节文互杂⑮,譬五色之锦,各以本采为地矣。

〔注释〕

①括囊:囊括,包罗。

②铨(quán):衡量。

③宫商:即宫音和商音。此处指诗文的声律。朱紫:即红色和紫色。此处指辞采。

④章表奏议:臣子上书君主陈情言事的文体。

⑤准的:标准。

⑥颂:赞美盛德的韵文。歌:歌谣。

⑦羽仪:表率。《周易·渐卦·上九》:"鸿渐于陆,其羽可用为仪。"

⑧符檄(xí)书移:即符命、檄文、书记、移文,皆为朝廷公文文体。

⑨楷式:楷模。

⑩史论序注:记言记事、阐发义理的文体。

⑪箴铭碑诔:箴,规诫性文体。铭,刻在金属器皿之上用以歌功颂德的文体。碑,镌刻于碑石上的文辞,或纪功,或祭奠死者,或敬神佛,功用

较广。诔,哀悼死者的文体。

⑫体制:规则。弘:指弘润,宽宏温和。深:指意蕴深厚。《文心雕龙·铭箴》:"箴全御过,故文资确切;铭兼褒赞,故体贵弘润。其取事也必核以辨,其摛文也必简而深,此其大要也。"

⑬连珠:表达政见的推理性的文体,逻辑清晰,篇幅短小。《文心雕龙·杂文》:"夫文小易周,思闲可赡。足使义明而词净,事圆而音泽,磊磊自转,可称珠耳。"魏晋时期发展成熟,多篇为一组,融入譬喻、比拟、俳偶、典故等手法。如陆机《演连珠》等。七辞:即七体,源于枚乘《七发》,通常为主客问答形式,主体为讲述七件事的七个段落,用以讽劝、规诫。《文心雕龙·杂文》:"盖七窍所发,发乎嗜欲,始邪末正,所以戒膏粱之子也。……观其大抵所归,莫不高谈宫馆,壮语畋猎。穷瑰奇之服馔,极蛊媚之声色。甘意摇骨体,艳词洞魂识,虽始之以淫侈,而终之以居正。然讽一劝百,势不自反。"

⑭契:相合。会:融合。参:加入。

⑮节文:声律与文采。

〔译文〕

所以,全面掌握各种体势,重点在于权衡和辨别文体的不同,声律与文采,根据文章体势来调配。章、表、奏、议,以庄重雅正为标准;赋、颂、歌、诗,以清新秀丽为典范;符、檄、书、移,以明确果断为模范;史、论、序、注,以正确精要为榜样;箴、铭、碑、诔,以弘润深厚为规范;连珠、七辞,则要做到巧妙华艳。这些都是遵循体制而形成体势,根据体势的变化而形成风格。虽然文风反复融合,互相渗透,声律、辞采互相交错,但就好像五色的锦绣一般,各种文体的风格还是会以本色为底色。

桓谭称:"文家各有所慕,或好浮华而不知实核,或美众多而不见要约。"陈思亦云:"世之作者,或好烦文博采,深沉其旨者;或好离言辨白,分毫析厘者;所习不同,所务各异。"言势殊也。刘桢云:"文之体势,实有强弱,使其辞已尽而势有余,天下一人耳,不可得也。"公幹所谈,颇亦兼气。然文之任势①,势有刚柔,不必壮言慷慨,乃称势也。又陆云自称:"往日论文,先辞而后情,尚势而不取悦泽;及张公论文,则欲宗其言。"②夫情固先辞,势实须泽,可谓先迷后能从善矣。

〔注释〕

①任势:本意为利用战场优势条件形成冲杀之势,此处指文章中贯通的气势。

②"陆云"句:引文出自陆云《与兄平原书》:"往日论文,先辞而后情,尚絜(势)而不取悦泽。尝忆兄道张公父子论文,实自欲得,今日便欲宗其言。"张公,指西晋文学家张华。

〔译文〕

桓谭称:"作家各自有各自的喜好,有的偏好虚浮华丽却不知翔实准确,有的偏好文辞繁缛却不知精要简约。"曹植也说:"世上的作者,有喜好以繁杂的文辞、广博的征引,使其文章的旨意深邃而隐秘的;有喜好以解析文字、辨明词句,分析到毫厘、细致入微的;作家习尚不同,追求各异。"桓谭、曹植二人谈的是文章体势因作家喜好不同而有差别。刘桢说:"文章体势实际上有强有弱,假使文章言辞已尽而文势有余,这样的作者天下独一无二,不可能得到啊!"刘桢所谈的内容,还兼顾了文章的气势。而文章的气势有刚也有柔,并非必须豪言壮语、慷慨激昂,才称得上"势"。此外,陆云自述时说:"往日里,我评论文章,先看文辞后看情志,重视文章体势而不润泽文采。等听过张华对文章的评论后,便打算遵从他的话了。"情志本来比文辞重要,体势也确实必须讲求润饰,陆云可谓起初迷失了方向,后来能够归入正途。

自近代辞人,率好诡巧,原其为体①,讹势所变,厌黩旧式②,故穿凿取新,察其讹意,似难而实无他术也,反正而已。故文反"正"为"乏"③,辞反正为奇。效奇之法,必颠倒文句,上字而抑下,中辞而出外,回互不常④,则新色耳。夫通衢夷坦,而多行捷径者,趋近故也;正文明白,而常务反言者,适俗故也。然密会者以意新得巧⑤,苟异者以失体成怪。旧练之才,则执正以驭奇;新学之锐,则逐奇而失正;势流不反⑥,则文体遂弊。秉兹情术,可无思耶?

〔注释〕

①体:文章的样式、风格。

②黩:轻视。
③"正"的小篆字体上下调转后即为"乏"字。
④回互:回环交错。
⑤密会:深刻领会。
⑥反:同"返",此处指纠正错误。

〔译文〕

　　自晋宋以来,辞赋家大都偏好怪异奇巧,推究这类文风的成因,是由一种错误趋势造成的变化。当下文人厌烦轻视旧文体,故而便穿凿附会、求取新奇。考察他们讹变的方法,看起来很难,其实并没有什么技巧,只是创作时违反常规而已。所以,用字上,"正"反写为"乏",用词上,反常用法成了新奇。效仿新奇文风的方法,必有颠倒字句顺序,把本应写在前面的字放到了后面,把本句中的词放到其他句子中去,颠倒顺序,不守常规,便为新色了。大路通达平坦,却有很多走捷径的人,为的是贪图近便;正常表述的文句清晰易懂,却常有追求反常表达的人,为的是迎合时俗。然而,对创作深入领会的人凭借立意新颖写出精巧文章,而只求奇异的人因背离了文体写出怪异文章。对文体规范熟悉的人,能秉持正体而驾驭新奇;效法新风尚的人,则会因追逐奇异而违背文体的规则。若这种趋势任其发展却不加以纠正,那么,文体就被败坏了。掌握这种创作思想和方法的作家,能不深思吗?

　　赞曰:形生势成,始末相承①。湍回似规,矢激如

定　势　｜　123

绳②。因利骋节,情采自凝。枉辔学步③,力止寿陵④。

**〔注释〕**

①始末:指文章体势形成的过程,即"因情立体,即体成势"。
②绳:木匠的墨线。
③枉辔(pèi):驾御偏差,走错路。
④力止寿陵:化用"邯郸学步"的典故。据《庄子·秋水》记述,燕国寿陵人曾到赵国都城邯郸学习邯郸人走路,一味模仿,没有学会,反倒把自己原本走路的样子也忘记了,最终匍匐而归。寿陵:燕国城邑。

**〔译文〕**

总而言之:从作者生发情志作文,化无形为有形,到文章体势形成,始末接连相续。这种自然而然,就好比湍急的流水回旋打转的弧线似圆规划过,利箭疾飞而出笔直得如同墨线。遵循文章体制进行创作,情志和辞采自然会深度结合。否则,就好比邯郸学步的寿陵人,一事无成。

# 情　采

〔**题解**〕

　　情采，即情志和文采。《情采》篇是《文心雕龙》剖情析采的开端，旨在阐释情志与文采的关系。

　　本篇开篇以水波纹、树之花、虎豹花纹、犀兕皮甲等实物作比，说明质与文的相互关系。确立文采的途径"形文""声文""情文"，与《原道》篇相照应。继而，在"文附质""质待文"基础上，提出"文质附乎性情"的观点，说明文与质都应表达性情。本篇对照了"为情造文""为文造情"不同的创作倾向。"为情造文"强调写真，"要约"是"情实"的充分条件。而"为文造情"虚构情感，"淫丽"是追求的目标。刘勰批判"为文造情"，并提出了"述志为本"的主张。最后，本篇重申情、理是为文的根本，指出"采滥辞诡"的危害，文辞华美又不埋没情理，文质兼具，乃是理想状态。

　　圣贤书辞，总称"文章"①，非采而何？夫水性虚而沦漪结②，木体实而花萼振③：文附质也④。虎豹无文，则鞟同犬羊⑤，犀兕有皮⑥，而色资丹漆：质待文也。若乃综述性灵，敷写器象，镂心鸟迹之中⑦，织辞鱼网之上⑧，其为彪炳,缛采名矣⑨。

〔注释〕

①文章:讲求文采,形质鲜明。《论语·公冶长》:"夫子之文章,可得而闻也。"何晏注:"章,明也。文,彩。形质著见,可以耳目循。"
②沦(lún)漪(yī):水面细细的波纹。
③花萼(è):花托上的萼片,包裹托举花冠。振:开放。
④文:文采,文饰。相当于作品的形式。质:品德,性情。相当于作品的内容。
⑤鞟(kuò):去毛的皮。《论语·颜渊》:"文犹质也,质犹文也;虎豹之鞟,犹犬羊之鞟。"
⑥兕(sì):似牛的野兽,雌性犀牛。犀兕之皮坚韧,可制铠甲。《周礼·冬官·考工记第六》云:"函人为甲。犀甲七属,兕甲六属,合甲五属。犀甲寿百年,兕甲寿二百年,合甲寿三百年。"
⑦鸟迹:指文字。许慎《说文解字序》有仓颉受鸟兽足迹启发而造字之说。
⑧鱼网:指纸。《后汉书·蔡伦传》记有蔡伦以渔网、树皮等造纸。
⑨缛:繁盛。名:显著。

〔译文〕

圣贤的著书、文辞,都被称作"文章",这一称呼除了说明圣贤的述作讲求文采,还能是什么?水性虚柔,微波才会聚结;树体坚实,花朵才会开放,可见,文采是依附在实在的内容之上的。虎豹的身上没有了花纹,它们的皮毛就与狗、羊的皮毛没有区别,犀牛皮制成的铠甲,上面的红色是用丹漆涂绘的,可见,实在的内容也需要文采。所以,文章抒写性情,描摹物象,用文字精心刻画,在纸张上组织文辞,文章之所以光彩鲜明,是因为它的文采繁盛而显著啊!

故立文之道,其理有三:一曰形文①,五色是也②;二曰声文③,五音是也④;三曰情文⑤,五性是也⑥。五色杂而成黼黻⑦,五音比而成《韶》《夏》⑧,五性发而为辞章,神理之数也⑨。

〔注释〕

①形文:一切事物的颜色、形体。亦指诗文的铺陈物色,形象描写。

②五色:青、黄、赤、白、黑。

③声文:一切声音的频率高低。《礼记·乐记》:"声成文,谓之音。"亦指诗文的声律和节奏。

④五音:宫、商、角、徵、羽。

⑤情文:一切用以表情达意的、文学性、非文学性的文章。

⑥五性:喜、怒、欲、惧、忧。

⑦黼黻:古代礼服上绣的花纹。黼,半白半黑。黻,半青半黑。

⑧比:比配,配合。《韶》《夏》:虞舜和大禹时期的音乐,泛指优雅的音乐。

⑨数:规律。

〔译文〕

因此,文采确立的途径,有三个层次:一是"形文",例如青、黄、赤、白、黑五色构成的形象;二是"声文",例如宫、商、角、徵、羽五音组成的声律;三是"情文",例如传递喜悦、愤怒、欲望、恐惧、忧愁等情绪的作品。五色调和,形成了有意味的花纹;五音匹配,形成了优雅的音乐;五性抒发,形成了优美的辞章,这就是神妙自然的创作规律啊。

《孝经》垂典①,丧言不文②;故知君子常言③,未尝质也。老子疾伪④,故称"美言不信"⑤;而五千精妙⑥,则非弃美矣。庄周云,"辩雕万物"⑦,谓藻饰也。韩非云,"艳乎辩说"⑧,谓绮丽也。绮丽以艳说,藻饰以辩雕,文辞之变,于斯极矣。

〔注释〕

①《孝经》:儒家伦理学经典之一,汉代时入七经,唐代时入十二经,宋代时入十三经。

②丧言:居丧期间的话语。《孝经·丧亲》:"孝子之丧亲也,哭不偯,礼无容,言不文,服美不安,闻乐不乐。"偯(yǐ),哭的尾声迤逦委曲。

③常言:平常说的话,与"丧言"相别。

④疾:憎恶。

⑤"老子"句:语出《老子·德经》:"信言不美,美言不信。"信,真实,可靠。

⑥五千:指《五千言》,即老子的《道德经》。

⑦"庄周"句:语出《庄子·天道》:"辩虽雕万物,不自说也。"辩,巧言。雕,雕琢,修饰。

128 | 文心雕龙

⑧"韩非"句:语出《韩非子·外储说左上》:"夫不谋治强之功,而艳乎辩说文丽之声,是却有术之士,而任坏屋折弓也。"

〔译文〕

《孝经》传下的法则,要求居丧期间人们所说的话不应有文采,可见,君子平时说话,并不朴质,而是有文采的。老子憎恶伪饰,所以他说"华美的言语不够真实可靠";而他创作的《道德经》却精致美妙,由此可知,他并没有厌弃文采。庄子曾提到"以巧言刻画万物",说的是辞藻修饰。韩非子曾提到"辩说之词多么艳丽",说的是言辞华美考究。以绮丽的言辞来美化辩说,以修饰的辞藻来巧妙描绘,辞采变化于此就达到极点了!

研味《孝》《老》,则知文质附乎性情;详览《庄》《韩》,则见华实过乎淫侈。若择源于泾渭之流①,按辔于邪正之路,亦可以驭文采矣。夫铅黛所以饰容②,而盼倩生于淑姿③;文采所以饰言,而辩丽本于情性。故情者文之经,辞者理之纬;经正而后纬成,理定而后辞畅。此立文之本源也。

〔注释〕

①泾渭:即泾水与渭水。泾水浊而渭水清,《诗经·邶风·谷风》:"泾以渭浊,湜湜其沚。"此处以浑浊的泾水喻指"文质附乎性情"的创作;以清澈的渭水喻指"华实过乎淫侈"的创作。

②铅黛:涂面的铅粉和画眉的黛墨,泛指古代女性的化妆用品。

③盼:眼神流转。倩:笑容美好。《诗经·卫风·硕人》:"巧笑倩兮,美目盼兮。"

〔译文〕

　　研究体味《孝经》和《老子》所说,可知文采依附于内容之上,体现创作者的思想感情;仔细体察《庄子》和《韩非子》的话,则可看到对文辞华美的强调超过了对实际内容的追求,最终流于浮夸。创作者如果从源头便能分辨清浊,做出正确的选择,面对文质相符的正途与华而不实的歧途,能够像操纵缰绳一样从容应对,就可以驾驭文采了。铅粉和黛墨是用来修饰容颜的,动人的情态却来自人本身拥有的美好姿容;文采是用来修饰言辞的,文章的巧妙与华丽应以它的思想感情为根基。所以,情理好比文辞的经线,文辞好比情理的纬线;经线端正,而后才能织上纬线,情理确定,而后文辞才能畅达。这就是文章创作的根本。

　　昔诗人什篇①,为情而造文;辞人赋颂,为文而造情。何以明其然?盖《风》《雅》之兴②,志思蓄愤,而吟咏情性,以讽其上③,此为情而造文也;诸子之徒④,心非郁陶⑤,苟驰夸饰,鬻声钓世⑥,此为文而造情也。故为情者要约而写真,为文者淫丽而烦滥⑦。而后之作者,采滥忽真⑧,远弃《风》《雅》,近师辞赋,故体情之制日疏⑨,逐文之篇愈盛⑩。故有志深轩冕⑪,而泛咏皋壤⑫。

心缠机务,而虚述人外。真宰弗存⑬,翩其反矣⑭。夫桃李不言而成蹊⑮,有实存也;男子树兰而不芳⑯,无其情也。夫以草木之微,依情待实,况乎文章,述志为本。言与志反,文岂足征⑰?

〔注释〕

①什(shí)篇:《诗经》中的诗篇。《雅》《颂》每十篇为"什"。
②兴:产生。
③"吟咏"二句:语出《毛诗序》:"国史明乎得失之迹,伤人伦之废,哀刑政之苛,吟咏情性,以风其上。"
④诸子之徒:此处指辞赋作家。
⑤郁陶(yáo):忧思郁结。
⑥鬻(yù)声钓世:沽名钓誉。鬻,卖。钓,骗取。
⑦烦:繁杂。
⑧滥:虚妄不实。
⑨体:体现。
⑩逐:追求。
⑪轩冕:此处指高官厚禄。轩,古代官员所乘的车子。冕,古代官员所戴的礼冠。
⑫皋(gāo)壤:水边的高地,此处喻指隐居生活。《庄子·知北游》:"山林与,皋壤与,使我欣欣然而乐与!"
⑬真宰:真实自然的心。宰,主宰,指心。
⑭翩其反矣:此处指创作的文章与作者的内心完全相反。《诗经·小雅·角弓》:"骍骍角弓,翩其反矣。"
⑮"桃李"句:化用《史记·李将军列传》:"谚曰:桃李不言,下自成

蹊。"蹊，小径。

⑯"男子"句：化用《淮南子·缪称训》："男子树兰，美而不芳。"树，种植。

⑰文岂足征：化用《论语·八佾》："夏礼吾能言之，杞不足征也；殷礼吾能言之，宋不足征也。文献不足故也。"征，证验。

[译文]

　　过去，《诗经》的作者们为了抒发情感而创作诗篇；辞赋的作者们为了赋颂篇章而虚构情感。这些是如何知道的呢？因为，《诗经》中的《风》《雅》，是作者内心充满了情志、思虑、忧愤之际创作的，通过吟咏将情感表达出来，以达到讽谏上位者的目的，这就是为抒发情感而进行的创作。而辞赋的创作者，心中并没有忧思郁结，只是随意地挥洒夸张的言辞，沽名钓誉于世，这就是为赋颂篇章而虚构情感。所以，为抒发情感创作的作品，文辞精要简练，表达真情实感；为创作虚构情感的作品，浮华艳丽，纷繁杂乱。而后世的作者，追求浮华忽视真情，抛弃了古时的《风》《雅》传统，学习近代的辞赋，所以体现真情实感的作品日渐稀少，追求华丽辞藻的篇章越来越多。因此，有些人心中向往着高官厚禄，却空泛地歌颂隐居生活。心中牵挂着政务，却虚假地描写尘世之外的日子。作品中没有真情实感，反而与作者的真心相悖。桃李结出了果实，即使它们不能言语，也会将人引到树下踩出了小径。男子种下兰花却没等来幽香扑鼻，是因为他培植兰花时缺乏真挚的情感。微小的草木都依赖情感和果实，何况是以抒情言志为根本的文章。言辞与情志相反，难道这样的文章足够让人相信吗?

是以联辞结采,将欲明理;采滥辞诡,则心理愈翳①。固知翠纶桂饵②,反所以失鱼。"言隐荣华"③,殆谓此也。是以"衣锦褧衣"④,恶文太章;"贲"象穷白⑤,贵乎反本。夫能设模以位理⑥,拟地以置心⑦,心定而后结音,理正而后摛藻⑧,使文不灭质,博不溺心⑨,正采耀乎朱蓝⑩,间色屏于红紫⑪,乃可谓雕琢其章,彬彬君子矣⑫。

〔注释〕

①翳(yì):遮蔽,隐蔽。
②翠纶:用翡翠羽毛做的鱼线。桂饵:用肉桂做的钓饵。《太平御览》引《阙子》:"鲁人有好钓者,以桂为饵,黄金之钩,错嵌以银碧,垂翡翠之纶,其持竿处位即是,然其得鱼不几矣。故曰:钓之务不在芳饰,事之急不在辩言。"
③"言隐"句:语出《庄子·齐物论》:"道隐于小成,言隐于荣华。"
④衣(yì)锦褧(jiǒng)衣:在锦缎材质的衣服外套上麻布罩衣,为了掩盖锦衣的华丽。此句出自《诗经·卫风·硕人》"硕人其颀,衣锦褧衣",以及《诗经·郑风·丰》"衣锦褧衣,裳锦褧裳"。褧,麻布罩衣。
⑤白:白色,纯洁之色,自然本色。《周易·贲卦》:"上九,白贲,无咎。""上九"是贲卦的极点,文饰达到极盛,必返璞归真,反归于质。
⑥模:规范。
⑦地:质地,基调。

⑧摛(chī)藻:铺陈辞藻。

⑨溺:淹没。《庄子·缮性》:"知,而不足以定天下,然后附之以文,益之以博。文灭质,博溺心。"

⑩正采:正色,即青、赤、黄、白、黑。朱:即朱砂,可提取出赤色。蓝:即蓼蓝草,可提取出青色。

⑪间(jiàn)色:杂色,指处于正色之间的色彩。包括赤白之间的红、赤青之间的紫等。屏(bǐng):摒弃。

⑫彬彬:配合适当,形容文质兼备。《论语·雍也》:"质胜文则野,文胜质则史,文质彬彬,然后君子。"

〔译文〕

因此,创作文章时联结文辞,为的是要阐明道理;如果辞采虚浮言辞怪异,那么创作者的情感与思想就会被遮蔽。原本就知道用装饰有翡翠羽毛的渔线和肉桂做成的钓饵来钓鱼,反而钓不到鱼。"言语的意义被华丽的辞藻所掩盖",大概说的就是这个意思。所以,"在锦缎衣服的外面套上麻布的罩衣",是怕文采过于显眼;"贲"卦卦象的极点为白色,贵在返归本色。能够确立规范让情理有所栖居,能够拟定辞采的基调让情感有所安置,情感确定后调协声律,情理端正后铺陈辞藻,使思想内容不会淹没在文采之中,情感不会淹没在丰富的资料里。赤、青等正色光耀照人,红、紫等间色摒弃不用,这才称得上是善于修饰文辞、文质兼具的君子。

赞曰:言以文远①,诚哉斯验。心术既形,英华乃赡②。吴锦好渝③,舜英徒艳④。繁采寡情,味之必厌。

[注释]

①远:流传久远。《左传·襄公二十五年》引用孔子的话:"言之无文,行而不远。"
②赡(shàn):富足。
③渝:改变。
④舜英:木槿花。木槿花朝开暮落,有花无实。

[译文]

综上所述:言语有了文采,才能流传久远,这种说法确实被证实。文章的言辞显现出创作者的内心活动,文采才会富足。正如美锦容易变色,木槿花白白绽放艳华。如果文章言辞繁冗华丽却缺乏情感,品读起来必会令人厌恶。

# 镕　裁

[题解]

"镕"的本义指锻铸金属的模范。"裁"的本义为剪裁、制衣。刘勰将"镕""裁"合用，比喻文学作品创作时规范思想内容和剪裁繁冗文辞。

本篇开篇定义镕裁，"规范本体谓之镕，剪截浮词谓之裁"，并指出镕裁的必要性。进而，具体阐述了"镕"的方法，即"设情以位体""酌事以取类""撮辞以举要"。先确定镕意，再探讨裁辞。关于裁辞，本篇强调裁辞不是单一地追求"简"，要做到"适分所好"，达到"字去而意留""辞殊而意显"。

情理设位①，文采行乎其中。刚柔以立本，变通以趋时。立本有体，意或偏长；趋时无方，辞或繁杂。蹊要所司②，职在镕裁，隐括情理③，矫揉文采也④。规范本体谓之镕，剪截浮词谓之裁。裁则芜秽不生⑤，镕则纲领昭畅，譬绳墨之审分，斧斤之斫削矣。骈拇枝指⑥，由侈于性；附赘悬疣⑦，实侈于形。一意两出，义之骈枝也；同辞重句，文之疣赘也。

〔注释〕

①设位:安排位置,布局谋篇。
②蹊(xī):路径,途径。司:处理。
③隐括:矫正曲木的工具。此处用作动词,矫正。
④矫揉:矫正。
⑤芜(wú)秽(huì):本义为杂草丛生,此处指文辞杂乱。
⑥骈(pián)拇枝指:喻指本来就多余的事物。骈拇,脚拇指与二指连在一起。枝指,在手拇指或小指旁多生出的一指。《庄子·骈拇》:"骈拇枝指,出乎性哉,而侈于德。"
⑦附赘悬疣(yóu):附生在身体上的肉瘤、小疙瘩,喻指毫无用处的、多余的事物。《庄子·骈拇》:"附赘县疣,出乎形哉,而侈于性。"

〔译文〕

　　创作者依据情感与思想内容来布局谋篇,在搭建好的框架里发挥文采。创作者确立的作品基调或刚健或柔婉,以变通来适应时代的变化。确立基调有相应的体制规范,而文意表达上有时会有偏颇。如何顺应时代没有一定之规,于是,有的作品会言辞繁芜杂乱。解决上述情况的主要方式,在于镕裁,既要矫正情感与思想的偏颇,又要纠正文采的繁杂。镕,即镕意,使情感与思想合乎一定的规范;裁,即裁辞,删掉虚浮的文辞。裁辞,文辞才能不再杂乱;镕意,文章的纲领才能明朗晓畅。就譬如用墨线审定、分辨木材曲直后,用斧头砍削多余枝杈一样。脚拇指与二指骈生相连,以及手部旁生出六指,对于人的自然天性来说是

镕　裁　｜　137

多余的；而身体上附生了肉瘤或是小疙瘩，对于人的形体来说是多余的。同一个意思在文中重复出现，属于内容上的多余，同样的词句重复出现，则属于文辞上的多余。

凡思绪初发，辞采苦杂，心非权衡①，势必轻重。是以草创鸿笔，先标三准②：履端于始③，则设情以位体；举正于中，则酌事以取类；归余于终，则撮辞以举要。然后舒华布实④，献替节文⑤，绳墨以外，美材既斫，故能首尾圆合，条贯统序。若术不素定⑥，而委心逐辞⑦，异端丛至⑧，骈赘必多。

〔注释〕

①权衡：秤。权，秤锤。衡，秤杆。

②标：标立，建立。准：准则，标准。

③履端于始：与下文的"举正于中""归余于终"皆出自《左传·文公元年》。原为年历推算的术语，此处借用以表示"首先""其次""最后"的论说次序。

④华：指文采。实：指内容。

⑤献替：选取可用的，剔除不可用的。《左传·昭公二十年》："君所谓可而有否焉，臣献其否以成其可。君所谓否而有可焉，臣献其可以去其否。"《文心雕龙·附会》："然后品藻玄黄，摛振金玉，献可替否，以裁厥中：斯缀思之恒数也。"

⑥术：方法，原则。素定：预先确定。

⑦委心：随心，任意。

⑧异端:无关紧要的事物。此处指与创作初衷无关的内容或文辞。

〔译文〕

大凡在创作思绪萌生的时候,创作者往往苦于辞采的繁杂,心又做不到像天平一样准确,遣词造句势必会出现或轻或重的偏差。所以,好的文章在创作之初,应先确立三项标准:首先,根据思想感情来确立主体;其次,反复斟酌,在同类事例中选取典型事例;最后,择取文辞来突出要点。此后,创作者舒展文辞华彩,展开文章内容,对音韵和文辞都做到去芜存菁,就像木工处理木材一样,标准之外的多余部分,即使材料再好也要砍削掉。如此,才能首尾吻合、圆满,条理井然有序。如果事先没确定好标准,而是随心所欲地追求辞采,那么,文章中就会出现大量与创作初衷无关的内容或文辞,也就必然多出很多无用的、多余的东西。

故三准既定,次讨字句。句有可削,足见其疏;字不得减,乃知其密。精论要语,极略之体①;游心窜句②,极繁之体。谓繁与略,适分所好。引而申之,则两句敷为一章;约以贯之,则一章删成两句。思赡者善敷③,才核者善删④;善删者字去而意留,善敷者辞殊而意显⑤。字删而意阙⑥,则短乏而非核;辞敷而言重,则芜秽而非赡。

〔注释〕

①体:风格。《文心雕龙·体性》:"若总其归涂,则数穷八体:一曰典雅,二曰远奥,三曰精约,四曰显附,五曰繁缛,六曰壮丽,七曰新奇,八曰轻靡。"

②游心窜句:情思奔放,文辞铺张。《庄子·骈拇》:"窜句游心于坚白同异之间。"

③赡:富足。

④核:精练。《文心雕龙·体性》:"精约者,核字省句。"

⑤殊:不同,差异。此处指文辞多样。

⑥阙(quē):残缺。

〔译文〕

"镕意"这三项标准确定之后,接下来就是斟酌和推敲字句的"裁辞"。文中若有可以删减的字句,足以说明文笔粗疏;若一个字都不能删掉,才知道语辞运用得精密。议论精当、语言扼要,属于精约的文风;情思奔放,文辞铺张,则是繁缛的风格。所谓的"繁缛"与"精约",依据创作者的个性、爱好而定。文中原本为两句话,引申开来,就可以铺展成一章;原本一章的文辞从头至尾加以概括,也可以删减成两句。文思富足的创作者善于铺陈,文思精练的创作者善于精简。善于精简的,虽删去了部分字句却能把意义保留下来;善于铺陈的,所用的文辞虽然多样,意义却很明显。如果删减字句后,意思就残缺了,那是创作者文思贫乏而非文思踏实;如果铺陈文辞的结果是言语重复,那是创作者文思杂乱而非文思富足。

昔谢艾、王济①,西河文士。张骏以为艾繁而不可删②,济略而不可益。若二子者,可谓练镕裁而晓繁略矣③。至如士衡才优,而缀辞尤繁④;士龙思劣⑤,而雅好清省⑥。及云之论机,亟恨其多,而称"清新相接,不以为病"⑦,盖崇友于耳⑧。夫美锦制衣,修短有度,虽玩其采,不倍领袖,巧犹难繁,况在乎拙?而《文赋》以为"榛楛勿剪"⑨"庸音足曲"⑩,其识非不鉴,乃情苦芟繁也⑪。夫百节成体,共资荣卫⑫;万趣会文,不离辞情。若情周而不繁,辞运而不滥,非夫镕裁,何以行之乎?

〔注释〕

①谢艾:东晋凉州牧张重华的僚属。王济:生平不详。

②张骏:张重华的父亲,东晋初年做过凉州牧。

③练:精熟。

④缀辞:组织文辞,撰写文章。

⑤士龙:西晋文学家陆云的字,陆机的弟弟。《晋书·陆云传》:"云字士龙,六岁能属文,性清正,有才理。少与兄机齐名,虽文章不及机,而持论过之,号曰'二陆'。"

⑥雅好:平素爱好。张衡《西京赋》:"雅好博古,学乎旧史氏,是以多识前代之载。"清省:清新简约。

⑦"清新"句:语出陆云《与兄平原书》:"兄文章之高远绝异,不可复

称言,然犹皆欲微多,但清新相接,不以此为病耳。"

⑧友于:指兄弟情谊。《尚书·君陈》:"惟孝友于兄弟。"古人割裂用典,将句中"友于"连用,代指兄弟或兄弟情谊。

⑨榛楛(hù):榛树与楛树,泛指杂乱丛生的树木。陆机《文赋》:"彼榛楛之勿剪,亦蒙荣于集翠。"

⑩庸音:平庸的音调。陆机《文赋》:"患挈瓶之屡空,病昌言之难属。故踸踔于短垣,放庸音以足曲。"

⑪芟(shān):删除。

⑫荣卫:中医术语,指气血贯通。

## [译文]

历史上,谢艾和王济是西河地区的文士。张骏认为,谢艾文风繁缛,文章的字句却不可删减,王济文风精约,文章的字句却不可增添。像他们二人,可以说是对镕意、裁辞非常精熟,通晓繁缛与精约的风格。至于像陆机,虽文才出众,文章却写得过于繁冗;陆云文思不及陆机,平素作文却爱好简约省净。等到陆云评论陆机时,他虽然屡次为陆机作品辞藻繁缛而遗憾,却又说陆机的文章"清新的文辞前后相接,所以,藻饰繁多也不是毛病",这么说是看重兄弟情分罢了。就如同用美丽的锦缎缝制衣服,长短有尺码限定,虽对美锦的花纹色彩欣赏玩味,也不能把衣服领子和袖子的尺寸加倍。擅长写作的人尚且以文辞繁冗为难,何况是愚钝的人呢?而《文赋》认为"杂乱丛生的树木无需修剪""平庸的音调凑成了乐曲",陆机的认识并不是不高明,仅仅是在情感上不舍删除那些繁缛的文辞。成百的骨节组成了人体,都凭借着气血贯通;千万种意趣汇集成文章,离不开文辞和情感。若使情感周密而不繁复,文辞运用自如而不过度,不依靠镕裁,又怎能做得到呢?

　　赞曰:篇章户牖①,左右相瞰②。辞如川流,溢则泛滥。权衡损益,斟酌浓淡。芟繁剪秽③,弛于负担。

〔注释〕

　　①户牖(yǒu):门和窗。
　　②瞰(kàn):看,视。
　　③秽(huì):杂乱。

〔译文〕

　　总的来说:作品的思想感情与文辞,应当如同门窗一样,左右两扇相互配合。文辞犹如河中的水流,过多就会泛滥成灾。衡量情理的损益,斟酌辞采的多寡。删剪掉繁冗杂乱的辞藻,减轻文章思想内容的负担。

# 比　兴

[题解]

　　比、兴是中国古代文学创作的基本手法。《比兴》篇将"比"定义为比附,切合类比双方的相似之处,以形象的譬喻来说明事理,"畜愤以斥言";将"兴"解释为兴起,创作者受外物触动产生情志,并将情志寄托于物象中婉曲地表达出来,"环譬以托讽"。比显而兴隐,二者本质区别在于前者"拟容",后者"取心"。继而,本篇以《诗经》为例,详细地阐述了比、兴的含义。从两种创作手法的发展情况来看,《诗经》时期诗人们比兴并用,楚辞继承传统,"依《诗》制《骚》,讽兼比兴",自汉以后,作者们常用比而忘兴,擅长夸毗,抛弃讽刺,背离了《诗经》传统。接着,本篇就"比体云构"的现象,举例说明比体的多种类别,指出"比类虽繁,以切至为贵"。

　　《诗》文弘奥,包韫六义[①];毛公述《传》[②],独标"兴"体[③],岂不以"风"通而"赋"同[④],"比"显而"兴"隐哉[⑤]?故"比"者,附也;"兴"者,起也。附理者切类以指事[⑥],起情者依微以拟议。起情故"兴"体以立,附理故"比"例以生。"比"则畜愤以斥言,"兴"则环譬以托讽[⑦]。盖随时之义不一<sup>⑧</sup>,故诗人之志有二也。

〔注释〕

①韫(yùn):蕴藏。

②毛公:西汉学者毛亨,相传曾作《诗训诂传》注解《诗经》。《传》:即《诗训诂传》,简称《毛传》。

③标:注明,标明。

④风:即国风,此处以"风"指代包含"雅""颂"在内的所有《诗经》诗篇。《毛诗序》:"故诗有六义焉:一曰风,二曰赋,三曰比,四曰兴,五曰雅,六曰颂。"孔颖达《毛诗正义》:"六义次第如此者,以诗之四始,以风为先,故曰风。风之所用,以赋、比、兴为之辞,故于风之下即次赋、比、兴,然后次以雅、颂。雅、颂亦以赋、比、兴为之,既见赋、比、兴于风之下,明雅、颂亦同之。"

⑤比:以彼物比此物。兴:托事于物。孔颖达《毛诗正义》:"言事之道,直陈为正,故《诗经》多赋在比、兴之先。比之与兴,虽同是附托外物,比显而兴隐。"

⑥切:切合。类:相似。

⑦畜:同"蓄",积蓄。环譬:委婉的比喻。

⑧随时之义:顺应时势,跟随时俗变通。《周易·随卦》:"大亨贞,无咎,而天下随时,随时之义大矣哉。"

〔译文〕

《诗经》宏大深奥,包韫着风、赋、比、兴、雅、颂"六义"。毛亨作《诗训诂传》注释《诗经》诗文,阐述经义,《毛传》中只对使用"兴"手法的诗句进行了标注,难道不是因为"风""雅""颂"

里通用了"赋""比""兴"手法,且"赋"在《诗经》各篇中都是直陈事物,"比""兴"虽都附托外物,"比"的手法明显而"兴"却比较隐微吗?"比",是比附事理;"兴",是触物起情。比附事理,就是用切合类比双方的相似处来说明事理;触物起情,就是依凭含意微隐的事物来寄托情意。引发了情感,于是"兴"的体例得以成立;比附事理,于是"比"的体例得以产生。使用比附的手法,是因为创作者胸中积蓄忧愤而斥言指责;运用起兴的手法,是创作者通过委婉的譬喻来寄托讽刺。顺应时势的不同,《诗经》作者的情志也就有了"比"和"兴"两种表现手法。

观夫"兴"之托喻,婉而成章,称名也小①,取类也大②。关雎有别③,故后妃方德④;尸鸠贞一⑤,故夫人象义⑥。义取其贞,无从于夷禽⑦;德贵其别,不嫌于鸷鸟⑧;明而未融,故发注而后见也。且何谓为"比"?盖写物以附意,扬言以切事者也。故金锡以喻明德⑨,珪璋以譬秀民⑩,螟蛉以类教诲⑪,蜩螗以写号呼⑫,浣衣以拟心忧⑬,席卷以方志固⑭:凡斯切象,皆"比"义也。至如"麻衣如雪"⑮,"两骖如舞"⑯,若斯之类,皆"比"类者也。楚襄信谗,而三闾忠烈,依《诗》制《骚》,讽兼"比""兴"。炎汉虽盛⑰,而辞人夸毗⑱,讽刺道丧,故"兴"义销亡。于是赋颂先鸣,故"比"体云构,纷纭杂遝⑲,倍旧章矣⑳。

〔注释〕

①称名:起兴时所举的事物。

②取类:所譬喻的事物。《周易·系辞》:"其称名也小,其取类也大。"

③关雎(jū):雌雄和鸣的雎鸠鸟。《诗经·周南·关雎》:"关关雎鸠,在河之洲。"郑玄笺:"谓王雎之鸟雌雄情意至,然而有别。"

④方:比方,比拟。《毛诗》认为《关雎》歌颂的是后妃之德。《毛诗序》:"《关雎》,后妃之德也,风之始也,所以风天下而正夫妇也。"

⑤尸鸠(jiū):布谷鸟。《诗经·召南·鹊巢》:"维鹊有巢,维鸠居之。"

⑥象义:比喻其意义。《毛诗》认为《鹊巢》歌颂的是诸侯夫人。《毛诗序》:"《鹊巢》,夫人之德也。国君积行累功,以致爵位,夫人起家而居有之,德如鸤鸠,乃可以配焉。"

⑦夷:平常。

⑧鸷(zhì):凶猛。

⑨金锡:取典于《诗经·卫风·淇奥》"有匪君子,如金如锡,如圭如璧。"诗句意为"君子文采风流,才学如金、锡,德行如圭、璧。"

⑩珪(guī)璋(zhāng):玉制的礼器。《诗经·大雅·卷阿》:"颙颙卬卬,如圭如璋,令闻令望。"诗句意为"体貌肃敬,气宇轩昂,如圭、璋美玉一般,有着美好的声誉和名望。"秀民:道德与才能突出的人。《国语·齐语》:"其秀民之能为士者,必足赖也。"韦昭注:"秀民,民之秀出者也。"

⑪螟(míng)蛉(líng):稻青虫,一种寄生蜂。《诗经·小雅·小宛》:"螟蛉有子,蜾蠃负之。教诲尔子,式穀似之。"诗句以蜾蠃收养螟蛉作为自己的幼虫,劝诫兄弟教育好子孙,继承祖德。

⑫蜩(tiáo)螗(táng):蝉。取典于《诗经·大雅·荡》:"如蜩如螗,如

沸如羹。"诗句意为"殷纣王当政时,民怨好像蝉鸣、水滚汤沸一般"。

⑬浣(huàn)衣:洗衣。取典于《诗经·邶风·柏舟》:"心之忧矣,如匪浣衣。"诗句意为"心中忧伤,如同衣脏不洗"。

⑭席卷:收卷的席子。化用《诗经·邶风·柏舟》:"我心匪席,不可卷也。"志固:心志坚定。

⑮麻衣:布衣。《诗经·曹风·蜉蝣》:"蜉蝣掘阅,麻衣如雪。"

⑯骖(cān):驾车时位于两侧的马。《诗经·郑风·大叔于田》:"执辔如组,两骖如舞。"

⑰炎汉:即汉代。古人以五行附会朝代,认为汉代五行属火,故称"炎汉"。

⑱夸毗(pí):谄媚。

⑲杂遝(tà):众多而杂乱。

⑳倍:通"背",背离。

〔译文〕

观察"兴"的托物讽喻,它是一种由婉曲的文辞构成篇章的创作手法,起兴时所举的名物虽然微小,但托喻的含义却非常宏大。例如,《关雎》诗中,雎鸠鸟雌雄和鸣,然而有别,用以比方后妃之德;《召南·鹊巢》诗中,鸤鸠鸟坚贞专一,用以象征夫人贞洁的品德。含义上只取鸤鸠鸟坚贞专一的品质,不在乎它是平常的禽鸟;德行上只看重雎鸠鸟雌雄有别,不嫌弃它是猛禽。诗句中蕴含的意义似明还暗,所以,需要阐发注释后含义才会彰显。"比"又是什么意思呢?就是通过描写事物来比附所要表达的意思,以明白晓畅的语言来切合地说明意义。所以,《诗经》中用金和锡来比喻君子美好的品德,用珪和璋来譬喻德才优异的人,用蜾蠃背负养育螟蛉的幼虫来类比教育子弟,用蝉鸣来比喻百姓悲叹呼号的声音,用脏衣未洗来比喻苦闷的心情,用能够收卷的席子从反面譬喻坚定的心志。上述贴切的形象,都是运用了"比"的手法。至于如"麻衣如雪""两骖如舞"这类诗句,都属于"比"。战国时,楚怀王与顷襄王听信谗言导致国政衰败,三闾大夫屈原忠烈,继承《诗经》的传统,兼用"比""兴"手法进行讽喻,创作了《离骚》。汉代创作虽然兴盛,但辞赋作者往往喜欢谄媚奉承,丧失了讽刺的传统,所以,"兴"这种以婉曲譬喻进行讽刺的创作手法也消亡了。这个时候,赋、颂首先得到发展,而"比"的手法使用得风起云涌,繁多且杂乱,背离了《诗经》传统。

夫"比"之为义,取类不常:或喻于声,或方于貌,或拟于心,或譬于事。宋玉《高唐》云:"纤条悲鸣,声似竽籁。"此比声之类也;枚乘《菟园》云:"焱焱纷纷①,若尘埃之间白云。"此则比貌之类也;贾生《鹏鸟》云:"祸之与福,何异纠缠。"②此以物比理者也;王褒《洞箫》云:"优柔温润,如慈父之畜子也。"③此以声比心者也;马融《长笛》云:"繁缛络绎,范、蔡之说也。"④此以响比辩者也;张衡《南都》云:"起郑舞,茧曳绪。"⑤此以容比物者也。若斯之类,辞赋所先,日用乎"比",月忘乎"兴",习小而弃大,所以文谢于周人也。至于扬、班之伦,曹、刘以下,图状山川,影写云物,莫不织综"比"义,以敷其华,惊听回视,资此效绩。又安仁《萤赋》云"流金在沙"⑥,季鹰《杂诗》云"青条若总翠"⑦,皆其义者也。故"比"类虽繁,以切至为贵⑧,若刻鹄类鹜⑨,则无所取焉。

〔注释〕

①猋(biāo)猋:本义为犬奔跑的样子,此处用来形容鸟疾飞。

②缋(mò):绳索。

③畜:养育,抚养。文中所引并非《洞箫赋》原句,原文为:"故听其巨音,则周流泛滥,并包吐含,若慈父之畜子也。……澎濞慷慨,一何壮士,优柔温润,又似君子。"

④范、蔡:范雎与蔡泽,战国时的辩士。说(shuì):游说辩说之辞。

⑤茧:蚕茧。曳:抽引。绪:蚕丝线头。张衡《南都赋》原句为:"坐南歌兮起郑舞,白鹤飞兮茧曳绪。"

⑥安仁:西晋潘岳的字。《萤赋》:即《萤火赋》。

⑦季鹰:西晋张翰的字。总:聚合。翠:指翠鸟的羽毛。

⑧至:得当,恰当。

⑨刻鹄(hú)类鹜(wù):把天鹅刻画得像鸭子,引申为比喻失真。鹄,天鹅。鹜,家鸭。

〔译文〕

"比"的含义为譬喻,其用作比方的事物没有定规:有的用声音比喻,有的用形貌打比方,有的用内心的情感来比拟,有的用事物譬喻。宋玉《高唐赋》里写道:"细小枝条的悲切之声,好似吹奏竽笙时孔窍里发出的声音。"这是比声音的一类。枚乘《菟园赋》写道："众鸟疾飞，宛若粒粒尘埃夹杂在白云之间。"这是比形貌的一类。贾谊《鵩鸟赋》写道："祸与福，与纠结在一起的绳索有什么分别？"这是以实物来比道理。王褒《洞箫赋》写道："箫声优柔温和，如同慈父对儿子的养育恩情。"这是拿声音与内心的情感打比方。马融《长笛赋》写道："笛声繁多，连续不断，就像范雎、蔡泽的游说之辞。"这是拿声响与游说辩论打比方。张衡《南都赋》写道："跳起郑国的舞蹈，飘逸的样子就像蚕茧抽丝一般。"这是以事物比拟舞者的姿容。诸如上述种种的比喻手法，竞相被用在辞赋当中。辞赋作者常常用比喻的手法创作，很长一段时间也不使用一次起兴，反复习用比附意义有限的比喻却抛弃了蕴意宏大的起兴，所以，他们的作品比不上周人。至于扬雄、班固等人，以及曹植、刘桢之后的作家，他们描绘山川的图景，摹写云物的影像，没有谁不交错使用比喻来展示创作者的文采，惊动人们的视听，凭借比喻这一手法来获得功效。又如潘岳的《萤火赋》写道，萤火虫荧光闪闪地飞舞，就仿佛"金粒在沙中流动"；张翰《杂诗》写道，"青青的枝条好似束在一起的翠鸟羽毛"，也都使用的是比喻手法。所以，比喻手法虽然多种多样，但要用得贴切、恰当为最好，如果把天鹅刻画得像鸭子，那就没有什么可取的了。

赞曰：诗人比兴，触物圆览。物虽胡越①，合则肝胆。拟容取心，断辞必敢②。攒杂咏歌③，如川之澹④。

〔注释〕

①胡越:位于北方的胡地与位于南方的越地,疏远隔绝,比喻毫不相关。
②断辞:措辞。
③攒:积聚。杂:交错杂用。
④澹(dàn):水波荡漾的样子。

〔译文〕

总的来说:《诗经》的创作者们采用"比""兴"的手法,对所接触到的事物进行周详的观察。两种事物虽然看起来好像北胡与南越相隔万里,毫不相干,但通过比兴手法,二者则如同肝、胆一般紧密相连。比拟形态、抓住内涵,下笔措辞必须果敢。吟诗作赋时创作者将比兴结合,交错使用,他的作品才会如河流之水烟波澹荡。

# 夸　饰

[**题解**]

　　夸饰,指以夸张的语言增强表达效果的创作手法。古往今来,文学作品中常常采用夸饰手法,如刘勰所说:"文辞所被,夸饰恒存。"

　　本篇开篇引用《周易·系辞上》关于形、道、器的论断,导出夸饰的作用,"神道难摹,精言不能追其极;形器易写,壮辞可得喻其真"。夸饰广泛应用于文学创作。继而,本篇列举《诗经》《尚书》夸饰用法的语句,说明夸饰非但不会影响读者对文意的理解,还会增强诗文的艺术感染力。继而,本篇以汉代赋体文为主要考查对象,评论汉赋中夸饰应用的得失,批评其中"诡滥""虚用滥形"等现象。鉴于此,刘勰提出了运用夸饰手法的原则,既要"穷其要",又要不"过其理",做到"夸而有节,饰而不诬"。

　　夫形而上者谓之道,形而下者谓之器①。神道难摹,精言不能追其极;形器易写,壮辞可得喻其真②;才非短长,理自难易耳。故自天地以降,豫入声貌③,文辞所被④,夸饰恒存。虽《诗》《书》雅言,风俗训世,事必宜

夸　饰 | 153

广,文亦过焉。是以言峻则嵩高极天⑤,论狭则河不容舠⑥,说多则"子孙千亿"⑦,称少则"民靡子遗"⑧;襄陵举滔天之目⑨,倒戈立漂杵之论⑩;辞虽已甚,其义无害也。且夫鸮音之丑⑪,岂有泮林而变好⑫?荼味之苦⑬,宁以周原而成饴⑭?并意深褒赞,故义成矫饰。大圣所录,以垂宪章⑮。孟轲所云"说《诗》者不以文害辞,不以辞害意"也⑯。

〔注释〕

①形:形体。道:道理,规律。器:器物。《周易·系辞上》:"形而上者谓之道,形而下者谓之器。"孔颖达疏:"道是无体之名,形是有质之称。凡有从无而生,形由道而立,是先道而后形,是道在形之上,形在道之下。故自形外已上者,谓之道也,自形内而下者,谓之器也。"

②壮辞:夸饰的言辞。喻:揭示,说明。

③豫:通"与",参与。

④被:及,到达。

⑤嵩(sōng):同"崧",山高大的样子。《诗经·大雅·崧高》:"崧高维岳,骏极于天。"

⑥舠(dāo):小船。《诗经·卫风·河广》:"谁谓河广?曾不容刀。"刀,同"舠"。

⑦千亿:极言其多。《诗经·大雅·假乐》:"千禄百福,子孙千亿。"

⑧靡:没有。孑(jié):剩余。《诗经·大雅·云汉》:"周余黎民,靡有孑遗。"

⑨襄:上。《尚书·尧典》:"汤汤洪水方割,荡荡怀山襄陵,浩浩

滔天。"

⑩倒戈:掉转武器攻击己方。漂杵(chǔ):形容血流成河,使木棒漂了起来。《尚书·武成》:"会于牧野,罔有敌于我师,前徒倒戈,攻于后,以北,血流漂杵。"

⑪鸮(xiāo):猫头鹰。丑:令人厌恶。

⑫泮(pàn):即泮宫,西周诸侯的学宫,后泛指学宫。《诗经·鲁颂·泮水》:"翩彼飞鸮,集于泮林。食我桑葚,怀我好音。"

⑬荼(tú):苦菜。

⑭饴(yí):用麦芽制成的糖浆。《诗经·大雅·绵》:"周原膴膴,堇荼如饴。"

⑮宪章:法度,此处有"典范"之意。

⑯害:妨碍,损害。

〔译文〕

超越形体的抽象事理叫作"道",有形体的具体事物叫作"器"。神道难以描摹,即使用精妙的语言也不能表达它的极致;有形的器物容易描写,运用夸饰的文辞就可以揭示它的本真。这一点不在于创作者的才能有高有低,而是因为事理本身有难有易罢了。因此,自从天地初开以来,凡是涉及事物声音形貌的作品,文辞所及之处,就一定存在夸张和修饰的手法。虽然《诗经》《尚书》是雅正之言,但为了达到移风易俗、教化世人的功用,其所引用的事例必应广博,文辞也着意地夸大或缩小,超出实际。所以,《诗经》里形容山高时,就说四岳高峻入云天;论及河窄时,就说在急切盼望返家人的眼中,黄河窄到容不下一只小船；形容人数众多，就用"繁衍出千亿子孙"颂美周王；形容人少时，则说大旱之后，周地百姓死得不剩一人。《尚书》里，记录洪水漫过山陵时称述"浩浩滔天"之说，记录叛军投降时提出"血流漂杵"之论。上述文辞虽已非常夸大，但并没有妨害文义的表达。再比如，猫头鹰的叫声令人厌恶，怎么会因为吃了学宫树上的果子就能发出悦耳的声音？苦菜本就味苦，难道因为长在周国的原野上，就变得如同饴糖般甘甜？《诗经》中有上述说法，其用意在于加深褒奖和赞美的程度，故而在意义的表达上采用了夸饰的手法。《诗经》《尚书》中的内容都是圣人采录下来，用来传世的典范之作。正如孟子所说："解读《诗经》的人，不应陷入文采之中而妨害了对辞句的理解，也不应拘泥于辞句而妨害了对作者原意的理解。"

自宋玉、景差①，夸饰始盛，相如凭风，诡滥愈甚。故《上林》之馆，奔星与宛虹入轩②；从禽之盛，飞廉与鹀明俱获③。及扬雄《甘泉》，酌其余波。语瑰奇则假珍于玉树④，言峻极则颠坠于鬼神⑤。至《西都》之比目⑥，《西京》之海若⑦，验理则理无可验，穷饰则饰犹未穷矣。又子云《羽猎》，鞭宓妃以饷屈原⑧；张衡《羽猎》，困玄冥于朔野⑨。孪彼洛神⑩，既非罔两⑪，惟此水师⑫，亦非魑魅；而虚用滥形，不其疏乎？此欲夸其威而饰其事，义睽剌也⑬。至如气貌山海，体势宫殿，嵯峨揭业⑭，熠耀焜煌之状⑮，光采炜炜而欲然⑯，声貌岌岌其将动矣⑰。莫不因夸以成状,沿饰而得奇也。于是后进之才,奖气挟声,轩翥而欲奋飞,腾掷而羞跼步[18]。辞入炜烨,春藻不能程其艳[19],言在萎绝,寒谷未足成其凋。谈欢则字与笑并,论戚则声共泣偕。信可以发蕴而飞滞,披瞽而骇聋矣[20]。

〔注释〕

①景差:战国楚国文学家。作品已散佚。

②奔星:流星。司马相如《上林赋》:"奔星更于闺闼,宛虹拖于楯轩。"

③飞廉:又作"蜚廉",传说中的神怪,可致风、收风的禽鸟。鹪(jiāo)明:传说中形似凤凰的神鸟。司马相如《上林赋》:"于是乎背秋涉冬,天子校猎……椎蜚廉,弄獬豸……于是乘舆弭节徘徊,翱翔往来……捷鹪雏,掩焦明。"焦明,即鹪明。

④玉树:用珊瑚、碧玉等珍宝制成的树。扬雄《甘泉赋》:"翠玉树之青葱兮,璧马犀之璘㻞。"

⑤颠坠:跌落。扬雄《甘泉赋》:"鬼魅不能自逮兮,半长途而下颠。"

⑥《西都》:班固《两都赋》中的《西都赋》。比目:比目鱼。班固《两都赋》:"于是后宫乘辇辂,登龙舟……揄文竿,出比目。"

⑦《西京》:张衡《二京赋》中的《西京赋》。海若:海神。张衡《二京赋》:"海若游于玄渚,鲸宜失流而蹉跎。"

⑧宓(fú)妃:洛神,相传为伏羲之女,于洛水溺死。扬雄《羽猎赋》:"鞭洛水之宓妃,饷屈原与彭胥。"

⑨玄冥:水神。朔:北方。

⑩娈(luán):美好。

⑪罔两:又作"魍魉",水怪。常与下文魑魅连用,泛指鬼怪。魑(chī)魅(mèi):山怪。《左传·宣公三年》:"螭魅罔两,莫能逢之。"

⑫水师:指水神玄冥。

⑬睽(kuí)剌(là):违背。睽,背离。剌,违背。

⑭嵯(cuó)峨(é):山高的样子。揭业:极高的样子。

⑮熤(yì)耀:光彩。焜(kūn)煌(huáng):明亮,辉煌。

⑯炜(wěi)烨:光彩夺目的样子。

⑰岌岌:高峻的样子。

⑱踢(jú)步:小步。

⑲程:衡量,比。

⑳披:开,拨开。瞽(gǔ):盲人。

## [译文]

自战国辞赋家宋玉、景差以来,夸张、修饰的写作手法开始盛行。西汉时,司马相如因袭这种夸饰的风尚,作品中的怪异与失实就更加严重了。所以,司马相如《上林赋》里描写的宫室高峻无比,就说流星与彩虹从栏杆越过;描写打猎追逐飞禽的盛况时,就说飞廉和鹪明这样的神鸟都被捕捉到了。等到扬雄作《甘泉赋》,继承司马相如夸饰手法的余波,说到珍奇之物,就借玉树来说明其珍贵;讲到甘泉宫高峻,就说鬼神走到一半就得跌落下来。至于班固《西都赋》里的比目鱼,张衡《西京赋》里的海若神,想要通过常理验证,却没有这般可以验证的常理,想要说极尽夸饰之法却又算不上夸饰到极致。再如,扬雄的《羽猎赋》说,鞭打洛水神女宓妃,让她去给屈原送食物;张衡的《羽猎赋》

说,把水神玄冥囚困在北方的荒野。美好的洛神与水神玄冥,皆不是鬼怪。扬雄与张衡凭空想象、肆意形容的创作手法,不是太疏忽了吗?这就是想要夸大声威,修饰情形,却违背了义理。提到辞赋里描写山海的气势形貌、宫殿的形状规模,皆是高峻雄伟、明亮辉煌的样子,光彩夺目得像是要燃烧起来,声势巍峨,仿佛要飞动似的。此类描写无不通过因袭夸张的手法来达成惊人的景象,依照增饰的创作手法来获得奇异的效果。于是,后辈中有才情的人发扬夸饰的风气,助长夸饰的声势,振翼高举,意欲高飞,腾空跳跃,耻于缓步。落笔写华彩,即使春日里的景致也不能与它争艳;措辞说枯凋,即使阴冷的山谷也不能比它萧条。谈论欢愉的情景,文字中带着笑声;谈论悲戚的情景,声音里带着哭腔。夸饰的手法确实可以彰显意蕴,让郁滞的情感飞动,使盲人睁开了眼睛,耳聋的人受到震撼啊!

然饰穷其要,则心声锋起;夸过其理,则名实两乖①。若能酌《诗》《书》之旷旨,翦扬、马之甚泰②,使夸而有节,饰而不诬③,亦可谓之懿也④。

〔注释〕

①乖:背离,违背。
②翦:同"剪",去除。泰:过度。
③诬:虚假歪曲。
④懿(yì):美好。

〔译文〕

如此一来,若夸饰能穷尽事物的要点,那么,诗文的情理就会显露出来;若过分夸张,违背了事理,那么,文辞与实际便相互背离了。若能学习《诗经》《尚书》的深远意旨,去除扬雄、司马相如等人的肆意过度,有节制地使用夸饰手法,增饰却不虚假歪曲,也可算是好的了。

赞曰:夸饰在用,文岂循检①?言必鹏运②,气靡鸿渐③。倒海探珠,倾昆取琰④。旷而不溢,奢而无玷⑤。

〔注释〕

①检:法度,规矩。
②鹏运:指鹏鸟高飞远行。
③鸿渐:鸿雁从低到高地飞。
④琰(yǎn):美玉。
⑤玷:玉上的斑点。

〔译文〕

总的来说:运用夸饰手法作文,哪有规则可循?言辞必要像鹏鸟高飞,气势不能像鸿雁渐进。要像倒干海水探寻宝珠,翻转昆仑觅取美玉一般。要含意旷远却不过分,言辞夸张且没缺点。

# 附　会

〔题解〕

　　《附会》篇谈论的是文学创作应首尾一贯,通篇文辞连贯,内容旨意统一的问题,它不仅是中国古代文学理论的菁华,而且对当下各类文体写作具有重要的意义。

　　本篇开篇即诠释了"附会"的含义及其重要性,刘勰以房屋、衣服、人体等作比,强调文章的整体性,强调"杂而不越"的一致性。接着,本篇阐述了布局谋篇的基本方法和策略,即总揽文章纲领的"附会之术"以及放弃完善局部细巧,学会完美整体功夫的"命篇之经略"。随后,刘勰进一步论述了"总纲领"的作用,提出文学集应"悬识腠理",洞悉文章的条理。在此基础上,列举了文学史上改章易字的故事,说明作者的附会能力对其文章优劣的巨大影响。最后,本篇特别谈到文章结尾的重要性,好的结尾寄托深意,气势充足,首尾呼应方为附会之体。

　　何谓"附会"？谓总文理,统首尾,定与夺①,合涯际②,弥纶一篇③,使杂而不越者也。若筑室之须基构,裁衣之待缝缉矣④。夫才童学文,宜正体制,必以情志为神明,事义为骨髓,辞采为肌肤,宫商为声气;然后品藻玄黄⑤,摛振金玉⑥,献可替否⑦,以裁厥中⑧:斯缀思之恒数也⑨。

〔注释〕

①与夺:指取舍。与,给予。夺,剥夺。

②涯际:边际,此处指章节间的衔接。

③弥纶:综合组织。

④缝缉(qī):缝合。

⑤品:衡量,斟酌。玄黄:黑色和黄色,此处指辞藻。

⑥摛(chī):铺陈,铺叙。振:撞击。金玉:金石一类的乐器。

⑦献:进奉。替:除去。

⑧裁:裁断,安排取舍。中:恰当,恰到好处。

⑨缀思:构思。

〔译文〕

什么叫作"附会"?说的是文章的情理总领全篇,贯通首尾,确定文句取舍,融合文章各部分,组织成完整的篇章,使内容丰富多样却不超出主旨的范围。如同建筑房屋,必须打好房屋的基础和架构,又如同剪裁好衣服,等待缝合一样。初学者学习创作,应端正体制,必须以思想感情为中枢神经,以内容意义为骨骼,以文辞藻饰为肌肤,以声调音律为声音和气息;然后斟酌辞藻文采,考究声律,适合的就选用,不适合的就删去,安排取舍以求恰到好处。这就是构思的恒久法则。

凡大体文章,类多枝派,整派者依源,理枝者循干。是以附辞会义,务总纲领,驱万涂于同归[1],贞百虑于一致[2],使众理虽繁,而无倒置之乖,群言虽多,而无棼丝之乱[3]。扶阳而出条,顺阴而藏迹[4];首尾周密,表里一体:此附会之术也。夫画者谨发而易貌,射者仪毫而失墙,锐精细巧,必疏体统。故宜诎寸以信尺[5],枉尺以直寻[6],弃偏善之巧,学具美之绩:此命篇之经略也。

〔注释〕

①涂:同"途",道路。
②贞:通"正",端正。
③棼(fén)丝:乱丝。
④"扶阳"二句:化用崔骃《达旨》:"《易》称'备物致用','可观而有所合',故能扶阳而出,顺阴而入。春发其华,秋收其实。""扶阳""顺阴"指顺从自然界的阴阳变化。
⑤诎(qū):同"屈"。信(shēn):同"伸"。
⑥寻:古时长度单位,八尺为一寻。

〔译文〕

　　内容丰富、篇幅较长的文章,大多像树木一样有多个枝杈,像江河一样有多条支流,整治支流要依循源头,整理枝杈要依循主干。所以,安排辞句,处理各部分内容使之合于主旨,务必总揽文章的纲领,会合众多思路指向同一个方向,整理多种思绪彼此没有分歧;使得文章情理虽然丰富,却没有次序颠倒的谬误,文辞虽然繁多,却不会纷乱无绪如同乱丝。文辞之义应当明确表达的,就像枝条在阳光下招展;应当含而不露、蓄而不发的,就像枝叶在阴影处藏匿了痕迹。文章自首至尾都应周全紧密,形式与内容应浑然一体:这就是"附会"的创作手法。就如同作画的人如果只严谨地细描人物的发丝等细节,反而会使画像的容貌失真,射手只瞄准细微之处,反而会注意不到大片的墙壁,将精力聚焦于细巧,必定会疏忽了整体。因此,就像丈量时应该忽略"寸"这种极小的长度单位而展开"尺",或忽略"尺"而展开"寻",放弃完善局部的细巧,学会完美整体的功夫,这是创作的重要谋略啊。

　　夫文变无方,意见浮杂,约则义孤,博则辞叛①;率故多尤②,需为事贼③。且才分不同,思绪各异,或制首以通尾,或尺接以寸附;然通制者盖寡,接附者甚众。若统绪失宗④,辞味必乱;义脉不流,则偏枯文体⑤。夫能悬识腠理⑥,然后节文自会,如胶之粘木,石之合玉矣。是以四牡异力⑦,而六辔如琴;并驾齐驱,而一毂统辐⑧:驭文之法,有似于此。去留随心,修短在手,齐其步骤,总辔而已。

〔注释〕

　　①叛:纷乱。

②率：草率。尤：过失。
③需：迟疑。贼：妨害。
④宗：主宰，主导。
⑤偏枯：半身不遂，此处指文义不通畅造成的板滞。
⑥腠（còu）理：肌肉的纹理，此处喻指文章的条理。
⑦牡：公马。《诗经·小雅·车辖》："四牡骈骈，六辔如琴。"
⑧毂（gǔ）：车轮的中心部位，有圆孔，可以插轴。

[译文]

　　文辞的通变没有一定之规，创作者所要表达的意义也比较繁多复杂，如果文辞简单，文义就容易单薄；如果文辞繁复，辞语就容易纷乱；写得草率难免出现过失，迟疑不决就会妨害事情。况且创作者的才华不同，思路各异，有的人创作时通篇考虑，首尾贯通，有的人则是一寸一寸地安排，一尺一尺地拼接，缺乏整体的考量。然而，通篇考虑的创作者少，逐句拼接的人却很多。如果思绪不能统一，失去主宰，辞句所表达的意味必定杂乱；如果文义脉络不通畅，文章就会像半身不遂一样板滞。能够洞悉文章的条理，这之后各段落的文辞自然融会，如同用胶粘合木头、石中蕴藏美玉一样紧密。所以，驾车的四匹马力量不同，但驾车人手中的六条缰绳仿佛指间的琴弦一样和谐；四匹马一同快跑，而车毂能控制好轮辐：驾驭文章的方法，与此相似。文辞取舍随创作者的心意，辞句长短在于创作者的手笔，要使各部分步调一致，把握总体，抓住纲领罢了。

故善附者异旨如肝胆,拙会者同音如胡越①。改章难于造篇,易字艰于代句,此已然之验也。昔张汤拟奏而再却②,虞松草表而屡谴③,并事理之不明,而辞旨之失调也。及倪宽更草④,钟会易字,而汉武叹奇,晋景称善者,乃理得而事明,心敏而辞当也。以此而观,则知附会巧拙,相去远哉!

〔注释〕

①同音:与前文"异旨"相对,指主旨相同的材料。

②张汤:西汉官员,武帝时出任廷尉之职。据《汉书·公孙弘卜式儿宽传》记载,廷尉张汤的一份奏章已经被汉武帝打回来两次了。张汤的僚属倪宽代为重写,"奏成,读之皆服"。张汤将奏章上书汉武帝,武帝赞叹:"吾固闻之久矣。"

③虞松:三国时魏国的中书令。据裴松之注《三国志·魏书·钟会传》所引《魏晋世语》记载,晋景王司马师命中书令虞松作章表,呈上来的章表却不合司马师的心意,于是,司马师命虞松修改。虞松思路枯竭,无法修改,面露难色。钟会"察其有忧,问松,松以实答。会取视,为定五字。松悦服,以呈景王"。修改后的章表得到了司马师的肯定。

④更草:重新起草。

〔译文〕

因此,善于安排辞句的创作者,能把不同旨意的内容联系得像肝胆般紧密;不善于处理内容的创作者,会把主旨相关的材料写得像北方的胡地与南方的越地一般互不相干。有时修改一个章节比创作整篇文章要难,替换一个字比改写一句话要难,这些情况已经得到了验证。昔日,张汤拟写的奏章一再被退回,虞松起草的章表屡次遭到斥责,就是因为这两份文书对事实和道理讲解得不够明确,而且文辞与意旨也不协调。待到倪宽重新起草了张汤的奏章,钟会改动了虞松章表中的文辞,而后,汉武帝对重拟的新奏章赞叹称奇,晋景王也对修改后新章表连连称好,是因为修改后的文稿说理恰当,事实明确,文思敏锐,言辞妥善。由此可知,创作时是否擅长"附会",其作品的差别是相当大的!

若夫绝笔断章,譬乘舟之振楫①;会词切理,如引辔以挥鞭。克终厎绩②,寄深写送③。若首唱荣华,而媵句憔悴④,则遗势郁湮⑤,余风不畅。此《周易》所谓"臀无肤,其行次且"⑥也。惟首尾相援,则附会之体,固亦无以加于此矣⑦。

〔注释〕

①楫(jí):船桨。
②克终:能够收尾终篇。克,能够。厎(zhǐ)绩:收到功效。厎,致。
③写送:指以高声咏叹等气势充足的方式结尾。
④媵(yìng)句:陪衬句,一般指诗文中开头句之后接着二三句相陪衬。此处与"首唱"相对应,指结尾句。
⑤郁湮(yān):阻塞。
⑥次且:同"趑(zī)趄(jū)",行走困难。
⑦固:乃,才。亦:语助词。无以加:达到顶点。

〔译文〕

　　文章收笔结尾需用心用力,譬如乘船时要奋力划桨一般;对词语的处理要切合文章的思想感情,如同驾车时拉紧缰绳再挥鞭前行。如此能终结全篇,收到功效,寄托深意,气势充足。如果开端写得华彩纷呈,结尾的语句却干瘪无力,那么作品所流露出的气势便将窒塞,散发出的文气也将不通畅。这就是《周易·夬卦》中所说的:"臀部没有皮肉,行走就会困难。"只要首尾呼应,那么附会之体才达到了顶点。

　　赞曰:篇统间关①,情数稠叠②。原始要终,疏条布叶。道味相附,悬绪自接③。如乐之和,心声克协。

〔注释〕

　　①间关:本指道路曲折,此处引申为艰难。
　　②情数:情理。稠叠:繁多复杂。
　　③悬绪:指不连贯的思绪。

〔译文〕

　　总的来说:篇章统筹安排很不容易,文章的情理繁多复杂。作者要自始至终把文句安排布置得很恰当。道理和情味布置妥帖,不连贯的思绪自然会衔接起来。就像和谐的音乐一样,表达作者思想感情的文章也能和谐。

# 时　序

[题解]

　　《时序》是《文心雕龙》文学史论的一篇。依时间顺序梳理了唐尧时期至萧齐时期文学的兴衰更替，论述了时代发展与文学演变之间的关系。

　　《时序》篇对促使文学发展的时代因素挖掘深刻，围绕"文变染乎世情，兴废系乎时序"的主旨，对唐尧至萧齐的文学史进行研究。上古、西周文学的文辞与义理随社会政治变化而变化。战国时期，学术思潮风起云涌。诸子百家竞相著书立说，多为务功之作。唯齐、楚两国重视文士，稷下、兰陵成为当时的文化高地。屈原、宋玉等人的作品奇异瑰丽，受当时纵横捭阖之风的影响。两汉时，统治者的态度左右着文学的发展。汉初，统治者好经术，"辞人勿用"。武帝崇儒，"礼乐争辉，辞藻竞骛"。昭、宣、元、成，将武帝重文政策发扬光大，儒学、辞赋美盛一时。《汉书·礼乐志》记载"高祖乐楚歌"，西汉辞赋继承楚辞瑰丽的传统，"灵均余影，于是乎在"。光武帝好谶纬之学，忽视文学，但不抛弃文士。明、章二帝崇尚儒术，文学"渐靡儒风"。灵帝好辞赋，招集鸿都门士，但遭到儒学名家的贬斥。曹氏父子导引并推动着建安文学的发展。正始年间，玄学盛行，魏末"正始余风,篇体轻澹"。嵇、阮、应、缪与时风相异,个人特色突出。西晋统治者"务深方术",文学自我发展,"人才实盛",但"运涉季世,人未尽才"。东晋文学受学术风气影响,因袭西晋时期谈玄的清谈风气,逐渐形成了新的文章风格。本篇刘勰对刘宋、萧齐的文学史论较为浮泛,皆为褒扬之词,然而,在其他篇章中,刘勰多次表达了对近世文学浮诡之风的批评。

时运交移,质文代变,古今情理,如可言乎!昔在陶唐,德盛化钧①,野老吐"何力"之谈②,郊童含"不识"之歌③。有虞继作,政阜民暇,"薰风"诗于元后④,"烂云"歌于列臣⑤。尽其美者何?乃心乐而声泰也。至大禹敷土,九序咏功,成汤圣敬⑥,"猗欤"作颂⑦。逮姬文之德盛⑧,《周南》勤而不怨⑨;大王之化淳⑩,《邠风》乐而不淫⑪。幽、厉昏而《板》《荡》怒⑫,平王微而《黍离》哀⑬。故知歌谣文理,与世推移,风动于上,而波震于下者也。

〔注释〕

①钧:同"均",普及。

②何力:指《击壤歌》中"尧何力于我也"一句。《文选》第二十六卷谢灵运《初去郡》诗李善注引《论衡》:"尧时百姓无事,有五十之民,击壤于涂。观者曰:'大哉!尧之德也。'击壤者曰:'吾日出而作,日入而息,凿井而饮,耕田而食,尧何力于我也!'"

③不识:指《康衢谣》中"不识不知"一句。《列子·仲尼》:"尧治天下五十年,不知天下治欤,不治欤？不知亿兆之愿戴己欤？不愿戴己欤？顾问左右,左右不知。问外朝,外朝不知。问在野,在野不知。尧乃微服游于康衢,闻儿童谣曰:'立我蒸民,莫匪尔极。不识不知,顺帝之则。'"

④薰风:指《南风歌》中"南风之薰兮"一句。《孔子家语·辩乐解》:"昔者舜弹五弦之琴,造《南风》之诗,其诗曰:'南风之薰兮,可以解吾民之愠兮;南风之时兮,可以阜吾民之财兮。'"元后:天子,此处指帝舜。

⑤烂云:指《卿云歌》中"卿云烂兮"一句。《尚书大传·虞夏传》:"百工相和而歌卿云。帝乃倡之曰:'卿云烂兮,纠缦缦兮。日月光华,旦复旦兮。'"

⑥成汤:即商汤,谥号成。

⑦猗(yī)欤(yú):同"猗与",叹词,表示赞美。此处指《诗经·商颂·那》的首句:"猗与那与!"该诗是殷商后代祭祀商汤的颂歌。

⑧姬文:周文王,姬姓。

⑨《周南》:《诗经》十五国风之一。据《左传·襄公二十九年》记载,吴公子季札到鲁国访问,请求观赏乐舞,乐工为他唱诵《周南》《召南》,季札评价:"美哉！始基之矣,犹未也,然勤而不怨矣。"

⑩大王:即太王,指周文王的祖父公刘。

⑪《邠(bīn)风》:即《豳风》,《诗经》十五国风之一。邠地是太王公刘居所所在地。据《左传·襄公二十九年》记载,吴公子季札评价《豳风》:"美哉！荡乎！乐而不淫。"

⑫幽、厉:周幽王与周厉王,西周末代的昏庸君主。《板》:《诗经·大雅·生民之什》下的诗篇,为大夫借讽劝同僚以讥刺暴君之作,据《毛诗序》所说,该诗作于周厉王执政之时。《荡》:《诗经·大雅·荡之什》下的诗篇。《毛诗序》:"《荡》,召穆公伤周室大坏也。厉王无道,天下荡然无

纲纪文章,故作是诗也。"一般认为《板》《荡》二诗都是讽刺周厉王的诗作,文中列举幽王,属于连类而及。

⑬平王:即周平王。西周灭国,平王迁都洛邑,史称东周,国势衰微。《黍离》:《诗经·王风》下的诗篇。据《毛诗序》所说,该诗为周大夫行役时,路过废弃的宗庙宫室,只见遍地禾黍,辉煌不再,周大夫"闵周室之颠覆,彷徨不忍去,而作是诗也"。

## [译文]

时令交替推移,文学作品的内容、文采更迭变化,这古往今来变化的道理似乎可以说说!昔日,唐尧德政兴盛,教化遍及天下,乡野里的老人都能说出"尧何力于我也"这样的话,郊外的儿童也在唱着"不识不知"的歌谣。虞舜继起,政治清明,民众闲适,帝舜吟咏着"南风之薰兮,可以解吾民之愠兮";帝舜与群臣唱和,吟唱着"卿云烂兮,纠缦缦兮"。为什么这些诗能够极尽美好呢?因为吟唱的人心中快乐,声音平和啊!待到大禹治水有功,九州秩序井然,受到百姓歌咏;商汤圣明恭敬,有"猗与那与"之诗赞颂。至周文王时,德政崇盛,因此《周南》中表达的是人们勤劳却不怨恨;周太王教化淳厚,因此《豳风》中表达的情感快乐却不过分;周幽王、周厉王昏庸无道,讽刺厉王的《板》《荡》二诗充满了愤怒之情;周平王时国运衰微,《黍离》唱出了人们心中的哀怨。由此可知,歌谣的文辞与义理随着时世的变化而变化,时代治乱如风吹在水面之上,而创作者的心绪与情感反映在诗作中如水波震荡。

春秋以后,角战英雄,"六经"泥蟠①,百家飙骇②。方是时也,韩、魏力政③,燕、赵任权;"五蠹""六虱"④,严于秦令;唯齐、楚两国,颇有文学。齐开庄衢之第⑤,楚广兰台之宫⑥。孟轲宾馆,荀卿宰邑;故稷下扇其清风⑦,兰陵郁其茂俗,邹子以谈天飞誉⑧,驺奭以雕龙驰响⑨,屈平联藻于日月,宋玉交彩于风云。观其艳说,则笼罩《雅》《颂》⑩,故知炜烨之奇意⑪,出乎纵横之诡俗也⑫。

[**注释**]

①六经:指《易》《书》《诗》《礼》《乐》《春秋》六部儒家经典。泥蟠(pán):指龙屈盘在污泥之中。此处比喻战国时儒经不受重视,处境艰难。

②飙(biāo)骇(hài):暴风四起,令人惊骇。此处指诸子百家迅猛兴起。

③力政:同"力征",以武力征伐。

④五蠹(dù):五种蛀虫。《韩非子·五蠹》篇将学者(儒家)、言谈者(纵横家)、带剑者(游侠)、患御者(逃避兵役的人)、商工之民喻为危害国家的五种蛀虫。六虱:六种虱虫。《商君书·靳令》:"六虱:曰礼乐,曰《诗》《书》,曰修善,曰孝弟,曰诚信,曰贞廉,曰仁义;曰非兵,曰羞战。"

⑤庄衢(qú):大路。第:大宅。

⑥兰台:战国时期楚国台名。宋玉《风赋》:"楚襄王游于兰台之宫,宋玉、景差侍。"

⑦稷(jì)下:战国时期齐国都城稷门附近的地区,齐国国君建学宫于此,招揽文士讲学、辩论,是诸子学派活动的中心。

⑧邹子：即邹衍，战国时期齐国人，阴阳家代表人物，曾入稷下学宫。《史记·孟子荀卿列传》裴骃《集解》引刘向《别录》："邹衍之所言，五德终始，天地广大，尽言天事，故曰'谈天'。"

⑨驺(zōu)奭(shì)：即邹奭，战国时期齐国人，阴阳家代表人物，曾入稷下学宫。《史记·孟子荀卿列传》裴骃《集解》引刘向《别录》："驺奭修衍之文饰，若雕镂龙文，故曰'雕龙'。"

⑩笼罩：掩盖，此处指超过。

⑪炜(wěi)烨：光彩明亮的样子。

⑫纵横：战国策士用"合纵""连横"的政治主张游说诸侯，此处指灵活高明地使用辞令。

〔译文〕

春秋以后，诸侯列国挑起战争，称霸争雄，"六经"如蟠龙曲伏泥沼处境艰难，诸子百家如暴风般迅猛兴起。正在这个时候，韩国、魏国使用武力，燕国、赵国任用权谋；法家所谓的"五种蛀虫""六种虱害"在秦国律令中被严格禁止；只有齐、楚两国，保留着文化学术的传统。齐国为招揽贤才，在四通八达的大街上开设府第；楚国为文士们扩建了兰台宫。孟轲作为宾客住在齐国的客馆中，荀卿被楚国聘为兰陵令；因此，齐国稷门之下吹起了清新的学风，楚国兰陵因为荀卿的教化培养出美好的风俗；邹衍因"谈天"而获誉，驺奭因"雕龙"而扬名；屈原的辞藻与日月争光，宋玉的文采与风云交相辉映。观察他们的文辞，比《雅》《颂》更艳丽，由此可知那些光彩夺目的奇思妙想，出自战国时期纵横捭阖的诡异风尚。

爰至有汉,运接燔书,高祖尚武,戏儒简学①。虽礼律草创,《诗》《书》未遑②,然《大风》《鸿鹄》之歌③,亦天纵之英作也。施及孝惠,迄于文、景,经术颇兴,而辞人勿用,贾谊抑而邹、枚沉,亦可知已。逮孝武崇儒,润色鸿业,礼乐争辉,辞藻竞骛:柏梁展朝宴之诗,金堤制恤民之咏④,征枚乘以蒲轮,申主父以鼎食⑤,擢公孙之对策⑥,叹倪宽之拟奏⑦,买臣负薪而衣锦⑧,相如涤器而被绣⑨。于是史迁、寿王之徒⑩,严、终、枚皋之属⑪,应对固无方,篇章亦不匮,遗风余采,莫与比盛。

〔注释〕

①燔(fán):焚烧。戏儒:戏弄儒生。《史记·郦生陆贾列传》:"骑士曰:'沛公不好儒,诸客冠儒冠来者,沛公辄解其冠,溲溺其中。'"简:傲慢,轻视。

②未遑(huáng):来不及。

③《大风》:即《大风歌》。据《史记·高祖本纪》记载,高祖刘邦统一天下后返回故乡,作《大风歌》:"大风起兮云飞扬,威加海内兮归故乡,安得猛士兮守四方。"《鸿鹄》:即《鸿鹄歌》。据《史记·留侯世家》记载,刘邦废太子失败,作《鸿鹄歌》:"鸿鹄高飞,一举千里。羽翮已就,横绝四海。横绝四海,当可奈何?虽有矰缴,尚安所施!"

④金堤:指黄河今山东段、河南段防洪大堤,取"固若金汤"之意,故名"金堤"。恤:体恤,怜悯。

⑤申:同"伸",提拔。主父:即主父偃,汉武帝时任中大夫。鼎食:列

鼎而食,指显贵人家富贵豪奢的生活。《汉书·主父偃传》:"臣结发游学,四十余年,身不得遂,亲不以为子,昆弟不收,宾客弃我,我厄日久矣。且丈夫生不五鼎食,死则五鼎烹耳。"

⑥擢(zhuó):提拔。公孙:即公孙弘,汉武帝时任丞相。对策:指文士对答皇帝的策问,是汉代文士入仕的重要途径之一。此处指公孙弘的《举贤良文学对策》。据《汉书·公孙弘卜式儿宽传》记载,汉武帝元光五年征召贤良文学士,公孙弘以《举贤良文学对策》应试,"时对者百余人,太常奏弘第居下。策奏,天子擢弘对为第一。"

⑦倪宽:汉武帝时廷尉张汤的僚属,曾为张汤代写奏章,得武帝赞叹。

⑧买臣:即朱买臣,汉武帝时任会稽太守。据《汉书·朱买臣传》记载,朱买臣出身贫寒,一边靠卖柴为生,一边刻苦攻读,后来做会稽太守时,汉武帝对他说:"富贵不归故乡,如衣绣夜行。今子何如?"

⑨涤(dí):洗。据《汉书·司马相如传》记载,司马相如与卓文君私奔后,生活困顿,二人返回卓文君的家乡临邛,以开酒馆为生,司马相如亲自洗涤酒器。后因汉武帝赏识其辞赋,做了中郎将。

⑩史迁:西汉史学家司马迁。寿王:西汉辞赋家吾丘寿王。

⑪严、终:指西汉辞赋家严助和博闻强识的大臣终军。

[译文]

到了汉朝,汉初文学的气运承接始皇焚书,汉高祖刘邦崇尚武功,戏弄儒生、鄙视儒学。高祖时虽然草创了礼法、律法,却无暇顾及《诗经》《尚书》等儒家典籍。然而,汉高祖所作的《大风歌》《鸿鹄歌》,也称得上上天赋予的杰作。高祖对儒学的轻视延至汉惠帝。到了汉文帝、汉景帝时,经学颇为兴盛,而辞赋家却不被重用,贾谊遭到贬谪,抑郁而终,邹阳被谗下狱,枚乘被征召却没被接受,从这些辞赋家的遭遇就可知大概了。待到汉武帝尊崇儒学,利用儒学完善治国大业,礼乐制度交相辉映,文章辞藻竞相纷驰。汉武帝建柏梁台,设朝宴与群臣联句作诗;黄河决口,汉武帝在瓠子堤作忧民之诗;派人用蒲草裹好车轮去征聘年事已高的枚乘;重用主父偃,赐予他五鼎之食;因公孙弘的一篇对策而提拔他;因倪宽拟写的奏书而发出赞叹;卖柴为生的朱买臣出任太守后,武帝劝他衣锦还乡;因赏识司马相如的文采,让开酒馆清洗酒器的司马相如穿上了官服。于是,司马迁、吾丘寿王、严助、终军、枚皋这些人应酬答对时能够彰显个性,没有定规,撰写文章的数量也不在少数,他们流传下来的遗风余韵,当下没有谁能与之相比。

越昭及宣①,实继武绩,驰骋石渠②,暇豫文会③,集雕篆之轶材④,发绮縠之高喻⑤。于是王褒之伦,底禄待诏⑥。自元暨成⑦,降意图籍⑧,美玉屑之谈,清金马之路⑨。子云锐思于千首,子政雠校于"六艺"⑩,亦已美矣。爰自汉室,迄至成、哀⑪,虽世渐百龄,辞人九变,而大抵所归,祖述《楚辞》⑫,灵均余影⑬,于是乎在。

〔注释〕

①昭:指汉昭帝刘弗陵。宣:指汉宣帝刘询。

②驰骋:此处指儒生就"五经"同异畅所欲言,展开辩论。石渠:石渠阁,汉皇室的藏书阁。

③暇豫：闲逸。

④雕篆：雕虫篆刻，此处指辞赋创作。扬雄《法言·吾子》："或问：'吾子少而好赋？'曰：'然。童子雕虫篆刻。'俄而曰：'壮夫不为也。'"轶材：才华出众的作家。

⑤绮縠(hú)：有花纹的薄纱。典故出自《汉书·王褒传》，王褒作赋歌咏汉宣帝田猎、宫馆的盛大，遭到非难，汉宣帝为赋辩护："辞赋大者与古诗同义，小者辩丽可喜。辟如女工有绮縠，音乐有郑、卫，今世俗犹皆以此虞悦耳目，辞赋比之，尚有仁义风谕、鸟兽草木多闻之观，贤于倡优博弈远矣。"

⑥厎(zhǐ)禄：得到俸禄。厎：致，获得。待诏：汉代皇帝征召有才学的文士到京城，随时待命，以备顾问应对。

⑦元：指汉元帝刘奭。成：指汉成帝刘骜。

⑧降意：留意。

⑨金马：即金马门，汉代宫门名，被征召的文人学士在此处待诏。

⑩雠(chóu)校：整理、校勘。六艺：指儒家"六经"。

⑪哀：指汉哀帝刘欣。

⑫祖述：继承。

⑬灵均：指屈原。《楚辞·离骚》："名余曰正则兮，字余曰灵均。"

[译文]

经汉昭帝到汉宣帝，汉宣帝实际上继承的是汉武帝的功绩，他曾招集儒家学者在石渠阁辩论经学，闲暇时举行文士聚会，汇集创作辞赋的杰出人才，发表辞赋"如女工有绮縠"的譬喻。于是，王褒这些文人得到宣帝的任用，授以高官厚禄。自汉元帝到汉成帝，皇帝重视图书典籍，赞美玉屑般美妙的言辞，为文士通往仕途的金马门扫清道路。扬雄用尽心思创作千篇辞赋,刘向整理儒家六经,也已美盛一时了。从汉王朝建立,到汉成帝、汉哀帝止,虽然世道发展了两百多年,辞赋家的创作经历了很大变化,但大体趋势,都继承了《楚辞》传统,在他们的作品里可以看到屈原留下的影响。

　　自哀、平陵替[1],光武中兴,深怀图谶[2],颇略文华。然杜笃献诔以免刑[3],班彪参奏以补令[4],虽非旁求,亦不遐弃[5]。及明、章叠耀[6],崇爱儒术,肆礼璧堂[7],讲文虎观[8];孟坚珥笔于国史[9],贾逵给札于瑞颂[10],东平擅其懿文[11],沛王振其《通论》[12];帝则藩仪,辉光相照矣。自和、安已下,迄至顺、桓[13],则有班、傅、三崔、王、马、张、蔡[14],磊落鸿儒[15],才不时乏,而文章之选,存而不论。然中兴之后,群才稍改前辙,华实所附,斟酌经辞,盖历政讲聚,故渐靡儒风者也。降及灵帝,时好辞制,造《皇羲》之书,开鸿都之赋[16];而乐松之徒[17],招集浅陋,故杨赐号为驩兜[18],蔡邕比之俳优[19],其余风遗文,盖蔑如也[20]。

〔注释〕

①平:指汉平帝刘衎。陵替:衰落。
②图谶(chèn):古代用隐语预言帝王吉凶、受命征验的文献。
③杜笃:字季雅,东汉初年文学家。诔(lěi):哀悼死者、表彰死者功绩

的作品。据《后汉书·文苑传》记载,杜笃京师下狱期间,恰逢大司马吴汉薨,"光武诏诸儒诔之。笃于狱中为诔辞最高。帝美之,赐帛免刑"。

④班彪:字叔皮,东汉初年史学家、文学家。据《后汉书·班彪传》记载,班彪避难河西时,大将军窦融任他为从事,并以师友之道待之。班彪为窦融谋划敬事汉朝,总领西河一带来抗拒隗嚣。"及融征还京师,光武问曰:'所上章奏,谁与参之?'融对曰:'皆从事班彪所为。'帝雅闻彪才,因召入见,举司隶茂才,拜徐令,以病免。"

⑤退弃:疏远抛弃。

⑥明:指汉明帝刘庄。章:指汉章帝刘炟。

⑦肄(yì):学习。璧:即璧雍,又称辟雍,太学。堂:即明堂,古代帝王宣明政教之处。

⑧虎观:即白虎观。《后汉书·章帝纪》:"(建初四年十一月壬戌)于是下太常将、大夫、博士、议郎、郎官及诸生、诸儒会白虎观,讲议'五经'同异……帝亲称制临决,如孝宣甘露、石渠故事,作《白虎议奏》。"

⑨孟坚:东汉史学家班固的字。珥(ěr)笔:古代史官在朝堂上常将笔插在帽冠一侧,以便记录。珥,插。国史:指《汉书》。

⑩贾逵:东汉学者。给:赐给。札:古代书写用小木片。瑞颂:歌咏瑞兆的颂文。此处指《神雀颂》。《后汉书·贾逵传》:"时有神雀集宫殿官府,冠羽有五采色,帝异之,以问临邑侯刘复,复不能对,荐逵博物多识,帝乃召见逵,问之。对曰:'昔武王终父之业,鸑鷟在岐,宣帝威怀戎狄,神雀仍集,此胡降之征也。'帝敕兰台给笔札,使作《神雀颂》,拜为郎,与班固并校秘书,应对左右。"

⑪东平:指东汉宗室东平王刘苍。擅:享有(名声)。《后汉书·光武十王列传》:"十五年春,行幸东平……帝以所作《光武本纪》示苍,苍因上《光武受命中兴颂》。帝甚善之,以其文典雅,特令校书郎贾逵为之训诂。"

⑫沛王:指东汉宗室沛献王刘辅。《后汉书·光武十王列传》:"辅矜严有法度,好经书,善说《京氏易》《孝经》《论语》传及图谶,作《五经论》,时号之曰《沛王通论》。"
⑬和:指汉和帝刘肇。安:指汉安帝刘祜。顺:指汉顺帝刘保。桓:指汉桓帝刘志。
⑭班:指班固。傅:指傅毅。三崔:指崔骃、崔瑗、崔寔。王:指王延寿。马:指马融。张:指张衡。蔡:指蔡邕。以上均为东汉学者或文学家。
⑮磊落:众多的样子。
⑯灵帝:即汉灵帝刘宏。《皇羲》:指《皇羲篇》,东汉灵帝所作,共五十篇。鸿都:指鸿都门学,汉代官学名,以教学文学艺术知识为主。
⑰乐松:汉灵帝侍中祭酒之一,负责为鸿都门招集文士。《后汉书·蔡邕传》:"初,帝好学,自造《皇羲篇》五十章。因引诸生能为文赋者,本颇以经学相招,后诸为尺牍及工书鸟篆者,皆加引召,遂至数十人。侍中祭酒乐松、贾护,多引无行趋势之徒,并待制鸿都门下,喜陈方俗间里小事,帝甚悦之,待以不次之位。"
⑱骥(huān)兜:相传为尧舜时的部落首领,与共工一起作恶。
⑲俳(pái)优:古代以乐舞谐戏为业的艺人。
⑳蔑如:不足称道,不值一提。

[译文]

自哀帝、平帝汉朝国运衰微,光武帝时方由衰复盛。光武帝深信谶纬图录之学,却颇为忽视文学。然而杜笃因进献诔文而免去了刑罚,班彪因上书奏章被增补为县令。光武帝虽没有广泛地搜求文士,但也没有疏远和抛弃文士。等到汉明帝、汉章帝在位,两朝光耀相继,崇尚儒术,明帝在璧雍和明堂学礼,章帝在白虎观招集学者讲经。班固秉笔撰写了国史；贾逵受命作赞美瑞祥的颂文；东平王刘苍因文笔美妙而享有名声；沛献王刘辅因著《五经通论》而闻名于世。皇帝做榜样，藩王做典范，光辉相互映照。自汉和帝、汉安帝以下，到汉顺帝、汉桓帝为止，有班固、傅毅和崔骃、崔瑗、崔寔、王延寿、马融、张衡、蔡邕等人，鸿儒众多，代代都不缺乏人才，他们的优秀文章，我们暂且存而不论。然而自光武中兴之后，群才渐渐改变了从前创作的路数，辞采和内容上斟酌采用儒家经典的文辞和经义，这是因为历代帝王都聚集学者儒生讲论经书，所以渐渐受了儒家风气的影响。传至汉灵帝，其时汉灵帝喜好辞赋作品，亲作《皇羲篇》五十章，并创立鸿都门学招集辞赋家。而乐松之流招集来一些不学无术、浅俗鄙陋的人，所以杨赐把他们称为唐尧时的恶人驩兜，蔡邕把他们比作谐戏优伶。他们遗留的习气和文章，是不值得谈论的。

　　自献帝播迁①，文学蓬转，建安之末②，区宇方辑③。魏武以相王之尊，雅爱诗章④；文帝以副君之重⑤，妙善辞赋；陈思以公子之豪，下笔琳琅⑥；并体貌英逸⑦，故俊才云蒸。仲宣委质于汉南⑧，孔璋归命于河北⑨；伟长从宦于青土⑩，公幹徇质于海隅⑪；德琏综其斐然之思⑫；元瑜展其翩翩之乐⑬。文蔚、休伯之俦，于叔、德祖之侣⑭，傲雅觞豆之前⑮，雍容衽席之上⑯；洒笔以成酣歌，和墨以藉谈笑。观其时文，雅好慷慨，良由世积乱离⑰，风衰俗怨，并志深而笔长，故梗概而多气也⑱。

〔注释〕

①献帝:汉献帝刘协,东汉最后一个帝王。播迁:迁徙,流离。此处指汉献帝受董卓逼迫由洛阳迁往长安,又被曹操挟持迁都许昌。

②建安:汉献帝年号,公元196至220年。下文提及王粲(字仲宣)、陈琳(字孔璋)、徐幹(字伟长)、刘桢(字公幹)、应玚(字德琏)、阮瑀(字元瑜)因诗、赋、散文成就合称"建安七子"。

③区宇:区域,天下。此处指曹操控制的区域。辑:安定。

④魏武:指魏武帝曹操。曹操于公元206年任丞相,216年称魏王,曹丕称帝后追尊其为魏武帝。雅:素来,平素。

⑤文帝:指魏文帝曹丕。副君:太子。

⑥琳琅:精美的玉石,此处喻指精美的诗文。

⑦体貌:指礼遇,以礼相待。

⑧委质:归顺。汉南:汉水之南,此处指刘表统治的荆州,王粲曾避难于荆州。

⑨归命:归顺。河北:黄河之北,此处指袁绍统治的冀州,陈琳曾拜投袁绍门下。

⑩从宦:做官。青土:指徐幹的原籍青州北海。

⑪徇(xùn)质:做官。海隅(yú):海角,此处指刘桢的原籍东平(今山东宁阳)。

⑫斐然:有文采的样子。曹丕《与吴质书》:"德琏常斐然有述作之意,其才学足以著书。"

⑬翩翩:美好的样子,此处指文采美妙。曹丕《与吴质书》:"元瑜书记翩翩,致足乐也。"

⑭文蔚:路粹的字。休伯:繁钦的字。于叔:疑为"子叔",邯郸淳的

时 序 | 183

字。德祖:杨修的字。以上均为建安时期文学家。俦(chóu)、侣:同类,辈。

⑮觞(shāng):古代酒器。豆:古代盛肉的器皿。

⑯雍容:从容不迫。衽(rèn)席:坐席。曹丕《与吴质书》记录了与徐幹、陈琳、应场、刘桢交游时的情景:"昔日游处行则连舆,止则接席……每至觞酌流行,丝竹并奏,酒酣耳热,仰而赋诗,当此之时,忽然不自知乐也。"

⑰良:确实。

⑱梗概:慷慨激昂。

[译文]

　　自从汉献帝流离迁徙之后,文士的命运也像蓬草一样随风飘荡,直到建安末年,天下方才安定。魏武帝曹操以丞相和魏王之尊,素来爱好诗文;魏文帝曹丕以太子之重,极其善于写作辞赋;陈思王曹植以公子之豪,文章写得像珠玉般美好。他们都礼遇杰出的文士,所以俊杰文才如升腾的云气极盛一时。王粲从汉水之南荆州来归顺,陈琳从黄河之北冀州来归附,徐幹从青州来做官,刘桢从海边东平来投靠,应场运用他的斐然文思,阮瑀施展他的优美文采。路粹、繁钦、邯郸淳、杨修等文士,酒肴前,坐席上,高雅风流、从容不迫地即席赋诗,挥毫运笔便成酣畅淋漓的诗篇,和墨濡笔写就可助谈笑的篇章。观察当时的文士,平素都喜好慷慨激昂的文风,实在是因为世道充满了战乱流离,风气衰落,民情怨恨,并且文士们情致深远而用笔富有意蕴,因此,他们的创作便慷慨激昂且富有气势。

至明帝纂戎①,制诗度曲②;征篇章之士,置崇文之观③;何、刘群才④,迭相照耀。少主相仍⑤,唯高贵英雅⑥,顾盼含章,动言成论。于时正始余风⑦,篇体轻澹,而嵇、阮、应、缪⑧,并驰文路矣。

[注释]

①明帝:指魏明帝曹叡。纂戎:继承光大,此处指继位。纂,通"缵(zuǎn)",继承。《诗经·大雅·烝民》:"缵戎祖考。"

②度曲:谱曲。

③崇文之观:即崇文观,魏明帝招集文士的地方。

④何:指三国魏国玄学家何晏。刘:指三国魏国文学家刘劭。

⑤少主:年少的君主。此处指明帝之后相继继位的齐王曹芳、高贵乡公曹髦、陈留王曹奂等人,年少继位,在位时间短。仍:频繁,连续不断。

⑥高贵:即高贵乡公曹髦。《三国志·魏书·三少帝纪评》:"高贵公才慧夙成,好问尚辞,盖亦文帝之风流也。"

⑦正始:魏齐王曹芳的年号,公元240年至249年。正始期间,老庄思想与玄学盛行,文风隐晦曲折,崇尚自然。

⑧嵇:指嵇康。阮:指阮籍。以上二人为正始年间"竹林七贤"的代表人物。应:应璩。缪:缪袭。以上二人为魏明帝时代"建安余绪"时期的代表文人。

[译文]

到魏明帝继位,明帝作诗谱曲,征召文士,设置崇文观,何晏、刘劭一众人才，文采互相照耀。此后，年少的君主相继即位，唯有高贵乡公曹髦文才出众，顾盼之间就能形成文章，一出口便成高论。当时受到正始玄言余风的影响，文章风格淡薄浮浅，而嵇康、阮籍、应璩、缪袭在文坛上齐头并进，势均力敌。

逮晋宣始基①，景、文克构②，并迹沉儒雅③，而务深方术。至武帝惟新④，承平受命，而胶序篇章⑤，弗简皇虑。降及怀、愍⑥，缀旒而已⑦。然晋虽不文，人才实盛：茂先摇笔而散珠，太冲动墨而横锦，岳、湛曜联璧之华⑧，机、云标二俊之采⑨，应、傅、三张之徒，孙、挚、成公之属⑩，并结藻清英，流韵绮靡。前史以为运涉季世，人未尽才，诚哉斯谈，可为叹息。

〔注释〕

①晋宣：指三国魏国权臣司马懿，晋武帝司马炎建立晋朝后，追尊司马懿为晋宣帝。

②景：指司马懿之子司马师，晋朝建立后被追尊为晋景帝。文：指司马懿之子司马昭，晋朝建立后被追尊为晋文帝。克：能。

③迹沉：隐迹，匿迹。

④武帝：即晋武帝司马炎，西晋王朝的第一个皇帝。

⑤胶序：学校。

⑥怀：指晋怀帝司马炽。愍（mǐn）：指晋愍帝司马邺。

⑦缀旒（liú）：系在旌旗上的垂饰，比喻附属之义。此处喻指晋怀帝、晋愍帝居虚位而无实权。

⑧岳：即潘岳。湛：即夏侯湛。《晋书·夏侯湛传》："湛……文章宏富，善构新词……与潘岳友善，每行止同舆接茵，京都谓之'连璧'。"

⑨机：陆机。云：陆云。据《晋书·陆机传》记载，西晋灭吴后，陆机、陆云来到了洛阳，张华见到二人时说："伐吴之役，利获二俊。"

⑩应：即应贞。傅：即傅玄。三张：指张载、张协、张亢兄弟三人。孙：即孙楚。挚：即挚虞。成公：即成公绥。以上均为西晋文学家。

〔译文〕

晋宣帝司马懿为晋朝建立奠定基础，晋景帝司马师、晋文帝司马昭也能扩大先人基业，而他们在儒学和文学上都没有成就，却致力于钻研权术。直到晋武帝司马炎建立新王朝，太太平平地承受天命，但教育与辞章没有引起他的关注。传到晋怀帝司马炽、晋愍帝司马邺，只是徒有虚名罢了！然而，晋朝虽然不重视文学，实际上人才却众多：张华落笔如散落珍珠，左思挥墨如展开锦绣，潘岳、夏侯湛如双璧闪耀光华，陆机、陆云被标立为"二俊"的风采，应贞、傅玄、张载、张协、张亢、孙楚、挚虞、成公绥等人，他们的辞藻都清新挺拔，情韵流畅华美。前人撰写的史书认为当时的国运已进入末世，文士没能充分地发挥出才华，这一说法很真实，值得人们为此叹息。

元皇中兴①，披文建学；刘、刁礼吏而宠荣②，景纯文敏而优擢③。逮明帝秉哲④，雅好文会，升储御极，孳孳讲艺⑤，练情于诰策，振采于辞赋；庾以笔才逾亲，温以文思益厚⑥，揄扬风流⑦，亦彼时之汉武也。及成、康促龄⑧,穆、哀短祚⑨,简文勃兴⑩,渊乎清峻,微言精理,函满玄席;澹思浓采,时洒文囿。至孝武不嗣,安、恭已矣⑪。其文史则有袁、殷之曹,孙、干之辈⑫,虽才或浅深,珪璋足用。自中朝贵玄⑬,江左称盛⑭,因谈余气,流成文体。是以世极迍邅⑮,而辞意夷泰⑯,诗必柱下之旨归⑰,赋乃漆园之义疏⑱。故知文变染乎世情,兴废系乎时序,原始以要终,虽百世可知也。

[注释]

①元皇:指晋元帝司马睿。中兴:指建立东晋王朝。

②刘:指刘隗。刁:指刁协。

③景纯:东晋文学家郭璞的字。《晋书·郭璞传》:"璞好经术,博学有高才,而讷于言论,词赋为中兴之冠。……璞著《江赋》,其辞甚伟,为世所称。后复作《南郊赋》,帝见而嘉之,以为著作佐郎。"

④明帝:指司马绍。秉哲:富有智慧。

⑤挚(zī)挚:同"孜孜",孜孜不倦,不懈怠。艺:即六艺,指儒经。

⑥庾:指庾亮。温:指温峤。以上二人为东晋初年政治家。

⑦揄(yú)扬:宣扬,提倡。

⑧成:指晋成帝司马衍。康:指晋康帝司马岳。促龄:寿命短促。

⑨穆:指晋穆帝司马聃。哀:指晋哀帝司马丕。祚(zuò):皇位。

⑩简文:指晋简文帝司马昱,清虚寡欲,擅长玄学。

⑪孝武:指晋孝武帝司马曜。安:指晋安帝司马德宗。恭:指晋恭帝司马德文。东晋政权从孝武帝开始落入权臣刘裕之手,晋安帝与晋恭帝为刘裕所立,后晋安帝被刘裕缢死,晋恭帝被刘裕杀死。

⑫袁:指袁宏。殷:指殷仲文。孙:指孙盛。干:指干宝。以上四人均为东晋文学家、史学家。曹:辈。

⑬中朝:指西晋,晋王室南渡以后称西晋为"中朝"。

⑭江左:指东晋。

⑮迍(zhūn)邅(zhān):行路艰难、困顿的样子。

⑯夷泰:平和。

⑰柱下:指老子,春秋时期思想家,曾担任柱下史。

⑱漆园:指庄子,战国时期思想家,曾担任漆园吏。

〔译文〕

　　晋元帝建立东晋王朝,他览阅文籍,兴建学校。刘隗、习协等重视礼法的官吏受到尊宠,郭璞因文思敏捷而被提拔。到了晋明帝时,明帝富有智慧,平素爱好与文士聚会,从太子登上皇位,都孜孜不倦地讲论儒家经典,熟悉诰策的情理,发挥辞赋的文采。庾亮因文笔才华而被明帝愈发亲近,温峤因文才清秀而被明帝愈发厚待。晋明帝提倡文章、学术,也称得上当时的汉武帝了。等到晋成帝、晋康帝,他们寿命都很短,晋穆帝、晋哀帝在位时间不长,晋简文帝时文坛重新振兴,清峻渊远的风致,隐微的言辞,精妙的道理,常常充满了玄谈的讲席;玄思与浓采,时时散布文坛。及至晋孝武帝,大权旁落,到晋安帝、晋恭帝时东晋就灭亡了。这时期文史兼善的作家有袁宏、殷仲文、孙盛、干宝等人,虽然他们才学有深有浅,但都如玉制的礼器一般是可贵的人才。自西晋王朝开始玄学得到了重视,到东晋时,玄学更加盛行,因袭了西晋谈玄的清谈风气,逐渐形成了新的文章风格。所以,尽管当时世道极其艰难,但文辞和文意却很平和,作诗必定以老子的思想为旨归,作赋便是对庄子义理的疏解。由此可知,文风的变化受到时代情势的影响,文学的兴衰也关乎时代的更迭,以此追本溯源,即使历经百世,文学的嬗变也是可以推知的。

　　自宋武爱文①,文帝彬雅②,秉文之德,孝武多才,英采云构③。自明帝以下,文理替矣④。尔其缙绅之林⑤,霞蔚而飙起。王、袁联宗以龙章⑥,颜、谢重叶以凤采⑦,何、范、张、沈之徒⑧,亦不可胜数也。盖闻之于世,故略举大较。

〔注释〕

　　①宋武:指宋武帝刘裕。

　　②文帝:指宋文帝刘义隆。彬雅:儒雅。

　　③孝武:宋孝武帝刘骏。云构:形容众多。

　　④明帝:指宋明帝刘彧。替:衰败。

　　⑤缙(jìn)绅(shēn):古代官宦的装束,朝会时官宦将所执手板插于绅带间,后为官宦的代称。

　　⑥王:指琅琊临沂王氏宗族,南朝宋时有王僧达、王微、王韶之等文学家。袁:指陈郡袁氏宗族,南朝宋时有袁粲、袁淑、袁彖等文士。联宗:同姓而没有宗族关系的人联成一族。龙章:龙纹,喻指文采不凡。

　　⑦颜:指琅琊颜氏家族,颜延之"文章之美,冠绝当时"。谢:指陈郡谢氏家族,谢家有谢灵运、谢惠连等文学家。重叶:几代。凤采:同"龙章",喻指文采不凡。

⑧何:何氏,有何承天、何尚之等文士。范:范氏,以范泰、范晔为代表。张:张氏,以张敷、张永为代表。沈:沈氏,有沈怀文、沈怀远、沈林子等文士。

〔译文〕

宋武帝喜爱文章;宋文帝为人儒雅,秉持行文的道德;宋孝武帝富有才华,辞采富丽。自宋明帝之后,尚文的风气便衰废了。而此时的士大夫之中,文士却如云蒸霞蔚,如暴风骤起。王氏、袁氏宗族中出现了大量文才;颜氏、谢氏几代人以文采著称;何家、范家、张家、沈家,所出的文士也不可胜数。这些人闻名于世,所以略举一下大概的情况。

暨皇齐驭宝①,运集休明②。太祖以圣武膺箓③,世祖以睿文纂业④,文帝以贰离含章⑤,高宗以上哲兴运⑥,并文明自天,缉熙景祚⑦。今圣历方兴,文思光被,海岳降神,才英秀发,驭飞龙于天衢⑧,驾骐骥于万里⑨;经典礼章,跨周轹汉⑩,唐、虞之文,其鼎盛乎!鸿风懿采,短笔敢陈?飏言赞时,请寄明哲。

〔注释〕

①皇齐:指萧齐,南朝第二个皇朝。
②休明:美好清明。休,美。
③太祖:指齐高帝萧道成。膺(yīng)箓(lù):承受符命。

④世祖:指齐武帝萧赜。纂业:继承大业。

⑤文帝:指文惠太子萧长懋。贰离:《易·离卦》上下两卦都是"离"。《离卦·象辞》:"明两作,离,大人以继明照于四方。"此处指文帝继二帝之后圣明之德普照天下。

⑥高宗:指齐明帝萧鸾。

⑦缉熙:光明。景祚(zuò):宏大的福业,此处指帝位。

⑧天衢:天上的大路。

⑨骐(qí)骥(jì):千里马。

⑩轹(lì):超过。

〔译文〕

到萧齐登上帝位,国运昌盛。齐高帝以圣明英武受天命统治天下,齐武帝以聪明睿智继承帝位,齐文帝以明德富有文采,齐明帝以超凡智慧振兴国运。他们天赋文采,光大帝业。当下齐代国运正隆,文思照耀天下,山海有神明降临,英才辈出,驾神龙在天街飞翔,驾千里马驰骋万里。经籍典章、礼乐辞章超越了周朝和汉代,如同唐尧、虞舜时的文章,多么鼎盛啊!宏伟的文风和美好的文采,岂是我拙劣的文笔可以陈述的?请寄望明哲来高声赞扬这个时代吧!

赞曰:蔚映十代①,辞采九变②。枢中所动③,环流无倦。质文沿时,崇替在选。终古虽远,僾焉如面④。

〔注释〕

①十代:指唐尧、虞舜、夏、商、周、汉、魏、晋、刘宋、萧齐十个朝代。

192 | 文心雕龙

②九:虚数,指多。
③枢中:枢要中心,关键。此处指影响文学变化的关键,即时代。
④僾(ài):仿佛,隐约。

〔译文〕

  总的来说:从唐尧至萧齐,十个朝代文采之美光辉映照,辞采千变万化。文学随时代变化而循环不息地变化着。文风重质还是重文随时而变,文学兴盛还是衰败在于帝王选择。自古以来的诗文虽然久远,又依稀仿佛就在眼前。

# 物　色

[题解]

　　《物色》篇是《文心雕龙》批评论的一篇，旨在阐述文学创作中，外物状貌、内心情志、作品言辞间的关系。

　　本篇开篇描绘四时景物变化对人的情感的感召与刺激。创作者因景生情，"情以物迁"，与中国传统美学"物感说"相一致。进而，《物色》篇将物感说由"心之动，物使之然"的"感兴"，发展到心物互动、物我交融的"感会"。景物触发创作者的情志，而创作者的心绪也影响着他对景物的感知，正所谓"是以诗人感物，联类不穷；流连万象之际，沉吟视听之区。写气图貌，既随物以宛转；属采附声，亦与心而徘徊"。本篇大量引用《诗经》景物描写的诗句，说明《诗经》状物"丽则而约言"的特点。并指出后世的辞赋家在写景时繁冗堆砌的现象越来越严重，提倡描摹物象应以《诗经》《楚辞》为典范，文辞与景物贴切，善于抓住事物的主要特征，用辞简练，写尽物象又情味无穷。

　　春秋代序[①]，阴阳惨舒，物色之动，心亦摇焉。盖阳气萌而玄驹步[②]，阴律凝而丹鸟羞[③]，微虫犹或入感，四时之动物深矣。若夫珪璋挺其惠心，英华秀其清气，物色相召,人谁获安?是以献岁发春④,悦豫之情畅⑤;滔滔孟夏⑥,郁陶之心凝⑦;天高气清,阴沉之志远;霰雪无垠⑧,矜肃之虑深。岁有其物,物有其容;情以物迁,辞以情发。一叶且或迎意,虫声有足引心,况清风与明月同夜,白日与春林共朝哉!

〔注释〕

①代序:更替次序。

②玄驹:蚂蚁。

③阴律:此处指古代十二乐律中的南吕。十二乐律分阴阳,其中南吕为阴律,相对农历的仲秋八月。此句典出《大戴礼记·夏小正》:"八月……丹鸟羞白鸟。丹鸟者,谓丹良也。白鸟,谓闽蚋也。其谓之鸟,何也?重其养者也。有翼者为鸟。羞也者,进也,不尽食也。"丹鸟:萤火虫。晋代崔豹《古今注·鱼虫》:"萤火,一名耀夜,一名景天,一名熠耀,一名丹良,一名磷,一名丹鸟,一名夜光,一名宵烛。"

④献岁:新年。

⑤悦豫:喜悦快乐。

⑥滔滔:阳气盛发的样子。《楚辞·九章·怀沙》:"滔滔孟夏兮,草木莽莽。"

⑦郁陶:忧思积聚的样子。

⑧霰(xiàn):小雪珠。

〔译文〕

春去秋来,时序更替,秋冬的阴冷使人感到悲伤,春夏的温暖让人心生舒畅,自然景物的状貌起了变化,人的心境也会为之摇荡。阳气萌动,蚂蚁开始活动;阴气凝聚,萤火虫捕食蚊虫,以备冬藏。微小的虫子尚且能有感受,可见四季变化对万物影响深刻。人有着如美玉般出众的智慧心灵,如花朵般秀丽的清明气质,在景物的感召下,谁又能无动于衷呢?所以,新的一年,春回大地,人们会畅快地感受喜悦欢乐;初夏阳气盛发,人们会深切地感到烦躁不安;秋日天高气清,人的情志也随之深沉而悠远;冬天落雪无边无际,人的思虑也随之严肃而深沉。岁时不同各有景物,景物又呈现出不同的状貌,情感因景物而变化,文辞因情感而生发。一片落叶尚且能触发人的情意,声声虫鸣足以牵引人的心绪,何况清风、明月相伴的夜晚,白日、春林相依的早晨呢?

是以诗人感物,联类不穷;流连万象之际,沉吟视听之区①。写气图貌,既随物以宛转②;属采附声,亦与心而徘徊。故"灼灼"状桃花之鲜③,"依依"尽杨柳之貌④,"杲杲"为出日之容⑤,"瀌瀌"拟雨雪之状⑥,"喈喈"逐黄鸟之声⑦,"喓喓"学草虫之韵⑧。"皎日""嘒星"⑨,一言穷理;"参差""沃若"⑩,两字连形:并以少总多,情貌无遗矣。虽复思经千载,将何易夺?及《离骚》代兴,触类而长,物貌难尽,故重沓舒状⑪,于是"嵯峨"之类聚⑫,"葳蕤"之群积矣⑬。及长卿之徒,诡势瑰声,模山范水,字必鱼贯,所谓诗人丽则而约言,辞人丽淫而繁句也⑭。

〔注释〕

①沉吟：深思。

②宛转：随顺变化。

③灼(zhuó)灼：形容桃花盛开时鲜艳的样子。《诗经·周南·桃夭》："桃之夭夭,灼灼其华。"

④依依：形容杨柳随风轻柔摇曳的样子。《诗经·小雅·采薇》："昔我往矣,杨柳依依。"

⑤杲(gǎo)杲：形容太阳初升时明亮的样子。《诗经·卫风·伯兮》："其雨其雨,杲杲出日。"

⑥瀌(biāo)瀌：形容雪下得很大的样子。《诗经·小雅·角弓》："雨雪瀌瀌。"雨(yù)雪：下雪。

⑦喈(jiē)喈：形容禽鸟鸣叫的声音。《诗经·周南·葛覃》："黄鸟于飞,集于灌木,其鸣喈喈。"

⑧喓(yāo)喓：形容昆虫鸣叫的声音。《诗经·召南·草虫》："喓喓草虫。"

⑨皎日：明亮的太阳。《诗经·王风·大车》："谓予不信,有如皎日。"嘒(huì)星：微小的星星。《诗经·召南·小星》："嘒彼小星,三五在东。"

⑩参差：双声联绵词,长短不齐的样子。《诗经·周南·关雎》："参差荇菜,左右流之。"沃若：叠韵联绵词,树叶美盛的样子。《诗经·卫风·氓》："桑之未落,其叶沃若。"

⑪重沓(tà)：重复繁冗。

⑫嵯(cuó)峨(é)：山峰高峻的样子。

⑬葳(wēi)蕤(ruí)：草木茂盛,枝叶下垂的样子。

物　色 | 197

⑭"所谓"二句：化用扬雄《法言·吾子》："诗人之赋丽以则,辞人之赋丽以淫。"则：合乎法则。淫：过分。

## 〔译文〕

  因此,《诗经》作者感应外物,生发出无穷无尽的类比与联想；流连于自然万象之中,深思于所见所闻之内。诗人既在描绘外物的气势、状貌时,随外物变化而变化,又在组织辞采、声律时,合乎心意而反复斟酌。所以,诗人用"灼灼"形容桃花的鲜艳,用"依依"写尽杨柳轻柔摇曳的姿态,用"杲杲"描绘日出明亮的样子,用"瀌瀌"拟写大雪纷飞的状貌,用"喈喈"模拟黄鹂和鸣的声响,用"喓喓"模仿草虫的鸣叫。"皎日"的"皎"、"嘒星"的"嘒",词语中一个字就能穷尽事物的特点,"参差""沃若",两字连用尽显事物的形象：上述都是用简约的文辞概括丰富的内容,事物的情貌却毫无遗漏。虽然千百年来后人反复思忖,可《诗经》中哪个字能被替换或删除呢？等到《离骚》取代《诗经》而兴起,楚辞对描摹物象触类旁通并有所发展,但对外物的状貌很难尽意,便用重复繁冗的文辞来铺陈描写。于是,写山峦时,"嵯峨"这类词聚在一起；写草木时,"葳蕤"这类词成群出现。及至司马相如等人,追求景物诡谲的气势和奇异的声律,一旦描摹山川万物,必定用一连串的词语来表达。正所谓《诗经》的作者辞采美丽典雅,合乎法则,且言语简约,辞赋的作者辞采艳丽浮靡且言语繁冗。

至如《雅》咏棠华[①],"或黄或白";《骚》述秋兰[②],"绿叶""紫茎"[③]。凡摛表五色,贵在时见;若青黄屡出,则繁而不珍。

〔注释〕

①棠华:即"裳华",盛开的花朵。《诗经·小雅·裳裳者华》:"裳裳者华,或黄或白。"

②《骚》:即《离骚》,此处泛指楚辞。

③"绿叶""紫茎":出自《楚辞·九歌·少司命》:"秋兰兮青青,绿叶兮紫茎。"

〔译文〕

提到《诗经·小雅·裳裳者华》用"或黄或白"歌咏盛开的花朵,《楚辞·九歌·少司命》用"绿叶""紫茎"描绘秋兰,大凡描写色彩,应重视色彩词适时地出现。倘若一首诗中频繁出现青色、黄色这类色彩词,就显得繁杂且不足为奇了。

自近代以来[①],文贵形似,窥情风景之上,钻貌草木之中。吟咏所发,志惟深远;体物为妙,功在密附。故巧言切状,如印之印泥,不加雕削,而曲写毫芥[②]。故能瞻言而见貌,即字而知时也。然物有恒姿,而思无定检,或率尔造极[③],或精思愈疏。且《诗》《骚》所标,并据要害,故后进锐笔[④],怯于争锋。莫不因方以借巧,即势以会

物 色 | 199

奇,善于适要⑤,则虽旧弥新矣。是以四序纷回⑥,而入兴贵闲⑦;物色虽繁,而析辞尚简,使味飘飘而轻举,情晔晔而更新⑧。古来辞人,异代接武⑨,莫不参伍以相变,因革以为功,物色尽而情余有者,晓会通也。若乃山林皋壤,实文思之奥府,略语则阙,详说则繁。然屈平所以能洞监《风》《骚》之情者⑩,抑亦江山之助乎?

〔注释〕

①近代:指晋代及南朝刘宋时期。
②曲:详尽,周到。毫芥:喻指极其微小的事物。
③率尔:轻率、随意的样子。
④锐笔:文笔敏锐,此处指擅长写作。
⑤适要:恰到好处。
⑥四序:四季。纷回:回环往复。
⑦兴:兴致,趣味。
⑧晔(yè):鲜明。
⑨接武:步履相接,此处指继承。武,半步。
⑩洞监:明察,深刻体察。

〔译文〕

　　自晋宋时期以来,诗文强调描摹外物要形象逼真,创作者观察风景的情态,研究草木的状貌,吟咏心中所生发的深远情志,描写景物精妙的方法,在于文辞与景物相贴切。所以,言辞巧妙又符合外物的状貌,宛如印章盖上印泥,不需要雕琢刻削,却能细致地摹写出事物的细微之处。因此,读者能从言辞和文字中看到具体的物象,知晓各时节的性状。然而,外物有固定的形态,而文思却没有固定的形势,有的人不经意间便达到了景物描写的极致境界,有的人经过深思熟虑反而描绘的形象与外物形态越加疏远。而且,《诗经》《楚辞》所标举的,就是善于抓住事物的主要特征,所以,后世才思敏捷的文人也不敢与《诗经》《楚辞》的作者争锋。没有谁不是因袭《诗经》《楚辞》的描写方法,借用其技巧,顺着文章的气势创作出新奇的景象,只要恰到好处,那么即使是旧景也能写出新意。所以,四季轮回,周而复始,而引起创作者触景生情的却是闲静的心境;外物景象虽然繁杂,但用辞重在简练,使韵味飘然升起,自然流露,情感鲜明外露,格外清新。自古以来,不同时代的文人都承接着前人的脚步,没有谁不是通过因袭继承与革新变化错综运用来取得成就的。写尽物象又情味无穷,就是因为懂得融会贯通。至于山林水泽,的确是启发文思奥义的宝库,但言语简略就容易不完整,详细述说又容易繁冗。屈原之所以能深刻地体察诗歌的情志,或许也靠的是江山景物的帮助吧。

赞曰:山沓水匝,树杂云合。目既往还①,心亦吐纳②。春日迟迟③,秋风飒飒。情往似赠,兴来如答。

〔注释〕

①往还:来来回回,此处指反复观察。

②吐纳:倾吐,抒发。

③春日迟迟:春天白昼时间渐长。《诗经·豳风·七月》:"春日迟迟,采蘩祁祁。"孔颖达疏:"迟迟者,日长而暄之意,故为舒缓。"

〔译文〕

总而言之:青峦叠嶂,秀水蜿蜒,树木错杂,云霞聚合。创作者既用眼目反复观赏,又在内心倾吐抒发。春暖宜人,秋风萧瑟,当人们带着情感去观赏景物,便会生发出创作的兴致,就如同馈赠与酬答一般。

# 才　略

[题解]

《才略》篇是《文心雕龙》文学史论中的作家论,略述了虞舜至刘宋各时代文人的文学才能,品评各时代作家的才识、性情、作品的"辞令华采"以及创作特点等。

本篇纵论历代作家九十余人。因年代邈远,刘勰将虞舜、夏时皋陶、夔、益等人作品的特点总括为"辞义温雅",尊为"万代之仪表";肯定商、周时仲虺、伊尹等人的作品为经典。本书《宗经》《辨骚》《明诗》等篇已对儒经、《诗经》、楚辞等先秦文学经典作品进行了翔实分析,所以,本篇春秋战国时期主要从辞采角度选择了蘧敖、随会、乐毅等作家,叙述了蘧敖、随会等人的文学成就,概括了乐毅、范雎等人代表作的艺术特色。两汉文学家是本篇剖析的重点,共评述了陆贾、贾谊等三十余位作家,包括他们的成就、个性、学识、擅长的文体、作品的艺术特色、在辞采上的得失等。文中涉及赋体、论说、奏议等多种文体,因《明诗》篇已评两汉古诗,且古诗作者多为佚名,故舍而不论。曹魏时期,刘勰首先肯定了曹丕的文才,纠正文坛抑曹丕扬曹植的风尚。继而,分析了建安七子(除孔融)所擅长的文体、性情、学识等。此外,还评述了路粹、杨修等十位文学家的成就。两晋时期,举张华、左思等二十余位作家，主要评述了诸位作家创作构思的特征及其不同文体作品的艺术特色，要言不烦。刘宋作家，略而不论。篇末，刘勰感慨，时运对作家的命运、文学的盛衰有着至关重要的作用，与《时序》篇相照应。

  九代之文，富矣盛矣；其辞令华采，可略而详也①。虞、夏文章，则有皋陶"六德"②，夔序"八音"③，益则有赞④，五子作歌⑤。辞义温雅，万代之仪表也。商、周之世，则仲虺垂诰⑥，伊尹敷《训》⑦，吉甫之徒⑧，并述诗颂。义固为经，文亦足师矣。

[注释]

  ①略：大略，概括。详：据刘永济观点，此处"详"疑为"言"之讹误，表评论之意。曹植《与杨德祖书》："然今世作者，可略而言也。"

  ②皋（gāo）陶（yáo）：虞舜的刑官。据《尚书·皋陶谟》记载，皋陶向虞舜阐述了"行有九德"的观点："宽而栗，柔而立，愿而恭，乱而敬，扰而毅，直而温，简而廉，刚而塞，强而义。"并认为"日严祗敬六德，亮采有邦"，如果每日能严肃恭敬地实行"九德"中的"六德"，便可辅佐天子处理政务，成为诸侯。

  ③夔：舜时的典乐官。八音：古代乐器的总称，即以金、石、丝、竹、匏、土、革、木八种不同材料制成的乐器。

  ④益：帝舜掌管山泽的官。赞：辅助。《尚书·大禹谟》："益赞于禹曰：'惟德动天，无远弗届。满招损，谦受益，时乃天道。'"

  ⑤五子：夏帝太康的五个弟弟。太康丧失君德，五个弟弟分别作诗歌

劝诫太康。《史记·夏本纪》："帝太康失国,昆弟五人须于洛、汭,作《五子之歌》。"

⑥仲虺(huǐ):商汤的相。诰:告诫,劝勉。《尚书·仲虺之诰》:"汤归自夏,至于大坰,仲虺作诰。"

⑦伊尹:即伊挚,辅佐商汤的重臣。《训》:指《伊训》。《尚书·伊训》:"成汤既殁,太甲元年,伊尹作《伊训》。"

⑧吉甫:周宣王臣子,因擅写文书,宣王赐尹氏,又称尹吉甫。《诗经·大雅·烝民》:"吉甫作诵,穆如清风。"

〔译文〕

自虞舜时期至晋代,九代的文章作品真的是既丰富又兴盛啊!对于这些作品的辞令华采,我们可以大略地评述一下。虞舜时期和夏朝的文章,有皋陶评述的"六德",夔掌管的"八音",伯益上书大禹的辅佐之言,夏帝太康的五个弟弟所作的劝诫歌谣。上述作品文辞温厚,意义雅正,是垂世万代的典范。商、周两代,曾有仲虺留下了告诫勉励商汤的文辞,伊尹作《伊训》陈述告诫商帝太甲的训辞,尹吉甫等西周大臣都曾作诗来歌颂帝王。这些作品固然在内容和意义上是经典之作,而且在文辞上也值得后世文人效法。

及乎春秋大夫,则修辞聘会磊落如琅玕之圃①,焜耀似缛锦之肆②。蒍敖择楚国之令典③,随会讲晋国之礼法④,赵衰以文胜从飨⑤,国侨以修辞捍郑⑥,子太叔美秀而文⑦,公孙挥善于辞令⑧,皆文名之标者也。

才略 | 205

战代任武,而文士不绝。诸子以道术取资⑨,屈、宋以《楚辞》发采。乐毅报书辨以义⑩,范雎上书密而至⑪,苏秦历说壮而中⑫,李斯自奏丽而动⑬。若在文世,则扬、班俦矣。荀况学宗,而象物名赋⑭,文质相称,固巨儒之情也。

〔注释〕

①聘会:聘问与会盟。聘,指代表诸侯国出访他国。会,集会。磊落:众多的样子。琅(láng)玕(gān):似玉的美石。圃:园圃。

②焜(kūn)耀:光辉。缛(rù)锦:绣有繁密彩饰的锦缎。肆(sì):店铺,集市。

③蒍(wěi)敖:春秋时期楚国大臣,芈姓,蒍(蒍)氏,名敖,字孙叔,史称孙叔敖。

④随会:春秋时期晋国大臣,祁姓,士氏,名会,史称士会,后以封地随为氏。

⑤赵衰(cuī):春秋时期晋国大臣。从飨(xiǎng):随从赴宴。飨,相聚宴饮。

⑥"国侨"句:春秋时期郑国大臣公孙侨,字子产,曾执掌国政四十余年,史称"国侨"。《左传·襄公二十五年》记载,他以严密的外交辞令捍卫了郑国。

⑦子太叔:春秋时期郑国正卿游吉的字。《左传·襄公三十一年》:"子太叔美秀而文。"杜预注:"其貌美,其才秀。"

⑧公孙挥:春秋时期郑国外交官。《左传·襄公三十一年》:"公孙挥能知四国之为,而辨于其大夫之族姓、班位、贵贱、能否,而又善为辞令。"

⑨取资:又作资取,获取,取用。

⑩乐毅:战国时期燕国大将。据《战国策·燕策》记载,燕昭王在位,乐毅军功卓著;昭王薨,惠王继位,受齐人离间,夺乐毅兵权,乐毅奔赵;待齐国击败燕国,惠王幡然悔悟,又怕赵国起用乐毅攻打燕国,便使人赴赵国责难乐毅,并向其道歉,乐毅作书信回复燕惠王。辨:明辨。义:合理。

⑪范雎(jū):战国时期纵横家、外交家,曾辅佐秦昭襄王。据《战国策·秦策》记载,范雎曾因宣太后擅政、外戚擅权等事上书秦昭襄王。密:周密。至:达到极致。

⑫苏秦:战国时期纵横家、外交家,曾游说各国合纵抗秦。

⑬李斯:战国时期政治家,楚国人,曾任秦相。自奏:指李斯的《谏逐客书》。秦王嬴政下令驱逐客卿,客卿身份的李斯作《谏逐客书》陈述此举之弊端,故称"自奏"。

⑭名:命名。《汉书·艺文志》:"孙卿赋十篇。"孙卿即荀子,汉代避宣帝讳而称孙卿。

〔译文〕

到了春秋时期,大夫们长于修饰辞令,他们在参与诸侯国间互访以及诸侯集会时创作的作品,文辞丰富有如铺满了美玉的园囿,文采辉煌有如堆着锦绣的集市。蓬敖选编楚国的令典,随会修订晋国的礼法,赵衰因富有文采得以跟随公子重耳参加秦穆公的宴席,国侨凭借修饰辞令捍卫了郑国,子太叔貌美、才秀、颇具文采,公孙挥善于辞令,他们都是因文采而著名的典型人物。

战国时崇尚武功,文士却接连不断地出现。诸子凭借各自的学说而被取用,屈原、宋玉因楚辞而散发光彩。乐毅的《报燕惠王书》明辨且合理,范雎的《上秦昭王书》周密且深刻,苏秦四方游说的言辞雄壮且切中时事,李斯的《谏逐客书》文辞华丽且令人感动。倘若在尚文的盛世,他们就是扬雄、班固一类的大作家。荀子是学术界的领袖,他描摹物象并将其称之为"赋",荀子的《赋》篇文采与内容相匹配,确实表达出了巨儒的情思。

汉室陆贾①,首发奇采,赋《孟春》而选典诰,其辩之富矣。贾谊才颖,陵轶飞兔②,议惬而赋清③,岂虚至哉?枚乘之《七发》,邹阳之上书④,膏润于笔⑤,气形于言矣。仲舒专儒,子长纯史⑥,而丽缛成文,亦诗人之"告哀"焉⑦。相如好书,师范屈、宋,洞入夸艳,致名辞宗。然覆取精意,理不胜辞,故扬子以为"文丽用寡者长卿"⑧,诚哉是言也!王褒构采,以密巧为致,附声测貌,泠然可观⑨。子云属意,辞义最深,观其涯度幽远⑩,搜选诡丽,而竭才以钻思,故能理赡而辞坚矣。

〔注释〕

①陆贾:西汉初年汉高帝的大臣。
②陵轶(yì):超越。飞兔:古代骏马名。
③惬(qiè):恰当,恰切。
④邹阳:汉文帝时,吴王刘濞的门客,后为梁孝王刘武的门客。上书:指邹阳的《上吴王书》《狱中上梁王书》等。
⑤膏润:像油脂一样润泽。膏,油脂。

⑥子长:西汉史学家司马迁的字。纯:专一。

⑦告哀:诉说哀愁。《诗经·小雅·四月》:"君子作歌,维以告哀。"

⑧"扬子"句:出自扬雄《法言·吾子》:"文丽用寡,长卿也;多爱不忍,子长也。"

⑨泠(líng)然:轻妙的样子。《庄子·齐物论》:"列子御风而行,泠然善也。"

⑩涯度:边界与尺度,此处指文意的广度与深度。

[译文]

西汉时期,陆贾是首批大放异彩的文学家,他创作的《孟春赋》从典诰中选词,文中论辩性的言辞非常丰富。贾谊才思出众,思维迅捷超越骏马,他创作的政论文议论恰切,而赋体文文辞清丽,这些岂是凭空就能达到的?枚乘的《七发》、邹阳的上书,也都富于文采,言辞中充满了气势。董仲舒专研儒学,司马迁专一于史学,他们却写出了华丽多彩的文章,也创作出了像《诗经》作者一样倾诉哀愁的作品。司马相如爱好读书,效法屈原和宋玉,极其擅长运用夸饰、艳丽的文辞,被赋予"辞宗"之名。然而,他的作品,夸艳的文辞遮蔽了文章的主旨,辞采胜过了情理,因此,扬雄认为"文辞艳丽而鲜有功用,说的就是司马相如的作品",此言确实中肯啊!王褒构造文采,以精细纤巧为旨归,描绘声音和状貌,轻妙、有画面感。扬雄创作构思,含意最为深刻,他的文章文意深远、选词奇丽,又竭尽才智去钻研构思,所以,他的文章能够做到内容丰富且言辞确切。

才略

桓谭著论①,富号猗顿②,宋弘称荐③,爰比扬雄;而《集灵》诸赋④,偏浅无才,故知长于讽论,不及丽文也;敬通雅好辞说⑤,而坎壈盛世⑥,《显志》自序⑦,亦蚌病成珠矣。二班、两刘,奕叶继采⑧;旧说以为固文优彪,歆学精向,然《王命》清辩⑨,《新序》该练⑩,璇璧产于昆冈⑪,亦难得而逾本矣。傅毅、崔骃,光采比肩,瑗、寔踵武⑫,能世厥风者矣。杜笃、贾逵⑬,亦有声于文,迹其为才,崔、傅之末流也。李尤赋铭⑭,志慕鸿裁,而才力沉膇⑮,垂翼不飞。马融鸿儒,思洽登高,吐纳经范,华实相扶。王逸博识有功,而绚采无力;延寿继志,瑰颖独标,其善图物写貌,岂枚乘之遗术欤?张衡通赡,蔡邕精雅,文史彬彬,隔世相望。是则竹柏异心而同贞,金玉殊质而皆宝也。刘向之奏议,旨切而调缓;赵壹之辞赋,意繁而体疏;孔融气盛于为笔,祢衡思锐于为文,有偏美焉。潘勖凭经以骋才,故绝群于《锡命》⑯;王朗发愤以托志⑰,亦致美于序铭。然自卿、渊已前,多役才而不课学⑱;雄、向以后,颇引书以助文:此取与之大际⑲,其分不可乱者也。

[注释]

①桓谭:两汉之际的政论家,字君山。论:此处指桓谭撰写的论说类文章。如其政论文代表作《新论》,包括《本造》《王霸》《求辅》《言体》《见

徵》《谴非》《启寤》《祛蔽》《正经》《识通》《离事》《道赋》《辨惑》《述策》《闵友》《琴道》等计二十九篇,原文今多已散佚,存辑本。

②猗(yī)顿:战国时期富甲天下的商人。此句化用《论衡·佚文》典故:"挟桓君山之书,富于积猗顿之财。"

③宋弘:生于两汉之际,东汉时,曾任光武帝大司空等职。《后汉书·宋弘传》:"帝尝问弘通博之士,弘乃荐沛国桓谭,才学洽闻,几能及扬雄、刘向父子。"

④《集灵》:指桓谭的《集灵宫赋》,又称《仙赋》。

⑤敬通:东汉文学家冯衍的字。辞说:即说辞,先秦两汉的游说之作。冯衍有《计说鲍永》《说邓禹书》等说辞。

⑥坎壈(lǎn):困顿,不得志。

⑦《显志》:指冯衍的《显志赋》。《后汉书·冯衍传》:"衍不得志,退而作赋,又自论曰:'……久栖迟于小官,不得舒其所怀。抑心折节,意凄情悲。……历观九州山川之体,追览上古得失之风,愍道陵迟,伤德分崩。夫睹其终必原其始,故存其人而咏其道。疆理九野,经营五山,眇然有思陵云之意。乃作赋自厉,命其篇曰《显志》。显志者,言光明风化之情,昭章玄妙之思也。'"

⑧奕(yì)叶:累世,一代代。奕,累,重。

⑨《王命》:指班彪的劝谏之作《王命论》。据《后汉书·班彪传》记载,班彪二十几岁时,三辅大乱,彪为避难投奔隗嚣。隗嚣放言要逐鹿中原,图谋天下。"彪既疾嚣言,又伤时方艰,乃著《王命论》,以为汉德承尧,有灵命之符,王者兴祚,非诈力所致,欲以感之,而嚣终不寤,遂避地河西。"

⑩《新序》:刘向编纂的传记史书,用以为君主提供治国之道,匡正汉室。

⑪璿:美玉。昆冈:即昆仑山,玉石产地。

⑫瑗:即东汉文学家、学者崔瑗,崔骃之子。寔(shí):即东汉政论家、文学家崔寔,崔瑗之子。踵(zhǒng)武:跟随前人的脚步。踵,脚后跟。武,半步。

⑬杜笃:字季雅,东汉初年文学家。贾逵:东汉学者。

⑭李尤:东汉和帝的大臣。今存有《函谷关赋》《辟雍赋》《德阳殿赋》《平乐观赋》《鞠城铭》《围棋铭》等作品。铭:古时记录功德、表达警戒的文体。

⑮沉腄(zhuì):此处比喻文辞臃滞。腄,脚肿。

⑯《锡命》:即潘勖的《册魏公九锡文》,建安十八年,潘勖代汉献帝所写的册封曹操为魏公的诏命。九锡,天子赐给诸侯、大臣的九种器物。

⑰王朗:三国魏经学家。《三国志·王朗传》:"朗著《易》《春秋》《孝经》《周官》传,奏议论记,咸传于世。"其《杂箴》已散佚,《艺文类聚》存残文数句。

⑱役才:凭借才力。课学:讲求学问。

⑲取与:拿取和给予。与,给予。

[译文]

桓谭撰写的论说类文章,内容丰富,人称"拥有了桓谭的论著,好比积聚了猗顿的财物一样富有"。宋弘将桓谭举荐给汉光武帝时,称他才学可与扬雄比肩。然而,桓谭《集灵宫赋》等赋体文,褊狭浅薄,毫无才华,由此可知,桓谭长于讽谏议论,而不擅长文辞华丽的赋体文。冯衍喜好游说之辞,可他在盛明之世却困顿不得志,便作《显志赋》来自述心志,困境下反而创作出好的作品,就仿佛蚌蛤因病而长出珍珠一样。班彪、班固父子与刘向、刘歆父子,都是一代代文采相继。旧说认为班固文采胜过班彪,刘歆学问精于刘向,然而,班彪撰写的《王命论》清晰明辨,刘向创作的《新序》完备而精炼,子一代的文章本质上未必超过他们的父辈,就如同美玉产自昆仑山,不易获得又难以超越其原本质地。崔骃文采与傅毅比肩,崔瑗、崔寔跟随着他的脚步,能做到世代承袭他的文风。杜笃、贾逵在文才方面也很有声望,循迹考察二人的文学才能,应处于崔骃和傅毅之后。李尤善于创作赋和铭,他一心仰慕宏大深远的体裁,可是才力滞重,犹如鸟儿双翼下垂,不能高飞。大儒马融文思通达,擅长作赋,他的作品以儒学经典为典范,形式与内容相辅相成。王逸学识广博,颇有成就,但他缺乏写出绚丽辞采的能力。王延寿继承父亲王逸的心志,其文瑰丽新颖,风格鲜明,他善于描写事物的状貌,莫非是掌握了枚乘留存下来的写作技巧?张衡文风通畅、内容丰富,蔡邕文辞精致雅正,二人文史兼通,不在同一个年代却被相提并论。这就好比竹子和柏树,虽然竹子中空,柏树内实,但它们都同样耐寒;虽然金与玉质地相异,但它们同样宝贵。刘向的奏议,主旨恳切,笔调舒缓;赵壹的辞赋,文意繁复,体制粗疏;孔融的章表,气势高妙;祢衡的辞赋,文思敏捷,文学家们各有所长啊。潘勖依托儒学经典驰骋文才,因此创作出卓尔超群的《册魏公九锡文》;王朗发愤著书寄托志向,也创作出了至美的序和铭。然而,自司马相如、王褒往前,作家创作只凭才力而不讲求学问;自扬雄、刘向之后,则多引经据典来辅助写作:这种对才气与学问的取舍界限明确,其文学特征是不可混淆的。

魏文之才,洋洋清绮,旧谈抑之,谓去植千里,然子建思捷而才俊,诗丽而表逸;子桓虑详而力缓①,故不竞于先鸣,而乐府清越,《典论》辩要②,迭用短长③,亦无懵焉④。但俗情抑扬,雷同一响,遂令文帝以位尊减才,思王以势窘益价⑤,未为笃论也。仲宣溢才,捷而能密,文多兼善,辞少瑕累⑥,摘其诗赋,则"七子"之冠冕乎⑦!琳、瑀以符檄擅声⑧,徐幹以赋论标美,刘桢情高以会采,应玚学优以得文,路粹、杨修⑨,颇怀笔记之工,丁仪、邯郸⑩,亦含论述之美,有足算焉⑪。刘劭《赵都》⑫,能攀于前修;何晏《景福》⑬,克光于后进。休琏风情⑭,则《百壹》标其志;吉甫文理⑮,则《临丹》成其采⑯。嵇康师心以遣论⑰,阮籍使气以命诗⑱,殊声而合响,异翮而同飞⑲。

〔注释〕

①子桓:魏文帝曹丕的字。

②《典论》:曹丕撰写的杂家类著作,作于建安时期,意在"端正天下之论"。其中《论文》篇是文学理论和批评的专门篇章。辩要:论述切中要害。

③迭用:交换,轮流。短长:优长与局限。《南齐书·文学传论》:"建安一体,《典论》短长互出;潘、陆齐名,机、岳之文永异。"

④懵(měng):不明。这里指逊色。

⑤益:增加。价:声望。

⑥累:弊病,过失。《文选·曹丕·典论论文》:"盖君子审己以度人,故能免于斯累而作论文。"

⑦七子:指建安七子,即孔融、陈琳、王粲、徐幹、阮瑀、应玚、刘桢。

⑧符:即符命,称述帝王受命、宣扬符瑞、歌功颂德的文体。檄:即檄文,古代用于军事文告、征召和晓谕臣民的文体。

⑨路粹:汉末至三国魏时期的文人,有《为曹公与孔融书》等作。杨修:汉末至三国魏时期的文人,有《答临淄侯笺》等作。

⑩丁仪:汉末至三国魏时期的文人,有《刑礼论》等作。邯郸:即邯郸淳,汉末至三国魏时期的文人,有《受命述》等作。

⑪足算:确实数得上,足可称道。

⑫刘劭(shào):三国时期魏国大臣。《赵都》:即《赵都赋》,描写古城邯郸的繁盛。

⑬《景福》:即《景福殿赋》,描写许昌景福殿的雄伟壮丽。

⑭休琏:应璩的字。风:同"讽",讽谏。《百壹》:同《百一》,即《百一诗》,齐王曹芳即位,曹爽辅政,多违法度,应璩作此诗讽刺时事。

⑮吉甫:西晋文学家应贞的字。文理:文采。

⑯《临丹》:即《临丹赋》,描写丹源美景的纪游写景之作。

⑰师心:以心为师,不拘泥于成法。

⑱使气:抒发才情、志气。

⑲翮(hé):鸟的翅膀。


[译文]

魏文帝曹丕的才气,盛大且清秀绮丽。过往的评论常常贬抑他,说他的文学才能与曹植相差千里。虽然曹植文思敏捷、才华出众,他的诗歌华丽、章表超逸;曹丕思虑周详、创作能力迟

才 略 | 215

缓,所以在名声上不能与曹植争先,但是,曹丕的乐府清新超俗,《典论》的论述切中要害,他的作品参互运用自己的长处和短处,也并不逊色。但世俗之人在情感上却抑曹丕而扬曹植,人云亦云,致使魏文帝曹丕因地位尊贵而埋没了他的才华,陈思王曹植因情势困窘而增添了他的声望,这些都不是确凿切实的论断啊!王粲才华横溢,文思敏捷且周密,文章多兼具各种文体,文辞少有瑕疵和弊病,选取他的诗赋名篇,乃是"建安七子"的魁首呀!陈琳、阮瑀因其符命、檄文而著名,徐幹因其辞赋、论说而彰显美名,刘桢才情高致,能会合文采,应玚学识优异,能创作佳作,路粹、杨修颇有写作札记的才能,丁仪、邯郸淳也怀有论述的美才。他们都值得称道。刘劭《赵都赋》能够赶得上前代文学家的作品;何晏《景福殿赋》能够照耀后辈文人。应璩有讽谏思想,《百壹诗》显明了他的情志;应贞讲究文采,《临丹赋》展现了他为文的华采。嵇康独出心裁地发表议论,阮籍抒发才情来创作诗篇,不同的作品带来了相同的影响力,如同不一样的鸟儿拍打着翅膀向同一个方向飞翔。

张华短章[1],奕奕清畅,其《鹪鹩》寓意[2],即韩非之《说难》也[3]。左思奇才,业深覃思,尽锐于《三都》,拔萃于《咏史》[4],无遗力矣。潘岳敏给[5],辞自和畅[6],钟美于《西征》[7],贾余于哀诔[8],非自外也。陆机才欲窥深,辞务索广,故思能入巧而不制繁;士龙朗练,以识检乱,故能布采鲜净,敏于短篇。孙楚缀思[9],每直置以疏通⑩;挚虞述怀,必循规以温雅,其品藻《流别》⑪,有条理焉。傅玄篇章,义多规镜⑫;长虞笔奏⑬,世执刚中⑭:并桢干之实才⑮,非群华之骅萼也⑯。成公子安⑰,选赋而时美;夏侯孝若⑱,具体而皆微。曹摅清靡于长篇⑲,季鹰辨切于短韵,各其善也。孟阳、景阳,才绮而相埒⑳,可谓鲁卫之政㉑,兄弟之文也。刘琨雅壮而多风,卢谌情发而理昭㉒,亦遇之于时势也。

〔注释〕

①短章:短小的篇章,此处指西晋文学家张华创作的《永怀赋》《感婚赋》《归田赋》《鹪鹩赋》等篇。

②《鹪(jiāo)鹩(liáo)》:即张华《鹪鹩赋》。鹪鹩,小鸟名。《鹪鹩赋》借咏"色浅体陋,不为人用,形微处卑"的鹪鹩表达魏晋之际文士求远离祸患、安命自全的心志。

③《说难》:《韩非子》中关于说话技巧的文章,论说向君主进说的困难。作者强调谏言之难并非进言者才能不及或风云捭阖,而是君主的内心难以捉摸。

④《咏史》:即左思《咏史诗》,借咏史抒发情怀,气概豪迈,被称为"左思风力"。

⑤敏给(jǐ):敏捷。

⑥自:黄叔琳注:"疑作旨。"译文从"旨"字。

⑦《西征》:即潘岳《西征赋》,是作者自洛阳赴长安任长安令的纪行,体制宏大,《晋书》评此赋"文清旨诣"。

⑧贾(gǔ)余:出售多余的才力,指才力丰富。哀诔(lěi):哀悼逝者的

才 略 | 217

文体。潘岳著有《杨荆州诔》《杨仲武诔》《马汧督诔》《哀永逝文》《夏侯常侍诔》《世祖武皇帝诔》《太宰鲁武公诔》《庾尚书诔》《南阳长公主诔》《皇女诔》《贾充妇宜城宣君诔》《邢夫人诔》《秦氏从姊诔》《虞茂春诔》等哀诔文。《文心雕龙·指瑕》:"潘岳之才,善于哀文。"

⑨孙楚:西晋文学家,明人辑有《孙冯翊集》。

⑩直置:直陈而不依靠诗、史典故。

⑪品藻:品评。《流别》:指挚虞《文章流别论》,论述不同文体的源流演变。

⑫规镜:规诫,鉴戒。

⑬长虞:西晋文学家傅咸的字。《文心雕龙·议对》:"汉世善驳,则应劭为首;晋代能议,则傅咸为宗。"

⑭世:世代,此处指傅玄、傅咸父子。

⑮桢(zhēn)干:修筑土墙立的柱子。《尚书·费誓》:"峙乃桢干。"孔传:题曰桢,旁曰干。桢当墙两端者也,干在墙两边者也。

⑯韡(wěi)萼:美盛的花萼。韡,光明美丽的样子。

⑰成公子安:西晋文学家成公绥,字子安,有《啸赋》《延宾赋》《天地赋》《宣清赋》《云赋》《慰情赋》《时雨赋》《大河赋》《故笔赋》《洛禊赋》等赋篇。

⑱夏侯孝若:西晋文学家夏侯湛,字孝若。夏侯湛模拟《尚书》作《昆弟诰》,模拟《诗经》作《周诗》。张溥《夏侯常侍集题辞》:"《昆弟诰》总训群子,绍闻穆侯,人伦长者之书也。但规模帝典,仅能形似,刻鹄画虎,不无讥焉。"

⑲曹摅(shū):西晋文学家,逯钦立《全晋诗》辑其《赠韩德真诗》《赠石崇诗》《赠王弘远诗》《赠欧阳建诗》《答赵景猷诗》《同前》《思友人诗》《感旧诗》等,多为长篇。

⑳孟阳:西晋文学家张载的字。景阳:张载的弟弟张协的字。相埒(liè):相等。

㉑鲁卫之政:语出《论语·子路》:"鲁卫之政,兄弟也。"鲁国是周公的封国,卫国是周公的弟弟康叔的封国。孔子从卫国返回鲁国,看到鲁国政治衰败的状况与卫国的情形如兄弟般相似,故而慨叹。此处用以比喻情况相同或相似。

㉒刘琨:两晋之际的文学家、军事家。卢谌(chén):刘琨的僚属,与刘琨互赠诗篇酬答。

[译文]

  张华的赋写得较短,文采美好,清新流畅,他的《鹪鹩赋》蕴含深意,与韩非子《说难》的寓意如出一辙。左思文才出奇,学力精进且思考深入,他竭尽锐气创作《三都赋》,其《咏史诗》也出类拔萃,做到了不遗余力地进行创作。潘岳文思敏捷,文辞平和,旨意畅达,《西征赋》汇聚了他的文学才能,哀诔展示了他丰富的才力,做到了依内心情感进行创作。陆机在文才上想要探求得更深,在文辞上致力求索得更广,所以,他的思绪能够进入巧境,但控制不了辞藻的繁芜。陆云文思明朗简练,通过学识来约束文辞不至于繁乱,所以他能够鲜明干净地布局文采,擅长创作短篇。孙楚构思文章,常直陈其事以使文辞疏朗通畅;挚虞抒发情怀,必遵循规则以使文辞温和雅正,他的文学评论著述《文章流别论》论述有条理。傅玄的文章,内容多为规劝鉴戒,其子傅咸创作的奏议类文章,继承了父亲刚毅的风格:父子二人都是实干的栋梁,而非衬托繁花的美丽花萼。成公绥撰写的赋,时常

才略 | 219

有美好的篇章;夏侯湛模拟经典之作体制具备,但都比较轻微;曹摅的长篇清新华丽;张翰的小诗明辨切实,他们各自有各自的优点。张载、张协兄弟,文才绮丽,难分伯仲,可将兄弟二人相近的文学成就比作"鲁卫之政"。刘琨的诗雅正雄壮,大多讽喻;卢谌的文显露情志又昭明义理,也是所遭遇的时势造就的。

景纯艳逸,足冠中兴①,《郊赋》既穆穆以大观②,《仙诗》亦飘飘而凌云矣③。庾元规之表奏④,靡密以闲畅;温太真之笔记⑤,循理而清通:亦笔端之良工也。孙盛、干宝⑥,文胜为史,准的所拟⑦,志乎典训;户牖虽异⑧,而笔彩略同。袁宏发轸以高骧⑨,故卓出而多偏;孙绰规旋以矩步,故伦序而寡状⑩。殷仲文之孤兴⑪,谢叔源之闲情⑫,并解散辞体⑬,缥渺浮音;虽滔滔风流⑭,而大浇文意⑮。

宋代逸才,辞翰鳞萃⑯,世近易明,无劳甄序⑰。

〔注释〕

①中兴:指东晋政权建立。西晋宗室司马睿南迁,于公元317年在建康(今江苏南京)建立东晋政权,史上有"中兴"之说。

②《郊赋》:即郭璞《南郊赋》,描写晋武帝即位的祭祀典礼过程。

③《仙诗》:即郭璞《游仙诗》,借咏神仙、灵域以及高蹈隐逸的求仙之乐抒发壮志难酬的苦闷情怀。凌云:比喻超俗绝尘。

④庾元规:东晋大臣庾亮,字元规。《文心雕龙·章表》:"庾公之《让

中书》,信美于往载。"

⑤温太真:东晋大臣温峤,字太真。《文心雕龙·诏策》:"晋氏中兴,唯明帝崇才,以温峤文清,故引入中书。自斯以后,体宪风流矣。"

⑥孙盛:东晋史学家,著有《魏氏春秋》《晋阳秋》等书。干宝:东晋史学家,著有《晋纪》《搜神记》等书。

⑦准的:标准。

⑧户牖(yǒu):此处喻指路径。

⑨发轫(zhěn):车子出发,此处喻指创作的出发点。高骧(xiāng):腾飞。

⑩伦序:有条理、次序。寡状:缺乏形象。范文澜注:"孙兴公《游天台山赋》多用佛老之语,不甚状貌山水,与汉赋穷形尽貌者颇异。"

⑪殷仲文:东晋末年诗人。孤兴:孤高的兴致。

⑫谢叔源:东晋末年诗人谢混,字叔源。

⑬解散:突破分散。

⑭滔滔:盛大的样子。

⑮浇:浅薄,浮薄。

⑯辞翰:指文学作品。鳞萃:龙鳞般聚集,形容数量众多。

⑰甄序:鉴别评述。甄,鉴别。

[译文]

郭璞的文章华艳超群,足以在晋代中兴时期冠压群芳,既有庄严而宏大的《南郊赋》,又有飘然而绝尘的《游仙诗》。庾亮的表奏,细致精密,熟练畅达;温峤的札记,依循事理,清新通畅:也都是文学创作的能手。孙盛与干宝的文才胜在著史,创作标准所模拟的是《尚书》里《尧典》《伊训》一类的儒家经典;虽然他们创作的路径各不相同,但文采大体相同。袁宏为文立意高远,所以文章虽卓越难免多有偏颇;孙绰的创作循规蹈矩,所以文章虽有条理却缺少形象描写。殷仲文抒发孤高之性,谢混表达闲适情怀的诗作,都突破了文辞体制,意旨虚浮缥缈,虽然意境盛大风流,但文意大为浮浅单薄。

刘宋时期人才辈出,各类文章如龙鳞汇集。因为是近代的作家作品,容易了解,就无需劳力评述了。

观夫后汉才林①,可参西京②;晋世文苑,足俪邺都③。然而魏时话言④,必以元封为称首⑤;宋来美谈,亦以建安为口实⑥。何也?岂非崇文之盛世,招才之嘉会哉?嗟夫,此古人所以贵乎时也。

〔注释〕

①后汉:东汉。才林:文人群体。
②参:比得上。西京:西汉京城长安,代指西汉。
③俪:并列。邺(yè)都:三国时期魏国的都城,代指曹魏。
④话言:古人美善的言辞。《诗经·大雅·抑》:"其维哲人,告之话言。"毛传:"话言,古之善言也。"
⑤元封:西汉武帝年号。
⑥口实:谈资。

〔译文〕

看起来东汉的文士群体,可与西汉媲美;晋代文坛,足以和曹魏比肩。然而曹魏时期谈论古人美善的言辞，必定首推汉武帝元封年间的文学；刘宋时期以来谈论美文，也以建安文学为谈资。为何如此呢？难道不是因为元封年间是崇尚文学的盛世，建安时期是聚集人才的美好时代吗？唉，这就是古人之所以看重时运的原因啊！

赞曰：才难然乎！性各异禀。一朝综文，千年凝锦①。余采徘徊，遗风籍甚②。无曰纷杂，皎然可品③。

〔注释〕

①凝：成，形成。《尚书·皋陶谟》："抚于五辰，庶几其凝。"孔安国传："凝，成也。"
②籍甚：盛大。《汉书·陆贾传》："贾以此游汉廷公卿间，名声籍甚。"
③皎然：清晰、明白的样子。

〔译文〕

总体来说：人才确实难得！每个人的天性、禀赋各异。一旦创作出文章，就织成了千年锦绣。遗留的文采回环萦绕，遗风流韵愈加盛大。无需说历代的作家作品纷繁杂乱，仍可清楚明白地加以品评。

# 知 音

[题解]

知音,原指通晓音律。据《吕氏春秋·本味》《列子·汤问》伯牙绝弦的故事,知音又喻指知己。本篇"知音"则借指鉴赏者对文学作品的理解与评价。

《知音》篇属于文学批评中的鉴赏论。本篇开篇感叹知音难:一来"音实难知",文学作品难以理解,所以鉴赏者很难做到洞悉作品并给予客观公正的评价;二来"知实难逢",真正懂得作品的人难以遇到。本篇以史实说明当时文学鉴赏的三种偏差:贵古贱今、崇己抑人、信伪迷真。继而,本篇分析了鉴赏者出现偏差的原因:客观上,"篇章杂沓,质文交加",文学作品复杂多样;主观上,"知多偏好,人莫圆该",鉴赏者有各自审美偏好,难以周全。与篇首的"音实难知,知实难逢"相对应。针对上述原因,本篇给出正确鉴赏与批评的意见,即博观与无私。刘勰提出评阅作品文辞和情理所应标举的"六观",全面地概括了鉴赏的角度。创作者与鉴赏者间的联动关系是"缀文者情动而辞发,观文者披辞以入情",所以,鉴赏者应通过文辞捕捉作者的心志,"沿波讨源";用心观察作品的情理,"心敏则理无不达"。鉴赏者沉浸于作品之中,深入地认识和观察,内心才会产生欢快喜悦之感。

　　知音其难哉！音实难知，知实难逢，逢其知音，千载其一乎！夫古来知音，多贱同而思古。所谓"日进前而不御，遥闻声而相思"也①。昔《储说》始出②，《子虚》初成③，秦皇、汉武，恨不同时④；既同时矣，则韩囚而马轻⑤，岂不明鉴同时之贱哉！至于班固、傅毅，文在伯仲，而固嗤毅云："下笔不能自休。"⑥及陈思论才，亦深排孔璋⑦；敬礼请润色⑧，叹以为美谈；季绪好诋诃⑨，方之于田巴⑩，意亦见矣。故魏文称"文人相轻"⑪，非虚谈也。至如君卿唇舌⑫，而谬欲论文，乃称"史迁著书，咨东方朔"⑬，于是桓谭之徒，相顾嗤笑。彼实博徒⑭，轻言负诮⑮，况乎文士，可妄谈哉！故鉴照洞明⑯，而贵古贱今者，二主是也；才实鸿懿，而崇己抑人者，班、曹是也；学不逮文，而信伪迷真者，楼护是也。酱瓿之议⑰，岂多叹哉！

〔注释〕

　　①"所谓"二句：出自《鬼谷子·内楗》："日进前而不御者，施不合也。遥闻声而相思者，合于谋待决事也。"御，用。声，声望。
　　②《储说》：即《韩非子》的《内储说》《外储说》等篇。据《史记·老庄申韩列传》记载，韩非子的著作传入秦国，秦王嬴政读了韩非子的《孤愤》《五蠹》等书，慨叹："嗟乎！寡人得见此人与之游，死不恨矣！"

③《子虚》:即司马相如的《子虚赋》。《子虚赋》作于汉景帝年间,没有得到重视。据《史记·司马相如列传》记载,汉武帝读到《子虚赋》大为赞赏,叹息道:"朕独不得与此人同时哉?"

④恨:遗憾。

⑤韩囚:指韩非子被囚禁。据《史记·老庄申韩列传》记载,韩国遣韩非子出使秦国,秦王嬴政虽然高兴却未信用,后因李斯等人诬害,韩非子入狱而死。马轻:指司马相如被轻视。据《史记·司马相如列传》记载,汉武帝任命司马相如为郎官、孝文园令等职,未授予其要职。

⑥"而固"句:意指班固批评傅毅文章冗长松散。曹丕《典论·论文》:"傅毅之于班固,伯仲之间耳,而固小之,与弟超书曰:'武仲以能属文为兰台令史,下笔不能自休。'"休,停止。

⑦孔璋:建安时期文学家陈琳的字。曹植《与杨德祖书》:"以孔璋之才,不闲于辞赋,而多自谓能与司马长卿同风,譬画虎不成反为狗也,前书嘲之,反作论盛道仆赞其文。"

⑧敬礼:曹植友人丁廙的字。润色:修改文章。曹植《与杨德祖书》:"昔丁敬礼常作小文,使仆润饰之,仆自以才不过若人,辞不为也。敬礼谓仆:'卿何所疑难,文之佳恶,吾自得之,后世谁相知定吾文者邪?'吾常叹此达言,以为美谈。"

⑨季绪:东汉末期文人刘修的字。诋(dǐ)诃(hē):斥责。

⑩方:比方。田巴:战国齐国的辩士,曾在稷下等地与人辩论,诋毁五帝,蔑视三王,一天说服千人,后与鲁仲连辩论时,被鲁仲连驳倒,接受鲁仲连教诲,从此闭口不再辩论了。

⑪魏文:即魏文帝曹丕。曹丕《典论·论文》:"文人相轻,自古而然。"

⑫君卿:西汉辩士楼护的字。唇舌:代指有口才。

⑬史迁:即司马迁。谘(zī):同"咨",咨询。东方朔:西汉辞赋家,其

事最早见于《史记·滑稽列传》。

⑭博徒:赌徒,此处指身份低贱的人。

⑮负诮(qiào):受到讥笑。

⑯鉴照:鉴识。洞明:通晓。

⑰酱瓿(bù):盛酱的小瓮。据《汉书·扬雄传·赞》记载,刘歆曾对扬雄说,当时的学者享受禄利,对《易经》尚不能明了,扬雄的《太玄》高深,"吾恐后人用覆酱瓿也"。

## 〔译文〕

鉴赏者能够洞察创作者的心志并对作品做出客观公正的评价是多么困难啊!作品确实难以洞悉,真正懂得作品的人也确实难遇,一部作品能够遇到它的知音,一千年里只有一次吧!自古以来,能被称作知音的人大多轻视同代人而思慕古人。这就是所谓的"天天出现在面前的人得不到重用,远远听闻名声的人却被朝思暮想"吧。古时《储说》开始流传,秦始皇读罢遗憾不能与韩非子同时;《子虚赋》初获成就,汉武帝慨叹不能与作者同代。后来得知是同时代的人,最终韩非子却被下狱,司马相如不被重用,难道不是清楚地表明了同一时代的作家遭到轻视吗?至于班固、傅毅,文学成就不分伯仲,班固却嗤笑傅毅,说他:"一写起来,自己就收不住。"待到陈思王曹植评论文才时,也极力排斥陈琳;丁廙请曹植修改文章,他就赞叹丁廙的话超脱豁达,可为美谈;刘修喜欢斥责他人的文章,曹植便把他比作诡辩的田巴,曹植的用意也是很明显的了。因此,魏文帝曹丕所说的"文人相轻",不是一句空话。至于像楼护虽有口才,却荒谬地想要评论文章,竟然说"司马迁撰写《史记》时,曾咨询过东方朔"。于是,桓谭等人听罢相视而笑,嘲讽楼护。楼护本来身份低贱,他轻率的言论尚且遭到嘲讽,何况文士,怎可妄言乱说!所以,能够洞察鉴识好文章却贵古贱今,秦始皇、汉武帝两位君主便是如此;文才确实鸿大美好,却抬高自己贬抑他人,班固、曹植便是如此;学识不足以评论文章,却相信伪说、混淆真相,楼护便是如此。担心后人拿高深难懂的著作盖了酱瓮,难道只是叹息吗?

夫麟凤与麏雉悬绝①,珠玉与砾石超殊,白日垂其照,青眸写其形。然鲁臣以麟为麏②,楚人以雉为凤③,魏民以夜光为怪石④,宋客以燕砾为宝珠⑤。形器易征,谬乃若是;文情难鉴,谁曰易分?

夫篇章杂沓,质文交加,知多偏好,人莫圆该⑥。慷慨者逆声而击节⑦,酝藉者见密而高蹈⑧,浮慧者观绮而跃心⑨,爱奇者闻诡而惊听。会己则嗟讽⑩,异我则沮弃⑪,各执一隅之解⑫,欲拟万端之变⑬,所谓"东向而望,不见西墙"⑭也。

〔注释〕

①麏(jūn):又作"麇",獐子。雉(zhì):野鸡。
②鲁臣:鲁国季氏家臣冉有。据《孔丛子·记问》记载,鲁国叔孙氏的车夫鉏商在野外打柴时猎到一只猛兽,众人都不认识,觉得它不祥,丢弃

在五父之衢。冉有告诉孔子说:"麇身而肉角,岂天之妖乎?"夫子曰:"今何在,吾将观焉。"遂往,谓其御高柴曰:"若求之言,其必麟乎。"

③"楚人"句:典出《尹文子·大道上》:"楚人担山雉者,路人问:'何鸟也?'担雉者欺之曰:'凤凰也。'路人曰:'我闻有凤凰,今直见之,汝贩之乎?'曰:'然。'则十金弗与,请加倍,乃与之。"

④"魏氏"句:典出《尹文子·大道上》:"魏田父有耕于野者,得宝玉径尺,弗知其玉也,以告邻人。邻人阴欲图之,谓之曰:'此怪石也,畜之弗利其家,弗如复之。'田父虽疑,犹录以归,置于庑下。其夜玉明,光照一室。田父称家大怖,复以告。邻人曰:'此怪之征,遄弃,殃可销。'于是遽而弃于远野。邻人无何盗之。"

⑤"宋客"句:典出《阙子》(一作《阙子》):"宋之愚人得燕石于梧台之东,归而藏之,以为大宝。周客闻而观焉,主人斋七日,端冕玄服以发宝,革匮十重,缇巾十袭。客见,俯而掩口,卢胡而笑曰:'此特燕石也,其与瓦甓不殊。'主人大怒曰:'商贾之言,医匠之心。'藏之愈固,守之弥谨。"

⑥圆该:完备周全。圆,周全兼备。该,完备,包括一切。

⑦逆:迎。击节:打拍子。

⑧酝藉者:指性情含蓄的人。高蹈:举足顿地,形容喜悦的样子。

⑨浮慧者:聪明外露的人。

⑩嗟(jiē):赞叹。讽:诵读。

⑪沮(jǔ)弃:诋毁放弃。

⑫隅(yú):事物的一端或一面。

⑬拟:衡量。

⑭"东向"句:典出《淮南子·泛论训》:"东面而望,不见西墙;南面而视,不睹北方;唯无所向者,则无所不通。"

〔译文〕

　　麒麟同獐子、凤凰同野鸡相差悬殊，珠玉与碎石完全不同，阳光映照之下，肉眼便能看清它们的形貌。然而鲁国的臣子却将狩猎获得的麒麟当作獐子，楚国人将野鸡当成凤凰贩卖，魏国农人把夜明珠当成怪石丢弃，宋国人把燕地的碎石当作宝珠珍藏。形态具体的事物容易验证，尚且会发生这么多的错误；文学作品的文辞与情思很难被看透，谁说文情容易辨别？

　　篇章众多，质朴与文采相交错，鉴赏者多有偏好，没有谁能够做到完备周全。情绪激昂的人遇到乐声就会打拍子，性格含蓄的人看到细密的作品内心就会高兴；聪明外露的人读到绮丽的文辞就会激动，有好奇心的人听到奇异的作品就会惊奇地被吸引。符合自己心意便会赞叹、诵读，不合自己喜好便会诋毁放弃，鉴赏者各持片面见解，想要衡量千变万化的作品，这就是所谓的"面向东望，看不见西墙"。

　　凡操千曲而后晓声，观千剑而后识器；故圆照之象①，务先博观。阅乔岳以形培塿②，酌沧波以喻畎浍③。无私于轻重，不偏于憎爱，然后能平理若衡，照辞如镜矣。是以将阅文情，先标六观④：一观位体，二观置辞，三观通变，四观奇正，五观事义，六观宫商。斯术既形⑤，则优劣见矣。

〔注释〕

①圆照:全面透彻地观察了解。象:道理。
②乔岳:高山。形:使之现形,显露。培塿(lǒu):小土丘。
③酌:从下向上取水。喻:明白。畎(quǎn)浍(huì):田间水沟。
④标:标举。
⑤既:完毕。

〔译文〕

　　大凡要演奏千支曲子之后才能通晓音乐,观察千把剑之后才能识别兵器;所以,全面观察和分析作品,务必先广泛地阅览。看过高山,才知道小土丘显得矮小,在沧海中打过水,才明白小水沟的平浅。毫无私心地衡量作品价值的轻重,不因偏见产生对作品的爱憎,这样之后就能像天平一样评定文章的情理,像镜子一样观察了解文章的文辞。所以,要评阅文辞和情理,先标举"六观":一是观察作品的体制安排;二是观察文辞的运用;三是观察作品的继承与创新;四是观察作品新奇与雅正的配合;五是观察作品中典故的运用;六是观察作品的声韵与音律。运用完这些方法,作品的优劣便显现出来了。

　　夫缀文者情动而辞发,观文者披文以入情,沿波讨源,虽幽必显。世远莫见其面,觇文辄见其心①。岂成篇之足深,患识照之自浅耳。夫志在山水②,琴表其情,况形之笔端,理将焉匿?故心之照理,譬目之照形,目瞭则形无不分③,心敏则理无不达。然而俗鉴之迷者,深废浅售④,此庄周所以笑《折杨》⑤,宋玉所以伤《白雪》也⑥。昔屈平有言:"文质疏内,众不知余之异采。"⑦见异唯知音耳。扬雄自称:"心好沉博绝丽之文。"⑧其不事浮浅,亦可知矣。夫唯深识鉴奥,必欢然内怿⑨,譬春台之熙众人⑩,乐饵之止过客⑪。盖闻兰为国香,服媚弥芬⑫;书亦国华,玩绎方美⑬。知音君子,其垂意焉。

〔注释〕

①觇(chān):窥探。

②"志在"句:典出《吕氏春秋·本味》:"伯牙鼓琴,钟子期听之。方鼓琴而志在太山。钟子期曰:'善哉乎鼓琴,巍巍乎若太山。'少选之间,而志在流水。钟子期又曰:'善哉乎鼓琴,汤汤乎若流水。'"

③瞭(liǎo):眼睛明亮。

④售:买,此处指欣赏。

⑤《折杨》:上古时代的世俗小曲。《庄子·外篇·天地》:"大声不入于里耳,《折杨》《皇华》则嗑然而笑。"

⑥《白雪》:相传春秋时期师旷所作的琴曲。宋玉《对楚王问》:"客有歌于郢中者,……其为《阳春》《白雪》,国中属而和者不过数十人。引商刻羽,杂以流徵,国中属而和者不过数人而已。是其曲弥高,其和弥寡。"

⑦"屈平"二句:出自屈原《楚辞·九章·怀沙》:"文质疏内兮,众不知余之异采。"文,指外表。质,指本性。疏,粗疏。内(nà),木讷。

⑧"扬雄"句:出自扬雄《答刘歆书》:"雄为郎之岁,自奏少不得学,而

心好沉博绝丽之文。"

⑨内怿(yì):内心喜悦。怿,欢喜。

⑩"春台"句:化用《道德经》:"众人熙熙,若享太牢,如登春台。"春台,春日登高远眺之处。熙熙,和乐的样子。

⑪"乐饵"句:化用《道德经》:"乐与饵,过客止。"乐,音乐。饵,美食。

⑫"闻兰"句:化用《左传·宣公三年》:"以兰有国香,人服媚之如是。"服,佩戴。媚,喜爱。

⑬玩绎(yì):玩赏、寻味。绎,引出头绪,寻求事理。

〔译文〕

　　作者情思触动而后用文辞进行抒发,读者通过阅读文辞来领会作者的思想感情,如同沿着水流去探寻源头,即使情思幽深也一定能使它显露出来。年代久远的作者,没有人见过他的样貌,但在研究他的文辞后往往能发现他的内心。难道是作品太过深奥?还是担忧自己认识鉴别能力浅薄吧。弹奏者心中向往高山、流水,琴声就能表达他的情感,何况落笔成文,情理怎能隐藏得住?所以读者用心观察作品的情理,譬如用眼睛观察事物的外形,眼睛明亮,那么没有辨别不出的形状,心思敏慧,那么没有不能通晓的情理。然而,那些分辨不清的普通鉴赏者,不接受深刻的作品而赏识浅薄的作品,这就是庄周之所以讥笑《折杨》,宋玉之所以为《白雪》伤感的原因。昔日,屈原曾说:"我外表不加修饰,本性质朴,众人因此不知道我特异的才华。"能够看到他特异才华的唯有知音罢了。扬雄自称:"我心里喜好深沉渊博而又奇绝华美的文章。"由此可知,他不做浮浅文章。只

知 音 | 233

要深入地认识和观察,读者的内心必定欢快喜悦,譬如春日里登台远望能使众人心情舒畅,音乐与美食能使过往的客人止步一样。听说兰花是国内最香的花,人们佩戴兰花,喜爱兰花,更加觉得兰花芬芳;文学作品也是国之花,玩赏品味才能懂得它的美好。愿为知音的君子,请好好留意!

赞曰:洪钟万钧,夔、旷所定。良书盈箧[1],妙鉴乃订。流郑淫人[2],无或失听[3]。独有此律,不谬蹊径。

〔注释〕

①箧(qiè):箱子。
②流:放纵,无节制。
③或:语气词,在否定句中加强否定语气。

〔译文〕

总而言之:万钧重的大钟,只有夔和师旷才能定音。满箱的好书,只有高妙的鉴赏家才能评定。过分新奇的郑国音乐会使人沉迷其中,千万不要失去了听辨的能力。唯有遵循知音的规则,才不会误入歧途。

# 程　器

〔题解〕

　　程,即衡量考较。器,指人的才干。《程器》篇旨在论述文士的道德品行和政治识见,衡量文士的品德、器用、才能等问题。

　　本篇用《尚书·周书·梓材》典故开篇,明确人才即"贵器用而兼文采"的主题,并说明本篇的写作背景,在于晋宋以来文人们"务华弃实",导致社会上对文士群体不加区分的指责之声不绝于耳。为此,刘勰首先例举了数位文士品行的缺点,接着指出古来将相也有各自的过失,但因名望地位不同,将相"名崇而讥减",文士"以职卑多诮"。针对社会上认为文人必有缺点的人云亦云现象,刘勰举屈原等文人品行上的优点,反问"岂曰文士,必其玷欤"? 为打破这种错误认知,刘勰提出文人应兼具文才和政治才能,"文武之术,左右惟宜",并认为文人应"摛文必在纬军国,负重必在任栋梁",上述看法与古代文人入仕的使命感和文人参政的时代需要相一致。

　　《周书》论士[1],方之"梓材"[2],盖贵器用而兼文采也[3]。是以朴斫成而丹雘施[4],垣墉立而雕杇附[5]。而近代辞人,务华弃实,故魏文以为:"古今文人,类不护细行。"⑥韦诞所评,又历诋群才⑦;后人雷同,混之一贯⑧。吁,可悲矣!

[注释]

①《周书》:即《尚书·周书》。《周书》十九篇,其中《梓材》是周公对康叔的诰辞,篇中用木匠治材比喻量材为政。

②梓(zǐ)材:可制成器具的优质木材。《尚书·周书·梓材》:"若作梓材,既勤朴斫,惟其涂丹雘。"

③器用:器具的功用,此处指文士参政、治世等能力。文采:器具的彩饰,此处指文士的文学才能。

④朴:未经加工的木材。丹雘(huò):可作颜料的红色矿物。

⑤垣(yuán):矮墙。墉(yōng):高墙。雕杇(wū):墙壁上的雕镂绘饰。杇,涂饰。

⑥"古今"句:引文出自曹丕《与吴质书》。类:大多。细行:小节。

⑦韦诞:三国时期魏国大臣。据《三国志·魏志·王粲传》注引鱼豢《魏略》记载,韦诞曾评论王粲(仲宣)、繁钦(休伯)、阮瑀(元瑜)、陈琳(孔璋)、路粹(文蔚)等文士:"仲宣伤于肥戆,休伯都无格检,元瑜病于体弱,孔璋实自粗疏,文蔚性颇忿鸷。"

⑧一贯:一样。

[译文]

《尚书·周书》评论人才时,用木匠加工木材来打比方,既重实用又兼顾彩饰。所以,木材经过砍削加工之后,再涂料染色;墙壁立起来之后,再雕镂绘饰。然而,晋宋以来的作家,追求文辞华美却忽视内容,所以魏文帝曹丕认为:"古今文人大多不注意小节。"韦诞的评论又对文士群体逐一进行指责。后人人云亦云,将文人们混为一谈。唉!真是可悲啊!

　　略观文士之疵:相如窃妻而受金①,扬雄嗜酒而少算②;敬通之不循廉隅③,杜笃之请求无厌④;班固谄窦以作威⑤,马融党梁而黩货⑥;文举傲诞以速诛⑦,正平狂憨以致戮⑧;仲宣轻脱以躁竞⑨,孔璋偬恫以粗疏⑩;丁仪贪婪以乞贷⑪,路粹铺啜而无耻⑫;潘岳诡祷于愍怀⑬,陆机倾仄于贾、郭⑭;傅玄刚隘而詈台⑮,孙楚很愎而讼府⑯,诸有此类,并文士之瑕累。

〔注释〕

　　①"相如"句:据《史记·司马相如列传》记载,临邛富商卓王孙的女儿卓文君刚刚死了丈夫,卓文君爱好音乐,在卓王孙家做客的司马相如便将爱慕之心寄托于琴声来引诱她,最终卓文君与司马相如私奔。司马相如被派往蜀地任职时,接受他人贿赂,后被告发而丢官。
　　②少算:少作家计。《汉书·扬雄传》:"雄家素贫,嗜酒。"
　　③廉隅:棱角,比喻品行方正,守礼法。据《后汉书·冯衍传》记载,冯衍娶任氏为妻,但妻子"悍忌不得蓄媵妾",最终把妻子赶走。
　　④厌:满足。据《后汉书·文苑传》记载,杜笃年少博学,"不修小节,不为乡人所礼。居美阳,与美阳令游,数从请托不谐,颇相恨。令怒,收笃送京师"。
　　⑤窦:指东汉名将窦宪。据《后汉书·班固传》记载,窦宪将军受命出

征匈奴,任用班固为中护军,参与军事谋议。班固不教子孙,以致他的子孙大多不遵守法纪。班固的家仆冒犯了洛阳令的车马,家仆醉酒谩骂,洛阳令虽怒却因畏惧窦宪不敢发作。

⑥党:结党。梁:指东汉时期的权臣梁冀。黩(dú)货:贪污财物。据《后汉书·马融传》记载,马融因他的《广成颂》得罪了邓太后,"滞于东观,十年不得调",于是"不敢复违忤势家,遂为梁冀草奏李固,又作大将军《西第颂》,以此颇为正直所羞"。后屡次升迁,到桓帝时期出任南郡太守。马融因先前触犯过梁冀的旨意,"冀讽有司奏融在郡贪浊,免官"。

⑦文举:建安七子之一孔融的字。傲诞:狂傲任性。据《后汉书·孔融传》记载,东汉末年,饥荒与战争频仍,曹操上表请求禁酒,将粮食用来补充兵用。"融频书争之,多侮慢之辞。既见操雄诈渐著,数不能堪,故发辞偏宕,多致乖忤"。几次三番后,曹操指使人诬陷孔融,孔融终被斩首曝尸街头。

⑧正平:东汉末年名士祢衡的字。狂憨:狂放愚痴。据《后汉书·文苑传》记载,祢衡"少有才辩,而尚气刚傲,好矫时慢物",曾侮辱、轻慢曹操和刘表;江夏太守黄祖设宴,祢衡当着众宾客的面大骂黄祖,以致黄祖盛怒,命人杀了祢衡。

⑨轻脱:轻佻。躁竞:性格急躁又争强好胜。据《三国志·魏书·王粲传》记载,刘表曾因王粲相貌难看、身体弱小、行为不拘小节而不重用王粲。

⑩傯(zǒng)恫(dòng):鲁莽,草率。

⑪贪婪:贪爱财货或美食。乞贷:乞求贷免一死。据《三国志·魏志·陈思王植传》注引《魏略》记载,曹操与丁仪父亲丁冲交好,听闻丁仪有才学,准备把女儿嫁给丁仪,但曹丕表示丁仪有眼疾,面相丑陋,建议将公主嫁给夏侯楙。曹操采纳了曹丕的建议,丁仪颇为遗憾,"恨不得尚公主"。

故丁仪与曹丕交恶,劝说曹操立曹植为太子。等到曹丕立为太子后,欲治丁仪罪,丁仪向夏侯尚"叩头求哀",乞求豁免一死。

⑫铺(bǔ)啜(chuò):吃喝,此处指贪位慕禄。无耻:指路粹为贪位慕禄趋炎附势,屡次陷害孔融。《三国志·魏志·王粲传》注引《典略》:"及孔融有过,太祖使粹为奏,承旨数致融罪……融诛之后,人睹粹所作,无不嘉其才而畏其笔也。"

⑬诡:欺诈,诡诈。祷:指祷神文。愍(mǐn)怀:晋惠帝司马衷的庶子,太子司马遹。据《晋书·愍怀太子传》记载,晋惠帝的皇后贾氏打算废黜太子,诈称惠帝身体不适,召愍怀太子入朝,设计将太子灌醉,并命黄门侍郎潘岳"作书草,若祷神之文,有如太子素意,因醉而书之",陷害太子意欲夺权,最终太子被废为庶人。

⑭倾仄:倒向一侧,依附。贾:指贾谧,西晋权臣,晋惠帝皇后贾氏的外甥。郭:指郭彰,西晋权臣,晋惠帝皇后贾氏的从舅。据《晋书·陆机传》记载,陆机"好游权门,与贾谧亲善,以进趣获讥"。

⑮刚隘:刚愎自用,心胸狭隘。詈(lì):诟骂。据《晋书·傅玄传》记载,傅玄"天性峻急,不能有所容"。献皇后去世,在弘训宫安排祭丧。傅玄时任司隶校尉,谒者误将他的位置安排在卿位之下,傅玄大怒,"厉声色而责谒者。谒者妄称尚书所处,玄对百僚而骂尚书以下。御史中丞庾纯奏玄不敬,玄又自表不以实,坐免官"。

⑯佷(hěn):同"狠",违背,不顺从。愎(bì):倔强固执。讼:争辩是非。府:幕府,此处指孙楚入骠骑将军石苞的幕府。据《晋书·孙楚传》记载,孙楚入石苞幕府参议军事,他自负有才气,"颇侮易于苞"。因此与石苞生出嫌隙。石苞上奏书称孙楚和孙世山共同诋毁时政,孙楚也上表为自己申述辩论,后来又得罪尚书,数年无官。

〔译文〕

粗略察看文士们的缺点:司马相如引诱卓文君与之私奔且收取贿赂;扬雄酷爱喝酒又不算计家什;冯衍品行不端、不守礼法;杜笃数次托他人办事却毫不满足;班固向窦宪献媚,家仆依势作威作福;马融与梁冀结党又贪污财物;孔融因狂傲任性招致诛杀;祢衡狂放愚痴终被杀戮;王粲轻佻又急躁;陈琳鲁莽又粗疏;丁仪贪婪,叩头求生;路粹贪位慕禄,趋炎附势;潘岳伪作祷神文诬陷愍怀太子;陆机对外戚权贵贾谧、郭彰逢迎依附;傅玄刚愎狭隘,诟骂尚书台;孙楚倔强固执,与上司争辩。诸如此类,都是文士的缺点。

文既有之,武亦宜然。古之将相,疵咎实多①:至如管仲之盗窃②,吴起之贪淫③,陈平之污点④,绛、灌之逸嫉⑤。沿兹以下,不可胜数。孔光负衡据鼎⑥,而仄媚董贤⑦,况班、马之贱职⑧,潘岳之下位哉⑨?王戎开国上秩⑩,而鬻官嚣俗⑪,况马、杜之磬悬⑫,丁、路之贫薄哉⑬?然子夏无亏于名儒⑭,濬冲不尘乎"竹林"者⑮,名崇而讥减也。若夫屈、贾之忠贞,邹、枚之机觉⑯,黄香之淳孝⑰,徐幹之沉默⑱,岂曰文士,必其玷欤?

〔注释〕

①疵(cī)咎:缺点,过失。

②管仲:春秋时期齐桓公国相。据《说苑·尊贤》记载,邹衍在向梁孝王讲述尊重贤能的道理时,举管仲为例:"管仲故成阴之狗盗也,天下之庸夫也,齐桓公得之以为仲父。"

③吴起:战国初期军事家。贪淫:贪财好色。《史记·孙子吴起列传》:"(魏)文侯问李克曰:'吴起何如人哉?'李克曰:'起贪而好色,然用兵,司马穰苴不能过也。'"

④陈平:西汉初年大臣,曾为刘邦军事谋臣。据《史记·陈丞相世家》记载,绛侯、灌婴等人曾诋毁陈平盗嫂受金:"平虽美丈夫,如冠玉耳,其中未必有也。臣闻平居家时,盗其嫂;事魏不容,亡归楚;归楚不中,又亡归汉。今日大王尊官之,令护军。臣闻平受诸将金,金多者得善处,金少者得恶处。平,反覆乱臣也,愿王察之。"

⑤绛:即西汉开国功臣周勃,汉高祖封为绛侯。灌:即西汉开国功臣灌婴。据《史记·陈丞相世家》《史记·屈原贾生列传》记载,周勃、灌婴嫉妒心强,见他人受到君主宠信便进谗言陷害,如说陈平品行不端,盗嫂受金;说贾谊"年少初学,专欲擅权,纷乱诸事"等。

⑥孔光:西汉末年的大臣。负衡:负有平衡全局的责任。衡,天平。据鼎:占据三公之位。鼎,有三足,喻三公。

⑦仄(zè)媚:以不正当手段讨好奉承。董贤:西汉哀帝的宠臣。据《汉书·佞幸传》记载,董贤受汉哀帝宠幸,"常与上卧起"。起初,孔光任御史大夫时,董贤的父亲董恭是孔光的下属。待到董贤任大司马,与孔光并为三公。孔光深知汉哀帝宠幸董贤,于是在董贤来孔府拜访时,孔光极其恭敬谨慎,"警戒衣冠出门待,望见贤车乃却入。贤至中门,光入阁,既下车,乃出拜谒,送迎甚谨,不敢以宾客均敌之礼"。董贤回去后将此情景告诉汉哀帝,哀帝大喜,"立拜光两兄子为谏大夫、常侍"。

⑧班:指班固。马:指马融。班固、马融二人官位较低,班固曾任兰台

令史、窦宪的中护军,马融官至武都太守、拜议郎。

⑨下位:地位低下。据《晋书·潘岳传》记载,潘岳自负有才华却不得志,虽一生贪求名位,也只做过河阳令、怀县县令、尚书度支郎、廷尉评、太傅主簿、长安县令、著作郎、散骑侍郎、给事黄门侍郎等官位不高的职位。

⑩王戎:魏晋名士,"竹林七贤"之一。开国:爵位名。魏晋时期,封赏称号前加"开国"二字的爵号称"开国爵",表尊贵,爵号前未加"开国"二字的,属散爵。上秩:品级高的官职。秩,官位。公元279年冬,晋武帝司马炎兵分六路进攻东吴。王戎因率其中一路灭吴有功而封侯,官至司徒、尚书令。

⑪嚣俗:遭到世人斥责叫骂。据《晋书·王戎传》记载,王戎被征召做侍中,南郡太守刘肇送了五十匹绢贿赂王戎,被司隶检举,王戎得知后没有接纳贿赂,所以没被定罪。"然议者尤之",即使皇帝为他脱罪,仍"为清慎者所鄙,由是损名"。又载王戎"性好兴利",积聚财物,不计其数,白天晚上地筹算,还总嫌不够。王戎又很吝啬,"天下人谓之膏肓之疾",并因此"获讥于世"。

⑫马:指司马相如。杜:指杜笃。磬(qìng)悬:空荡荡,什么都没有,形容家徒四壁。磬,通"罄"。

⑬丁:指丁仪。路:指路粹。贫薄:贫穷。

⑭子夏:孔光的字。据《汉书·佞幸传》记载,孔光初对董贤格外恭谨,哀帝驾崩后,王莽得势,向太后进谗言,终致董贤自尽。孔光受王莽之意上奏"贤质性巧佞,翼奸以获封侯,父子专朝,兄弟并宠……(贤父)恭等幸得免于诛,不宜在中土。臣请收没入财物县官。诸以贤为官者皆免"。又《汉书·王莽传》:"莽以光为旧相名儒,天下所信,太后敬之,备礼事光。"范文澜《文心雕龙注》评:"孔光虽名儒,性实鄙佞。"

⑮濬(jùn)冲:王戎的字。尘:蒙尘,此处指被埋没。竹林:即"竹林七

贤",正始年间形成的谈玄论道的名士群体。嵇康、阮籍、山涛、向秀、刘伶、王戎、阮咸七人常于竹林中集宴,世人称"竹林七贤"。

⑯屈:指屈原。贾:指贾谊。邹:指邹阳。枚:指枚乘。据《汉书·邹阳传》记载,邹阳是吴王刘濞的门客,刘濞"阴有邪谋",邹阳察觉到了他的反叛之意便上书劝止,刘濞却没接受他的话,于是"邹阳、枚乘、严忌知吴不可说,皆去之梁,从孝王游"。

⑰黄香:东汉文人。淳孝:极尽孝道。《后汉书·文苑传》:"黄香……年九岁失母,思慕憔悴,殆不免丧,乡人称其至孝。"

⑱沉默:此处指不追名求利。曹丕《与吴质书》:"伟长独怀文抱质,恬淡寡欲,有箕山之志,可谓彬彬君子者矣。"

〔译文〕

　　文人有缺点,武士也一样。古代将相的缺点确实很多:如相传管仲曾为窃贼,吴起被评贪财好色,陈平被指有品行污点,周勃、灌婴因嫉妒以谗言陷害贤才。顺此向下,将相们的缺点更是数不胜数。孔光身居丞相之位,却向皇帝宠臣董贤献媚,何况班固、马融这些职务卑微、潘岳这样地位低下的文人呢?王戎加封开国爵禄,位居高位,因受贿卖官遭到世人叱骂,何况司马相如、杜笃这样家徒四壁,丁仪、路粹这样贫寒穷苦的文人呢?然而,孔光谄媚董贤并不损害其成为"名儒",王戎贪财也不妨碍他名列"竹林七贤",这些将相因为名位高,世人对他们的讥讽自然就减少了。再说屈原、贾谊忠贞正直,邹阳、枚乘机敏警觉,黄香极尽孝道,徐幹恬淡寡欲,怎么能说起文士就必定有缺点呢?

盖人禀五材①，修短殊用，自非上哲，难以求备。然将相以位隆特达，文士以职卑多诮，此江河所以腾涌，涓流所以寸折者也。名之抑扬，既其然矣，位之通塞，亦有以焉。盖士之登庸②，以成务为用③。鲁之敬姜④，妇人之聪明耳。然推其机综⑤，以方治国，安有丈夫学文，而不达于政事哉？彼扬、马之徒，有文无质⑥，所以终乎下位也。昔庾元规才华清英，勋庸有声⑦，故文艺不称；若非台岳⑧，则正以文才也。文武之术，左右惟宜。郤縠敦书⑨，故举为元帅，岂以好文而不练武哉？孙武《兵经》⑩，辞如珠玉，岂以习武而不晓文也？

〔注释〕

①五材：指金、木、水、火、土五种元素。古人认为，金、木、水、火、土构成了天地万物，而人是这五种元素灵气的凝聚，个人的性情与才能同五行的配合有关。

②登庸：举用。登，进用，选拔。庸，任用。

③成务：成就事业。

④敬姜：春秋时期鲁国国相文伯的母亲。据《列女传·母仪》记载，文伯担任鲁国国相期间，敬姜对他说："治国之要，尽在经矣。"她把织机的设备和纺织的器物与将帅、官长、都大夫等职相类比，向文伯讲明治国的道理。

⑤综：纺织工具，牵引经线上下形成梭口以引入纬线的装置。《太平御览》引注："综，推之令往，引之令来，似关内师收合人众，使令有节。关

内师,主境内之师。"

⑥质:实用,此处指文士的政治才能。

⑦勋庸:功勋。声:声望。

⑧台岳:宰辅之位,此处指高官。

⑨郤(xì)縠(hú):春秋时期晋国的元帅。《左传·僖公二十七年》:"楚子及诸侯围宋,宋公孙固如晋告急。……蒐于被庐,作三军,谋元帅。赵衰曰:'郤縠可。臣亟闻其言矣。说礼乐而敦诗书。诗书,义之府也。礼乐,德之则也。德义,利之本也。……君其试之。'乃使郤縠将中军。"

⑩孙武:春秋时期的军事家。《兵经》:指《孙子兵法》。

〔译文〕

人由金、木、水、火、土五种元素构成,才德多少各有不同;除非道德与智慧超凡的人,很难求全责备。然而,将相因身居高位而声望显达,文士却因职位卑微而广受指责,这和江河奔腾汹涌、细流曲折难行的原因是一样的。名声的贬抑与褒扬是这个道理,仕途的通达与阻塞也有原因。大凡文士被举用,是看他是否成就事业。鲁国的敬姜,不过是个聪明的妇人罢了,然而她都能拿织机织布与治国之道打比方,大丈夫岂能只学习作文章,却不通晓政事?像扬雄、司马相如那些人,虽有文才却无政治才能,所以职位始终低微。昔日,庾亮才华清正超群,但因其功勋声望卓著,所以创作才能反而不被称扬;他如果不是高官,就会凭借文才而闻达。文才武略,应该兼备。郤縠勤勉于诗书,所以他被举用为元帅,难道能因为喜好文学而不熟悉武略吗?孙武的《兵法》,文辞如同珠玉,难道能因为讲习武事就不通晓创作吗?

是以君子藏器①,待时而动;发挥事业,固宜蓄素以弸中②,散采以彪外③,梗楠其质④,豫章其干⑤。摛文必在纬军国⑥,负重必在任栋梁,穷则独善以垂文⑦,达则奉时以骋绩。若此文人,应《梓材》之士矣。

〔注释〕

①器:事物的象、用,此处指经世致用的才能。《周易·系辞下》:"君子藏器于身,待时而动。"

②蓄素:积蓄学养。弸(péng):充满。

③彪:老虎身上的条纹,引申为文采。扬雄《法言·君子》:"或问:'君子言则成文,动则成德,何以也?'曰:'以其弸中而彪外也。般之挥斤,羿之激矢。君子不言,言必有中也;不行,行必有称也。'"

④梗(pián)楠:梗树、楠树。

⑤豫章:树名。东方朔《神异经·东荒经》:"东方荒外有豫章焉。此树主九州,其高千丈,围百尺。"

⑥摛文:写文章。纬:治理。

⑦穷:指仕途不得志。《孟子·尽心上》:"穷则独善其身,达则兼善天下。"

〔译文〕

因此,君子怀有经世致用的才能,等待着施展的时机;发挥才能、建立事业,本就应以积蓄学养来充实内在,以散播文采来彰显外在,内质像梗树和楠树一样坚实,才干像豫章一样高大。

写文章必定意在规划军国大事,担负重任必定意在成为国家栋梁;不得志时就自我完善,著书传世;仕途通达时就应时而动,建功立业。像这样的文人,应该就是《尚书·梓材》中评论的人才了。

赞曰:瞻彼前修,有懿文德。声昭楚南[1],采动梁北[2]。雕而不器,贞干谁则[3]?岂无华身,亦有光国。

〔注释〕

[1]昭(zhāo):显著。楚南:位于南方的楚国,此处代指南方。如屈原、贾谊,屈原为楚国人,贾谊曾被贬楚地。
[2]梁北:位于北方的梁国,此处代指北方。如邹阳、枚乘游历梁国。
[3]贞干:栋梁。则:效法。

〔译文〕

综上所述:瞻仰先贤,他们都有美好的文才和德行。有的声名在南方显扬,有的文采惊动北方。如果只雕饰文采却没有实际才干,还能仿效谁来成为栋梁?兼具文才与德行,岂能不荣耀加身,而且还能为国增加光彩。

# 序　志

〔题解〕

《序志》篇是《文心雕龙》的终章,也是本书的自序。本篇介绍了《文心雕龙》书名的由来、创作缘由、全书结构与内容、创作的原则与态度等。

本篇开篇解释"文心"意在表达"为文之用心",并说明了"文心""雕龙"两个词的由来。刘勰提到创作本书的原因在于三个方面:一是立言以不朽;二是阐述文理,纠正文风;三是追根溯源研究文学,完善文学理论,"述先哲之诰""益后生之虑"。接着,简要地介绍了全书的主要内容,即"文之枢纽"的总论,"论文叙笔"的文体论,"剖情析采"的创作论和批评论,共计四十九篇。特别介绍了文体论篇章的结构体例,"原始以表末,释名以章义,选文以定篇,敷理以举统"。关于撰写本书的原则和态度,刘勰认为《文心雕龙》秉持"轻采毛发,深极骨髓"综合评述古今文章,秉持"擘肌分理,唯务折衷"对待古今作家的成就。

夫"文心"者,言为文之用心也。昔涓子《琴心》[1],王孙《巧心》[2],心哉美矣,故用之焉。古来文章,以雕缛成体[3],岂取驺奭之群言"雕龙"也[4]。夫宇宙绵邈[5],黎献纷杂⑥,拔萃出类,智术而已。岁月飘忽,性灵不居,腾声飞实,制作而已。夫肖貌天地⑦,禀性"五才",拟耳目于日月,方声气乎风雷,其超出万物,亦已灵矣。形同草木之脆,名逾金石之坚,是以君子处世,树德建言,岂好辩哉⑧?不得已也!

〔注释〕

①涓子:又作"蜎子""环渊"。《汉书·艺文志》:"《蜎子》十三篇。"班固自注:"名渊,楚人,老子弟子。"师古曰:"蜎,姓也。"另刘向《列仙传》:"涓子者,齐人也,好饵术,接食其精。至三百年乃见于齐,著《天人经》四十八篇。后钓于河泽,得鲤鱼腹中有符,隐于宕山,能致风雨。受伯阳《九仙法》。淮南山安,少得其文,不能解其旨也。其《琴心》三篇,有条理焉。"

②王孙:姓。《汉书·艺文志》:"《王孙子》一篇。"班固自注:"一曰《巧心》。"

③雕缛:雕镂、彩饰。缛,密集的彩饰。

④驺(zōu)奭(shì):即邹奭,战国时期齐国人,曾入稷下学宫。刘向《别录》:"驺奭修衍之文,饰若雕镂龙文,故曰'雕龙'。"

⑤绵邈(miǎo):久远。

⑥黎献:黎民与贤人。黎,黎民百姓。献,贤者。

⑦肖貌:相像,貌似。《汉书·刑法志》:"夫人宵(肖)天地之貌,怀五常之性,聪明精粹,有生之最灵者也。"

⑧"好辩"句:出自《孟子·滕文公下》:"公都子曰:'外人皆称夫子好辩,敢问何也?'孟子曰:'予岂好辩哉,予不得已也。'"

[译文]

"文心"讲的是文章创作的用心。昔日,涓子的《琴心》、王孙的《巧心》,都因"心"字意义美好,所以用它做了书名。自古以来,文章由作者精心雕饰而成,难道采用的是驺奭修饰言辞如雕刻龙纹一样精美的创作方式吗?宇宙浩远,黎民与贤者混杂,那些出类拔萃的人,凭借的就是才智。时间转瞬即逝,人的生命不会永在,若要声名与功业远播,凭借的就是著书立说。人与天地相像,具有五行的禀性,可以将耳目比作日月,声音、气息比作风雷,人超越了万物,也可算作万物之灵。人的形体如同草木脆弱,而声名比金石还要坚固,所以,君子处世应树德立言,难道是因为喜好辩论吗?实在不得已啊!

予生七龄,乃梦彩云若锦,则攀而采之。齿在逾立①,则尝夜梦执丹漆之礼器,随仲尼而南行②。旦而寤③,乃怡然而喜:大哉,圣人之难见哉④,乃小子之垂梦欤!自生民以来,未有如夫子者也⑤!敷赞圣旨⑥,莫若注经,而马、郑诸儒⑦,弘之已精⑧;就有深解,未足立家。唯文章之用,实经典枝条;"五礼"资之以成⑨,"六典"因之致用⑩,君臣所以炳焕,军国所以昭明,详其本源⑪,莫非经典。而去圣久远,文体解散,辞人爱奇,言贵浮诡,饰羽尚画,文绣鞶帨⑫,离本弥甚,将遂讹滥。盖《周书》论辞,贵乎体要⑬;尼父陈训⑭,恶乎异端⑮。辞训之奥,宜体于要。于是搦笔和墨⑯,乃始论文。

〔注释〕

①齿:年龄。立:指而立之年,三十岁。《论语·为政》:"三十而立。"
②仲尼:孔子的字。
③寤(wù):睡醒。
④圣人:指孔子。
⑤生民:人。《孟子·公孙丑上》:"自有生民以来,未有孔子也。"
⑥敷赞:陈述阐明。圣旨:圣人的意旨。
⑦马:即东汉学者马融。贾公彦《序周礼废兴》引马融《周官序》:"至六十,为武都太守。郡小少事,乃述平生之志,著《易》《尚书》《诗》《礼》传,皆讫。惟念前业未毕者唯《周官》,年六十有六,目瞑意倦,自力补之,谓之《周官传》也。"郑:即东汉学者郑玄。《后汉书·郑玄传》:"凡玄所注《周易》《尚书》《毛诗》《仪礼》《礼记》《论语》《孝经》《尚书大传》《中候》《乾象历》,又著《天文七政论》《鲁礼禘祫义》《六艺论》《毛诗谱》《驳许慎五经异义》《答临孝存周礼难》,凡百余万言。门生相与撰玄答诸弟子问五经,依《论语》作《郑志》八篇。"
⑧弘:弘扬。
⑨五礼:指成于周代的吉礼、凶礼、宾礼、军礼、嘉礼五种礼制。
⑩六典:指周代建邦的六种典制,包括治典、教典、礼典、政典、刑典、事典。
⑪详:审察。《尚书·吕刑》:"度作详刑,以诘四方。"郑玄注:"详,审察之也。"
⑫鞶(pán):大带。帨(shuì):佩巾。扬雄《法言·寡见》:"今之学也,非独为之华藻也,又从而绣其鞶帨。"

序 志 | 251

⑬贵于体要:《尚书·周书·毕命》:"辞尚体要,不惟好异。"

⑭尼父:孔子的尊称。

⑮恶乎异端:《论语·为政》:"子曰:'攻乎异端,斯害也已。'"异端,指不同于儒家思想的学说。

⑯搦(nuò)笔:握笔。和(huò)墨:调墨。

〔译文〕

　　我七岁时,梦见云彩斑斓如同锦绣,便攀爬上去采摘。三十多岁时,又曾夜梦我手中捧着漆成红色的礼器随着孔子去南方。早晨醒来,我内心喜悦,高兴得自语:"多伟大啊!圣人多么难见啊!竟降梦给我了!"自有人类以来,从未有人比孔夫子更伟大!阐明圣人思想,没有什么比注释经典更好,然而,马融、郑玄等大儒,对圣人思想的弘扬已十分精辟了,即使再有深刻的见解,也不足以自成一家。文章确实具有作为经典分支的功能,"五礼"靠它得以形成规则,"六典"靠它得以发挥作用,天子与大臣的功绩靠它得以昭彰,军务和国政靠它得以显明,审查此类文章的本源,没有不是自经典而来的。然而,当下距圣人的时代太过久远,文章的体制松散、散乱,辞人爱好新奇,言辞上崇尚浮华奇异,这就如同在绘有彩饰的羽毛上修饰描画,在无需装饰的衣带和佩巾上绣花纹一样,越来越背离文章的根本,势必导致谬误漫无节制。《尚书·周书·毕命》谈到文章的言辞时,以切实简要为贵;孔子教育学生,不要钻研不合儒家思想的学说。《周书》的文辞与孔子的训导,其奥义在于创作应体现要旨。于是,我拿起笔,调好墨,开始论说文学的道理。

详观近代之论文者多矣！至如魏文述《典》，陈思序《书》，应玚《文论》，陆机《文赋》，仲洽《流别》[1]，弘范《翰林》[2]，各照隅隙[3]，鲜观衢路[4]；或臧否当时之才[5]，或铨品前修之文[6]，或泛举雅俗之旨，或撮题篇章之意。魏《典》密而不周，陈《书》辩而无当，应《论》华而疏略，陆《赋》巧而碎乱，《流别》精而少功，《翰林》浅而寡要。又君山、公干之徒，吉甫、士龙之辈，泛议文意，往往间出，并未能振叶以寻根，观澜而索源。不述先哲之诰[7]，无益后生之虑[8]。

〔注释〕

①仲洽：西晋文学家挚虞的字。

②弘范：东晋文学家李充的字。《翰林》：即李充的《翰林论》。说明各类文体的风格，并标举作品示例。

③隅隙：角落和缝隙。

④衢路：大路，此处指主体部分。

⑤臧（zāng）否（pǐ）：褒扬与指责。

⑥铨品：衡量品评。

⑦诰（gào）：教导。

⑧虑：思想，意念。

〔译文〕

　　仔细观察，近来文学评论的著作很多啊！诸如魏文帝曹丕

序　志 | 253

的《典论·论文》、陈思王曹植的《与杨德祖书》、应玚的《文论》、陆机的《文赋》、挚虞的《文章流别论》、李充的《翰林论》等，各自关照了文学的边边角角，而很少从主体部分着眼。它们或者褒贬当代作家，或者品评先贤作品，或者泛泛提出文章的雅俗旨趣，或者摘要概括文章的旨意。曹丕《典论·论文》细密但不完备，曹植《与杨德祖书》有辩才但不恰当，应玚《文论》有文采但粗疏简略，陆机《文赋》构思巧妙但论述琐碎杂乱，《文章流别论》文体分类精致但实用性不强，《翰林论》较为浅薄且不能把握关键。此外，还有桓谭、刘桢、应贞、陆云等人，泛泛地论说文章的旨意，字里行间或有发现，但都不能从枝叶去追寻根本，不能从观察波浪去探寻源头。不能陈说先哲的教导，也就对后人的思想无所帮助。

盖《文心》之作也，本乎道[1]，师乎圣[2]，体乎经[3]，酌乎纬[4]，变乎《骚》[5]：文之枢纽，亦云极矣[6]。若乃论文叙笔[7]，则囿别区分[8]；原始以表末[9]，释名以章义，选文以定篇，敷理以举统[10]：上篇以上[11]，纲领明矣。至于剖情析采，笼圈条贯[12]，摛《神》《性》[13]，图《风》《势》[14]，苞《会》《通》[15]，阅《声》《字》[16]；崇替于《时序》，褒贬于《才略》，怊怅于《知音》[17]，耿介于《程器》[18]，长怀《序志》[19]，以驭群篇：下篇以下，毛目显矣。位理定名，彰乎大衍之数[20]，其为文用，四十九篇而已。

〔注释〕

①道:自然之道。刘勰在《原道》篇论述了自然之道是文学的本源:"心生而言立,言立而文明,自然之道也";"夫岂外饰,盖自然耳";"谁其尸之？亦神理而已";"道沿圣以垂文,圣因文而明道"。

②"师乎圣"的观点主要见《征圣》篇。该篇论述了效法圣人进行创作的原则"志足而言文,情信而辞巧""抑引随时,变通适会",并提出"论文必征于圣"的思想。

③"体乎经"的观点主要见《宗经》篇。该篇指出经书是后世各类文体的源头。

④纬:纬书,即以神学附会儒经的著作。《文心雕龙·正纬》批判纬书"乖道谬典",但"事丰奇伟,辞富膏腴,无益经典而有助文章"。

⑤变:即通变。《辨骚》篇分析了楚辞与《诗经》的"四同""四异",并指出文学发展创新,应如楚辞"酌奇而不失其贞,玩华而不坠其实"。

⑥极:最高标准。《诗·周颂·思文》:"莫匪尔极。"

⑦文:有韵的文体。笔:无韵的文体。《文心雕龙·总术》:"今之常言,有文有笔,以为无韵者笔也,有韵者文也。"

⑧囿别:根据文体类别。《文心雕龙》中评述有韵之文的篇章有《明诗》《乐府》《诠赋》《颂赞》《祝盟》《铭箴》《诔碑》《哀吊》;介于有韵与无韵间的篇章有《杂文》《谐隐》;评述无韵之文的篇章有《史传》《诸子》《论说》《诏策》《檄移》《封禅》《章表》《奏启》《议对》《书记》。

⑨原:探究。

⑩举:总括。统:准则。《荀子·臣道》:"忠信以为质,端悫以为统。"

⑪上篇:指《文心雕龙》前二十五篇,《原道》至《辨骚》五篇为总论,《明诗》至《书记》二十篇为文体论。

⑫笼圈:概括。条贯:条理。
⑬《神》:指《神思》篇。该篇主要谈创作思维。《性》:指《体性》篇。该篇主要谈文风与作者个性的关系。
⑭图:描绘。《风》:指《风骨》篇。该篇主要谈文章风貌,"意气骏爽""结言端直"。《势》:指《定势》篇。该篇主要谈文章体制风貌的形成,"因情立体,即体成势"。
⑮苞:通"包",包举。《会》:指《附会》篇。该篇主要谈主旨思想统领下对文辞和内容的处理。《通》:指《通变》篇。该篇主要谈明确文体规范基础上对文辞、气力的创新。
⑯阅:考察。《声》:指《声律》篇。探究诗文声律问题。《字》:指《练字》篇。阐述依形选字问题。
⑰怊(chāo)怅:失意,惆怅。
⑱耿介:感到愤慨,不能释怀。杨明照《文心雕龙校注拾遗补正》:"按《程器》一篇,舍人抑郁不平之气,溢于辞表,则此'耿介'二字含义。"
⑲长怀:抒发深远的情怀。
⑳大衍之数:也作"大易之数"。推演天地之数。《周易·系辞上》:"大衍之数五十,其用四十有九。"与之对应,《文心雕龙》全书五十篇,《序志》篇为序,具体论述文章四十九篇。

〔译文〕

《文心雕龙》这部作品讲的是,以道为本原,以圣贤为榜样,按照经典来确定文体,参考纬书来择取文采,依据楚辞研究文学继承与发展的规律;这些都是文学的关键,也可以说是文学的创作与批评的最高标准。至于对有韵之文与无韵之文,则是根据文体分门别类加以评论;探究各文体的起源来表明其流变,解释各文体的名源来章明其含义,选取典型例文来明确篇目,阐明各文体的创作原理来总结其写作准则。以上构成《文心雕龙》前二十五章,各章纲领明确。至于对情感和辞采的剖析,本书全面概括且条理通达:陈述《神思》《体性》,描绘《风骨》《定势》,综述《附会》《通变》,考察《声律》《练字》;《时序》阐述文学演变与时代的关系,《才略》品评历代代表作家的文才,《知音》寄托知音难觅的惆怅,《程器》为文士的德行和器用激昂愤懑,《序志》抒发作者创作此书的情志和抱负,统驭《文心雕龙》群篇。以上为本书后二十五章,各篇细目清晰。《文心雕龙》按条理安排篇目,确定篇名,篇数明显与《周易》"大衍"之数相合,其中专门论述文章的,只有四十九篇。

夫铨序一文为易①,弥纶群言为难②,虽复轻采毛发③,深极骨髓④;或有曲意密源,似近而远,辞所不载,亦不胜数矣。及其品列成文,有同乎旧谈者,非雷同也,势自不可异也;有异乎前论者,非苟异也⑤,理自不可同也。同之与异,不屑古今⑥,擘肌分理⑦,唯务折衷⑧。按辔文雅之场⑨,环络藻绘之府⑩,亦几乎备矣。但言不尽意,圣人所难;识在瓶管⑪,何能矩矱⑫?茫茫往代,既沉予闻;眇眇来世⑬,倘尘彼观也⑭。

〔注释〕

①铨序:评议并排次序。

②弥纶:综合概括。弥,周遍。纶,整理。
③毛发:此处喻指文学创作的细枝末节。
④骨髓:此处喻指文学创作的根本问题。
⑤苟:随意,轻率。
⑥不屑:不管。
⑦擘(bò):剖开。张衡《西京赋》:"剖析毫厘,擘肌分理。"
⑧折衷:调节各方使之适中,恰当。
⑨按辔:勒紧马缰绳,使马缓行。
⑩环络:拉着马笼头,环绕前行。络,马笼头。
⑪识在瓶管:化用《左传·昭公七年》:"虽有挈瓶之知,守不假器,礼也。"杜预注:"挈瓶汲者,喻小智。"及《庄子·秋水》:"是直用管窥天,用锥指地也,不亦小乎?"成玄英疏:"譬犹以管窥天,讵知天之阔狭。"
⑫籰(yuē):尺度。
⑬眇(miǎo)眇:高远的样子。
⑭倘:或许。尘:使蒙尘。"尘彼观"为刘勰自谦。

〔译文〕

衡量、评定一篇文章较为容易,而综合评述众多文章颇为困难。虽然《文心雕龙》一再注意细节,并深入探讨文学的根本,但有些问题意义曲折、思路隐秘,看似浅近,实则深远,所以,本书未能记述的情况也不可胜数。在品评、列举历代文章时,本书有些内容与前人评说相同,这不是人云亦云,而是按照情势本身就不可能有不同的见解;有些内容又与前人论说相异,这也并非随意地追求不同,而是按照情理本身就不能赞同旧说。无论观点与前人相同还是相异,不管品评的作品来自古人还是今人,本书细致深入地分析,力求不偏不倚,公正恰当。漫步文坛之上,徘徊辞藻之间,本书大体算得上完备。但圣人尚且为言不尽意而为难,本人如同以瓶取水,以管窥天,见识有限,又怎能确立文学的准则和法度呢?往昔浩瀚的作品,已使我沉浸其中,增长见闻;遥远未来的读者,或许本书会让他们的眼睛蒙尘吧。

赞曰:生也有涯,无涯惟智。逐物实难,凭性良易①。傲岸泉石②,咀嚼文义。文果载心,余心有寄。

[注释]

①良:很。
②傲岸:高傲。

[译文]

总而言之:人生有限,知识无限。追逐外物确实困难,听凭本性做事就很容易。离开世俗,傲然纵情自然、隐居山水之间,细细地品味文学作品的意义吧。如果本书果真能表达我的心意,那么我的心便有了寄托。